述而批评丛书　第二辑

现实的重力

王辉城　著

上海人民出版社

文
景

Horizon

社 科 新 知　文 艺 新 潮

社 科 新 知　文 艺 新 潮

上海文学批评的青年力量
——述而批评丛书第二辑序

新的时代发展引领文学创作的转换，青年作家、批评家如何面对时代变化中的价值和精神问题，如何以创作和批评的方式发出青年一代的铿锵之音，文学在深度参与现代化建设时，如何在文学创作和文学批评上引领潮流、创新方法、更新观念，更好地在中国式现代化中发挥文化的作用，这是批评面临的新责任。

习近平总书记高度重视文艺评论的社会功能，强调："要加强和改进文艺理论和评论工作，褒优贬劣，激浊扬清，更加有效地引导创作、推出精品、提高审美、引领风尚。"上海的文学批评一直有非常好的传统，涌现出一大批具有全国影响力的评论家，引领时代风气，积极参与并带动了中国当代文学的进程。斗转星移，薪火相传，述而后作，传承创新。新时代以来，上海出现一批年轻的文学评论新人。2018年，上海作协积极推动"述而"批评丛书的出版，集中推出11名出色文学批评家的作品，引起社会关注。把青年新力量的队伍吸纳进来，文学批评新力量会迎来很大的转机。如今上海又一批年轻的文学批评新人脱颖而出，有的是作协成员，有的是高校教师，有的是媒体中坚。为进一步加强上海青年评论家的影响、培养上海青年评论家队伍，我们继续推动“述而”青年批评家丛书的出版，希望聚集目前上海最具影响力和潜能的年轻批评写作者，精选每一位作者最有代表性的文学批评文章，再推出一套能够全面反映当下上海青年文学评论整体风貌的精品文集，集中展示这一批评家群体的成就和风采，也展示上海文学批评的新发展与新收获。从中我们可以看到，上海青年批评者正在新的科技基座上思考人文，推动人文，书写当下，思考未来，努力做时代的同路人与风向标，对新兴的文学现象进行客观判断，展开有效批评，提出前瞻建议，发出与时代息息相关的声音。

批评随时代而变。当代文坛，创作繁荣，色彩斑斓。塑造当代文学格局的，不仅有风格各异的传统文学期刊，更有引领青年创作风尚的新锐杂志；不仅有传统文学及其出版机构，网络世界的文学平台则更加丰富多样，自媒体、文学社区、网络文学网站等，共同组合出当下文学版图的样貌。随着网络文学的繁荣和网剧等新的艺术题材的兴起，第二辑“述而”批评丛书跟第一辑一个很大的不同，是除了收入传统的文学批评文章，还有意收入了网络文学及泛文学（如电影、电视剧、网剧等）批评的相关作品，在重视传统文学批评的同时，引导读者关注和思考网络文学和泛文学的发展，为日新月异的艺术发展提供有益的参考。

文学的创造性转化和创新性发展需要广大文学工作者的共同努力，青年批评家勾连现在与未来，是最具有潜力的创造性力量。在现代性进程内部有效改造中国传统文论，走出书斋的象牙塔，迈向时代的十字路口，走出内循环的舒适区，在世界性的合唱中加入中国批评的声音，亟待我们直面与践行。“述而”批评丛书第二辑的出版是这份共同努力的一部分，希望能取得有益的社会效果。在新时代的引领下，上海文学具有更加开放创新、流动多元、跨界共融以及面向世界的品质，我们要用全球视野重新认识和深刻把握脚下的热土，进一步深入生活、扎根人民，用文学的方式书写上海改革开放波澜壮阔的生动实践。未来我们将进一步促进创作、打造精品，用系统的观念全面梳理和构建中国式现代化的文学话语和叙事体系，继续赋能文学、提升价值，向广大人民群众提供高品质的文学供给，为推进中国式现代化书写文学篇章、贡献青年力量。

上海市作家协会党组书记、专职副主席

马文运

目录

辑二　现实的重力

辑三　文学的瞬间

辑一　故乡的距离

忧郁的故乡
——读沈书枝

日暮里。

两名警察，一老一少，坐着出租车行走在乡间。他们接受上司的指令，去查核某桩凶杀案的细节。已近晚饭时分，远处人家炊烟四起。奔波了多时，两人已感疲惫与饥饿。在有一搭没一搭的闲聊之中，老警察突然感慨："只要出门在外，一到晚饭时间就会思乡。"

这个隽永而又令人惆怅的句子，出自松本清张的侦探小说《交错的场景》。一切起始于一次不经意的阅读：某个午后，阳光稀薄，曾是文艺青年的东京警视厅春香课长，拿起一本同人杂志。一段白描，不足千字，唤醒了他的侦探嗅觉。熟悉的场景，让他想起一桩悬置未决的命案。虽然凶手已经归案，但某个细节的错位，却令他深感不安。侦探直觉告诉他，其中必有隐情。于是，在春香课长和东京警察锲而不舍的排查下，终于抵达了命案的真相。

侦探。细节。交错的场景。这，就是故乡的真相。或者，这就是抵达故乡的途径。一顿晚饭、一次阅读、一段旅途……甚至，一个恍惚，都会让人在时间荒野上，侦察着遥远的过去。那片似曾相识的土地，那段越发清晰的成长记忆，似乎所有的人和事，慢慢浮上心头，与不安、局促的现实交错在一起。

一

大约是在2013年，我在豆瓣网闲逛，偶然间遇到沈书枝的文章。写的是什么？是田中插秧或是黄昏里放牛的事情。春天的鸟鸣、清明的艾蒿、端午的粽子、中秋的月亮、池塘里的鸭子、田垄上的水牛、山野上的杜鹃花……一幅幅熟悉的画面，便逐渐浮上我的心头，像是乡间黄昏，明亮之处不免带着入夜的惆怅。于是，我便见猎心喜，像一名侦探那样，到处搜寻沈书枝的文章。那年春季，沈书枝首本散文集《八九十枝花》面世。我即刻买来，读完之后，故乡的山、水、人、事，如风般鼓进我的胸膛，哀愁难以缓解。

山风徐来，嘹亮的鸟鸣声，渐渐消逝。此时，似乎能听见脚步掠过草丛的细碎声。有人迎风呼唤，响声在空谷中回荡。是谁在跟着大喊大叫？于是，再叫几声，情况亦然。山顶的风，似乎是直的，迎面而来，有时吹得人眼泪直流。一群人极目望去，远处是起伏的河流，隐没群山之间；山脚处是砖红色的人家，袅袅炊烟起来了，这是在清晨；明亮的田野里，有人在插秧，有水牛在歇息，这是日间了；黄昏时，偶有黄鹤展翅落于池塘，紧接着便是“鸡栖于埘”。

映山红我是多久没有见到了？这种彤红若火的花，盛放在山野里。在记忆之中，它是那么灿烂动人，而在孩童之时，却是一种不甚起眼的食物。“我们吃花，折一枝带嫩叶的枝子，将花摘下，掐去尾部，抽去花丝，穿到枝子上。如此穿了许多朵，成密密一枝花串，才放口大嚼。这样的滋味，比单吃一朵来得甘酸与好玩”（《清明》），吃法大同小异。映山红的滋味，着实不太好，吃多了两颊生酸，分泌出许多口水来。一时新鲜之后，映山红便成为孩童玩耍的装饰物。

乡间零食匮乏，方圆十里不见一家小卖部。小孩子嘴巴又馋，肚子总是渴望着食物，好在农民的辛勤与大自然的慷慨，一年四季，总是能找到入口的食物。春天“我们吃得最多的，一定还是稻苞……稻苞是一种近于透明的嫩白，汁液鲜甜”（《葛、白茅与斑茅》），至于葛、白茅与斑茅，在我的家乡，并无人吃——白茅与斑茅，都是常见的，待它们长成，是很好的柴火。挖葛根，似乎没有。偶尔会有人到山里挖“硬饭根”（可煮着吃，口感极硬，难以下咽，老人口中“过去”因粮食匮乏，所以常挖来作口粮），但我从未见过。

靠山吃山，靠水吃水。春夏之交，可吃的东西就更多了。山涧里的覆盆子，红彤彤如草莓，因其枝生有倒刺，所以摘的时候要极其小心。桑葚、李子、枇杷、桃子之属，陆续成熟，尤其是李子与桃子，可以说是一年之中难得的水果盛宴。夏天则是荔枝、芒果与西瓜。这三样水果是地里没有的，只能到二十公里外的市集里购买，所以尤为珍贵——浸在清凉溪水中的瓜，是繁忙农事中最为奢侈的享受。“外面太阳太大了，有时候我们吃着吃着，突然发了孝心，切一个瓜，切得薄薄的，用筷子小心把瓜子全都剔掉，再削去瓜皮，放在白碟子里，撒一点白糖上面，端到田里给父母大人吃。”（《关于西瓜的黄金时代》）

秋天最为开心。桃金娘是九月初成熟，那时正值新学年的开始。桃金娘属灌木，与五六岁小孩一般高，成熟的果子呈乌黑色，味甜。小孩在山里走一圈，能摘满满的一篮子。秋意再浓一点，野果陆续成熟，现在我已经忘记它们的名字。（其实，有些还是能用方言叫出来，只是把它转化为普通话时，颇为困难。在搜索引擎发达的今天，我曾尝试根据图形、方言去查找，最终却无法完全对应上，这仿佛是一个巨大的隐喻。）及至冬季，万物归于沉寂，唯有柿子熬得住寒气，高挂在枝头，仿若小灯笼。常有鸟雀先人一步，尝到了它的甜美。

自然的风味，佳则佳矣，但最能体现故乡的多情与独特的，还是填充肚子的日常饮食。“夏天的晚饭里，最使我怀念的是从前菜园里的几种园蔬”（《夏天的晚饭》），莴笋、豌豆、蚕豆、豇豆、茄子、青菜、萝卜、苦瓜、黄瓜、南瓜等都是常见的蔬菜。于二十多年前的乡村而言，自家种植的蔬菜是日常，肉荤则是庆典，“偶尔有一盘荤菜”以解馋。

“小时候清明是一个很平常的节日，并没有格外的欢喜或悲伤，原因在于没有特别好吃的，而我旧时对一切节日的情愫，几乎都建立在‘吃’的基础上”(《清明》)，传统的节日最令人缅怀的地方，就是繁忙的日常留出一道缝隙，没有消费主义的狂欢，也没有割裂式的奔波，只是顺其自然地延续着日常的欢欣，仿佛是行驶在大路上的汽车，慢慢爬上缓坡，又渐渐归于安稳。

在《做糖》一文，沈书枝谈到“腊月里农事已毕，田野肃爽，乡人们逐渐有些时间与闲情为即将来临的春节做些准备，其中最平常的就是炒炒米和做糖”。作为最隆重的节日，春节的氛围从腊月里渐浓，至除夕夜到达高潮，到正月十五便淡去。我小时候极其喜欢年前的二十多天，家里忙着准备“年货”。

家里煎、炸一些小吃，故而厨房始终亮堂堂的。灶里的火从早上烧到晚上，烤得人身体发烫。沈书枝家乡的“做糖”，我是没有见过，然而炒炒米却是一个清晰而又逐渐遥远的记忆。“我们总是去外婆家炒炒米”，与沈书枝不同，我们那边的炒炒米是一项专职工作。到了炒炒米时节，会有炒米人骑着自行车，带着炒米机出现在村子里。炒米机浑身乌黑，造型应如路边的爆米花机。炒炒米需要麦芽糖，因其黏性好。至于具体工序，我早已忘记。沈书枝《做糖》一文所写的工序，应该与我家那边不同。

现在想起来，当时之所以对沈书枝的文字，产生如此大的共鸣，大半原因是自己处于一个糟糕的境地。孤身一人来到上海，住在狭促的出租屋里，每天面对着不同的面孔。这是一个新世界，大路上车来人往，目光所及皆是高楼大厦，耳中所闻皆是天南地北。一个膨胀的、看不见边界的世界展现在我面前，而自己却如蝼蚁，渺小、不安。陈可辛导演的经典爱情电影《甜蜜蜜》，黎明饰演的黎小军即是如此。电影中有一幕细节，至今令我难忘：初到繁华的香港的他，首次接触到电梯，神情慌乱又充满好奇。想必自己刚到上海之时，脸上也带着同样的神情。

一个世界之所以令人感到陌生，是因为个人的经验尚未触及。于是，眼前的一切便变得形迹可疑，甚至，荆棘满布。安全感丧失后，人们便会调动全身的经验去应付，而故乡总是首先被提起。我们以古旧的经验去应对新生的世界，边走边看，进而适应、融入。最终，故乡被小心翼翼地隐匿起来，成了“反认他乡是故乡”。

二

记忆可靠吗？想要回答这个问题，似乎并不难。布罗茨基在《小于一》一文中有过精妙的阐述：“跟一般失败比较，试图回忆过去就像试图把握存在的意义。两者都使你感到像一个婴儿在抓篮球：‘手掌不断滑走’。”婴儿手掌小，面对着巨大的篮球，即使是使尽浑身力气，也无法完全抓起。然而，只要婴儿愿意，他可以伸出手掌去触摸篮球的一个切面，并理解成这就是篮球的全部。

所以，面对着繁杂、无序的往事，人们总是喜欢截取愿意被记忆的一面。同时，在回忆过去的时候，人们总是在有意或无意地修剪事实，以期抵达愿景中的真相。这种愿景，像是绚丽多彩的表层，看似轻薄，却极其坚固，让人难以侦破（当然，也有人不忍去戳破）。

因此，故乡可靠吗？或者，更准确一点，记忆中的故乡可靠吗？费翔深情款款地唱着：“天边飘过故乡的云，它不停地向我召唤。”这是记忆的伎俩，也是故乡的魅惑。所以，当愿景中的故乡与现实发生抵牾之时，我们将以何种姿态去面对曾经成长、生活过的地方？是迫于现实、经过现实考量后的逃离，让故乡成为纯粹的抒情所在，还是以更深沉的情感，全面审视，进而拥抱故乡？有一点可以确认的是，不管是哪种选择，都无法解决根本性的问题：静止的记忆注定难以跟上迅捷又变幻莫测的现实脚步。

凡是把生活浪漫化之人，我们需要时刻保持警惕。比如，常常把爱情挂在口边的人，大多是欢场浪子；常常忽视日常的琐碎，一味歌颂生活的伟大，大多是“何不食肉糜”者。所以，把乡村、田野视为桃花源或乌托邦，一定不能切身地体会乡村的方方面面，包括它的不堪与无奈。许多年前，我读陈庆港的《十四家》，并为之深深震动。贫困、无望，似乎被时代所抛弃的人群，展现在我面前。陈庆港犹如一名人类学家、跟踪并记录西部地区在十四个家庭在二十一世纪前十年的生存状况，贫困、绝望始终蔓延。陈庆港所书写的并不能成为中国农村的代表，只是这时代图景中的一瞥。

因为成长于乡村，沈书枝对乡村生活的追忆与思考，所怀揣的不安，大多是在文字之外，“见自己最后又在回忆里兜转，我难道果真是复古主义者，以为过去的便一切都好，眼前事只有掩目不见才适意么”，“壮劳力的减少自是这种凋败的最大原因，对于这片村庄，我如今已无法掩藏心里的那种不安，不知道它什么时候会被征收，成为楼盘或商场，或者‘新农村建设’，将旧日掩映在塘边山脚边的人家全部迁移”。在回忆中兜转的沈书枝，在《小店记》一文中，终于与现实接壤。

写作《八九十枝花》之时，沈书枝在“很多地方留意到写出那时小孩子的心思”。这是沈书枝在废名身上发现的秘密，用一颗纯净的孩童之心回望故乡，其沉痛之处往往被天真所遮掩。“我和妹妹是家中第四第五个女儿，况且一出生便是两个，在期望得一个孙子的长辈心里，引来的巨大失落自不用说。”（《清明》）成长的隐痛及家庭的离散，直到沈书枝的回忆散文集《燕子最后飞去了哪里》，才得到较为全面的呈现。

现在，让我们谈一谈与乡村密切相关的宏大的现实。在序言《书枝的文字》中，作家高军提出：“书枝写的乡村社会正在消失，而且越来越快”。媒体上“田园挽歌”“乡村的沦陷”等词汇频频出现，似乎印证着高军的论断。评论家维舟在《永远在还乡》一文中直言：“所有的乡土文学几乎都是在城市里写就的。《八九十枝花》并不例外，它是一个离开故乡、甚至可能重返时发现它已经沦陷的人，在纸上运用文字对故乡进行一次复原。”而江子在其所著散文集《田园将芜》里，直接把副标题命名为“后乡村时代纪事”，似乎彻底让乡村成为可供抒情的存在。

“沦陷”，一个带有战争况味的词汇，仿佛两军对垒，喻示了乡土社会面对城市文明进行着一番决绝而又惨烈的对抗。自此，乡村社会被纳入一个广阔的市场体系之中，基于农耕社会的生活方式，在现代文明的冲击之下，便逐渐解体。其实，这并不意味着完全是坏事。饥饿一直是萦绕着农民几千年的噩梦。据说，清末外国使者来京，看到皇城脚下的人民面带菜色，由马可·波罗所塑造的幻象，就此戳破。古代歌颂田园生活者，也往往不是真正的农民，而是官场失意的文人。

一种不可逆转的时代趋势：青壮年们开始涌进城市，并用自己的汗水努力赚取生活。山川田野所得来的经验，已然不再适用。他们得接受挑战，学习并调整心态，努力融入城市。工厂流水线里，有他们的青春；建筑工地里，有他们的汗水；餐馆的厨房里，有他们的身影。留守村庄唯有儿童、老人，于是

“田园将芜”便出现了，于是“打工夫妻”便出现了，于是“乡村空心化”便出现了。

在《鱼塘》一文的附记中，沈书枝写道：“到我们读四年级的暑假，妈妈外出打工，从此之后，几乎再也没在家里待过一个月以上。”关于此点，我有相似的经历，小学毕业后的一天晚上，母亲用商量一般的语气说，妈妈跟你爸一起打工好不好？多年后，当留守儿童成为一种无法忽视的社会现象时，我才蓦然察觉到自己亦是属于其中一员（准确地说，应是留守少年）。若不是家用不支，没有人愿意背井离乡，也没有人愿意与孩子分离，只在过年过节短暂地相处十天半月。

因此，“沦陷”一词，在我看来，可能意味着我们忽视了农民（不管是作为群体，还是个体）在时代洪流面前，他们所显现出积极、勇敢、坚韧的一面。面对着困窘的生活，他们踏出自己的舒适区，到外面的世界里闯荡，为了更美好的生活在努力打拼。每年我回到家乡，所目睹几乎都是新的：修好了公路，村里新建了楼房，汽车如长龙般堵在路上。

在复杂的现实面前，语言总是会让人觉得匮乏。乡村的广袤、复杂，似乎让它有着一副忧郁的面孔。得出这个论断，完全是出自我个人的感性认知。诚然，相比于过去，乡村正在进步，但由于马太效应，城乡之间的差距正在越拉越大，尤其是教育、医疗、养老方面体现得尤为明显。高等学府里农村学子逐年减少，预示着这个庞大的群体的命运正在下沉与固化。去年，我的两个侄子，堪堪初中毕业，十六七岁的年纪，就已经离开学校，进入城市，开始工作。他们并非个例，而是一个现象。我的父辈们进入建筑行业，同辈们走进制造业工厂，他们则成为服务业（也就是第三产业）中的一分子。三代人的轨迹，正是时代发生急速变化的注脚。付出与收获的比例悬殊，这群庞大的"沉默的大多数"承载着时代发展的隐痛。

那，这个局面合理吗？该如何去回答这个追问呢，或许只能以时代的必然来回答，正如我们常用"历史的必然"来遮掩宏大叙述之下的褶皱：为什么是他们？

三

为什么是他们？或者，更甚，为什么是我们？

这个追问，似乎是无解的。不管是哪种答案（社会学、人类学，甚至是宗教学的），都无法令人完全满意。文学的意义也许就在这里，它呈现个体的命运与困境，试图解答不满意——相对于大时代的跌宕，小人物的命运可能更具有张力与书写的价值。因此，我喜欢一切私人特质的作品，因为它们提供了一个与众不同的切入口，让我们进入幽暗与沉重的现实与历史。

《燕子最后飞去了哪里》是沈书枝出版于2017年年初的散文集，其中《姐姐》一文为豆瓣阅读第二届征文大赛非虚构组首奖。在《八九十枝花》中，沈书枝的热情其实较多地倾注于名物，并以此构建明亮又惆怅的故乡。在《燕子最后飞去了哪里》，终于"童年随之而去"，更多地关注人和事，"那一瞬间，我忽然想到，我所写的，大概就是这样的东西吧。一种类似于消失的小路的东西，连接田畈与田畈、山坡与山坡，曾被人结实地踩着，在广漠的绿野之间发着白色的光，而如今早已荒芜湮灭，仿佛不曾存在过。然而我记得小路的弯曲与歧途，那里有我们过去的真实的生活，同时充满了温柔与痛苦，并不因为如今已付于荒草便应该抛诸大路。"（《后记：渐次荒没的小路》）

"过去的真实的生活，同时充满了温柔与痛苦"，温柔是沈书枝的文字给人的第一观感，因其"绵密而静"，从而有着柔软而又强大的力量，而"痛苦"，则是节制的、克制的——判断一部作品水准的高低，我有个极其任性的标准，即看作家如何处理"痛苦"，喋喋不休、抱怨不止者，便落于下乘。痛苦是自我的经历，需要作者独自去消化、超越，成为内在的力量。因此，克制是一种美德。

沈书枝姐妹五人，"三姐做'黑人口'的时候，计划生育管得还不是很严，到我和妹妹出生时，就已经很需要躲躲藏藏了"。所谓"黑人口"，就是无法上户口，以至于后续上学等事宜都要受到影响。计划生育执行严格的时候，计划人员到各村庄扫荡，侦察是否有孕妇私自怀胎。孕妇与家庭，需要躲躲藏藏，正是赵本山小品所讽刺的"超生游击队"。

有个男孩，对于农村家庭来说，无疑是至关重要的。除了朴素的传宗接代之外，可能还涉及迫切的现实压力和父亲的社会地位。乡村作为礼俗社会、人情社会，有儿子至少意味着家庭的力量不可忽视。在与人发生冲突时，有个可靠的依赖。因此，石家（沈书枝原名为石延平）怀着对男孩迫切的渴望。然而，当现实与愿望背道而驰，不免带来巨大的心理落差："等到妹妹也生下来——谁曾料坏运气竟是双份——妈妈更加伤心地哭起来。爸爸把妈妈抱在怀里，奶奶的脸都黑了，外公外婆在一边唉声叹气。没有看到小鸡鸡，连大姐都感到失望。"

因性别而遭受的歧视和不公，自然会伴随着沈书枝姐妹的成长，好在父母都"虽是五个女儿，并且那么穷，他们却从未在我们面前说一句嫌弃是女儿的话"。在二年级的一天，因为头发长长虱子，母亲带沈书枝姐妹剪了短发，酒醉后的父亲在晚上看见，忽然很生气："像男的！老子石海根不缺儿子！"

因乡村强劲的传统在，计划生育（准确地说，应是独生子女）政策事实上并未得到严密的执行。在我成长的地方，只有一个孩子的家庭非常罕见。两个孩子是普遍的情况，三个以上也不少见。因此，当我听到上海朋友谈起自己的"哥哥姐姐"，总是疑惑，城市里不都是独生子女么，为什么还会有哥哥姐姐？细究之下，朋友口中的"哥哥姐姐"，原来是堂兄妹或表姐弟——通过在表达上的细微的进化，把原本淡一层的亲戚变为血缘至亲。这着实是一个值得探讨的社会现象，词义的嬗变往往意味着社会、时代的变革。

沈书枝五姐妹读书、工作，相继离开乡村，融入、定居于城市。这是一个家庭的变迁，各个姐妹因为性格、学识的不同，遭遇了不同的命运。沈书枝笔触细腻，所书写的往事与细节，每每读之令人伤感与落泪。比如，在长文《姐姐》中对三姐的记录，她因读书成绩不好，早早离开学校，做过皮鞋学徒，留在家中洗衣煮饭，扮演着母亲的角色，直至后来跟着大姐到南京餐馆里打工，遇上了丈夫，结婚生子、开餐馆等。三姐的人生轨迹虽然普通，却也有一种朴素的、稳健的积极向上的力量。可就在生活逐渐变好之时，变故突然而至，三姐夫生了重病，存款耗尽后，人终究没有从死神手中拉回来。哀恸的葬礼，“她（三姐）伏在香案前一条长凳上大哭，倒在妈妈怀里，一面哀哀地喊：‘妈！他不要我了！妈！他不要我了！”生活似乎坍塌。葬礼之后，三姐很快就回到工作，又一年重新结婚，生活再回正轨，让人想起沈从文的“死者长已，生者实宜百年长勤”。

沈书枝用文字书写过去的、当下正在发生的一切，构筑成当下的生活。诚然，它是时代的映像，“可能在个人化的记录上更多一份普遍性的意义”。然而，其最具有价值的地方，其实是对个人与自我命运的凝视与回望。

四

成长于乡村，工作与城市，贯穿其中的求学历程，其实是一段与故乡渐行渐远的历程。乡镇的小学、进而县城的中学，再而省城里的大学。外面的世界，就像一个不断扩张的圆，越阔越大。当自己回望故乡这个起点时，终于发现它越发遥远。

存在着一种巨大的尴尬：作为外乡人，大部分的时间，都在城市里生活，只有节假日时，才匆匆回到家乡团聚。短短的团聚时间过后，又随着列车回到城市，开始新一年的生活，仿若候鸟——家乡反而更像是临时落脚地。然而，就现实而言，大多数务工人员是不敢也不能把所在的城市视为“家”，危险亦潜伏在日常生活中，反反复复地上演着“被需要的”与“被侮辱的”的戏码（如遭受大规模“合法”的驱逐）。人生如寄，悲哀若此。

大多数人的一生，所追求的无非是安身立命。只有少数人有历史的自觉与野心，追求更为宏伟的目标，如立德立言。安身，是不可拒绝的现实。一个人离开故乡，到另外一个地方生活，其实是最基本的需求。可现实的荒谬或无奈（城乡差距巨大、资源的稀缺性），导致大部分的人就像是《城堡》中的K一样。当然，即使能进入城堡，亦须经过层层的选拔与考验。无怪乎在北上广深买房，会被人戏称为“上车”——仿佛是挤公交车，慌张、无序，又无法拒绝。

“安身”虽困难重重，但对精英者并非不可能。因此，“立命”才是更深的、更让人难以面对的焦虑：在大城市与故乡的缝隙之中，如何认识自我，进而定位自我？江子在《田园将芜——

后乡村时代纪事》一书的后记中，有句令人惆怅的话："我成为故乡的卧底"。卧底，处于夹缝之中，左摇右摆，无法明确地定位自我（香港电影中的卧底，身份上是警察，做的事情却是黑道的）。一部人通过自身的努力，户口迁移到城市，身份也由"农民"变成"市民"，对故乡怀有的愧疚感与负罪感仍难以抹去。我们逃离家乡的过去与当下，并不打算参与它的未来。正是因为逃离，现实的家乡最终成为忧郁的故乡。

"未入门的植物爱好者，已离乡的乡下人"，这是沈书枝在微博上的自我介绍。"植物爱好者"，除了概括自己的写作风格与兴趣所在之外，也揭示了她成长经验的来源。"离乡的乡下人"，既是客观的描述，也是对自我的定位：以"乡下人"的勇气与智慧，穿梭、生活在城市里，而故乡的风物人情将指引、温润余生。

故乡的距离
——读项静短篇小说集《清歌》

一

在短篇小说《本地英雄》中，项静写到一对好友短暂相会：在上海生活多年的梁宇在一个周末的午后，忽然接到一个陌生的电话。来电者是她十五年未见的好友令箭，两人在傅村度过平淡而又慌乱的少女时代。令箭学习成绩不好，早早地离开学校，成了所谓的“社会人”，走南闯北，为生活而奔波。

梁宇则像所有的尖子生一样，按部就班地考试、升学，最终成功地走出小镇，落脚于上海。两人的人生轨迹已截然不同，生活圈子几无交集，仅有的交集只有在微信中极为稀少的寒暄。令箭这个突兀的电话，让梁宇回到了2003年的夏天。那时，她已接到研究生的录取通知书，在傅村的一所高中当兼职辅导老师。令箭则从南方归来，处于人生的空窗期。两人与同是辅导老师的大雷度过了一个“没事偷着乐”的夏天，一起看电影、吃夜宵、侃天侃地。夏天结束后，三人各奔东西，不复再见。

令箭前来上海出差，顺道想到梁宇家拜访。客人上门，在傅村是极为平常的事，但对在城市生活已久的梁宇来说，却犯了难。与先生何林商量后，梁宇最终与令箭在一家私房菜馆相见。在这长达三小时的相会之中，这对好友“接着一阵沉默”“两个人聊一聊停一停”。努力寻找话题的尴尬与局促始终存在着。紧接着，项静带我们走进了令人猝不及防的瞬间：

“梁宇问了一句：‘你来找我，有没有其他事情？’令箭抬头看了梁宇一眼说：‘没有没有，就是来看看你。’梁宇拿纸巾拭了拭嘴巴，把面前的盘子向里推了推，这顿饭吃了有点超量。她抬起头第一次长时间看着令箭的眼睛。令箭扭转脖子，朝服务员摆了摆手，说：‘说实话，我就是想看看你过得好不好，有没有别人说的那么好。’梁宇两手一摊，靠在沙发上说：‘喏，你看到了，就这样。’说这话的时候，穿暗红色上衣的服务员已经在收拾盘盏。梁宇想说再坐一会儿，但已经来不及了，令箭回转身拎起了那只硕大的黑包。”

我们当然能理解梁宇的直接，亦能理解她的善意。在城市生活已久的她，显然接纳了新的人际交往的原则。比如，邻里之间，不再随便串门。人与人之间，拥有清晰的边界。这种边界，建立在尊重个人隐私之上，建立在市场秩序之上。在梁宇的认识上，做客本身算不上是一件“事情”。或者，更严谨地说，做客不算是一件严肃的事。有目的性，甚至带有交易性质的，才能算是“事”，才值得我们严肃对待。因此，面对突如其来的令箭，梁宇自然会有心有疑虑，担忧着客人是来寻求帮忙的。而令箭的回答显然是出乎梁宇的意料，仿佛她只是出于关心与好奇才前来拜访故友的。

之所以说是“仿佛”，自然是项静在文本中埋藏足够丰富的细节，让我们疑心令箭此行是否真的是“有事”。比如说，令箭的第二句话，就显得不那么自然，像是戳穿心事后的保证；再比如，令箭朋友圈晒的照片，给人感觉“像是做微商”的。种种迹象表明，令箭拜访梁宇的目的，也许并没有她所说的那么纯粹。当然，我们已无法得知令箭的真实的意图，正如我们无法彻底理解他人的生活，无法彻底地对他人的境遇感同身受。我们所能理解的，无非就是自己眼前的生活与状况。无论如何，我们该为令箭的行为而感动，因为她还记挂着十五年未见的好友。

《本地英雄》收录于项静新出版的短篇小说集《清歌》（山东画报出版社，2021.08）。这是评论家项静的第二部小说集，首部为《集散地》（安徽文艺出版社，2018.01）。两部小说为同一系列，都以傅村为中心，以追忆之眼回眸着、凝视着生于斯、长于斯的百姓们的生活与境况。

这是项静对故乡的书写，以及对成长、自我的梳理与确认。这是一个漫长的过程，“傅村”系列文本的写作起始于2004年冬天，体裁亦从纪实的散文逐渐转变为虚构性的小说。其中原因，项静在《清歌》的后记中写道：“到2020年，我在城市生活的年数已超过了在农村的时长，对于乡村与乡土，我还能写什么？记忆越来越空虚，但生活本身一定是扎实的。我只能使用虚构的工具，去填补记忆空白，我想用一种绵密的语法表现那里的生活——物质、人情和农耕社会的日常。而实际上，我固然了解一些乡土的现实，但毕竟已经隔膜了，我写的只能是那里的风度与精神。我想每一个有乡土生活经历的人都难以忘记，也难以祛除那个空间给予自己的痕迹。我想把这个痕迹写出来，看似沉默之处的暗流，人们潜在的精神空间。”即，在现实生活之中，乡村与项静渐行渐远，最终成为“隔膜”的存在。而这，正是众多在城市工作、生活的异乡人所要面临的境况。

话说回《本地英雄》中，我之所以先谈这部短篇小说，那是因为梁宇与令箭的聚餐极具象征意义，像是两种命运的短暂的相汇。当一切结束后，两人的命运又像是两条遥遥相望的平行线，相向而行。梁宇是学习成绩好的代表，通过自己的努力，成功实现了所谓的“阶级”的跃升，而令箭是留守在乡村生活的“本地英雄”。

因此，当会面结束后，“梁宇回到家，好像有什么东西被抽空了，一阵疲惫”，进而她又“在两个房间都紧闭的空荡荡的家里，梁宇又非常后悔没有邀请令箭来家里坐坐”。梁宇面对着故乡来客时所流露的夷犹与繁杂的情绪，正是异乡人的心灵困惑。

异乡，并非孤立的存在，而是诞生于故乡之上。有了故乡，有了离乡，才会有异乡。在异乡生活久了，建立新的生活圈子与习惯后，成为“新”人（新上海人、新北京人、新深圳人，等等），故乡便渐行渐远，终于成为清晰而又遥远的记忆与乡愁。一个人无论如何努力成为“新”人，总会有些“故”事无法忘怀的。比如，家乡的菜肴，曾经中流击水的河流，邻里之间的孩童嬉闹，等等。

于是，如何面对故乡，便成为无数异乡人不得面对的问题。

二

2013年春天，我从家乡乘坐T字头火车，一路北上。火车穿山越岭，奔袭14个小时后抵达上海南站。像许多从小镇出来的人一样，我开始海投简历，在这座常居2500万人的城市中寻找工作机会。这一晃，将近十年过去了，自己也已早过了而立之年。在这期间，我适应了上海菜肴的味道，结交了许多好友，拥有自己的生活圈子。得益于科技与物流的发展，故乡亦似乎近在自己的身边。每周可以在微信视频中与父母见面，聊聊家中情况；想吃老家的特色菜，可直接在淘宝上下单，鲜生物流24小时内可到达。女儿出生时，母亲在家杀了新鲜的鸡，酿好了黄酒，寄了过来。可我内心深处也知道，故乡正在渐渐远去：儿时的好友，几乎没有联系了；一些家乡话，也忘记怎么说了；过年回到老家，跟同龄人们除了追忆往事外，几无他话可谈。正如芭芭拉·卡森在《乡愁》一书所言：“我似乎回到了家，但这不是我的家。”

没有哪个时代像现代一样，制造出数以亿计的离乡者与异乡人。人们离开故乡，踏上旅途，参与浩浩荡荡的现代化与城市化的过程中来。卢建红在《乡愁与认同》一书中指出：“‘现代’最明显的标志就是大规模的背井离乡。工业化和城市化使社会空间发生了根本性的改变——从农耕社会到工业社会，从乡村到城市，这就是当我们想到‘家’或‘家乡’的时候，记忆起的总是乡村的背景，而事实上城市已成为我们的永久居住地。所谓现代性的扩张过程就是把‘家’连根拔起的过程，就是把‘家乡’变成‘故乡’的过程。”

80后群体恰恰是现代过程中重要的见证者与亲历者。许多成长于乡村的80后们，孩童时与泥土亲昵，奔跑于田野之间，生活方式是传统的农耕社会的延续。当改革开放的春风吹拂而来时，80后目睹了父辈们离开乡村，进入城市，成为务工人员，坚韧、奋力地为自己争取美好的未来。他们则在学习、成长过程中，一路跋涉，从小镇到县城，再从县城到省城。更为优秀者，则冲出国门。每跨越一步，他们的视野便会愈加广阔，变化亦会愈加激烈，与故乡的距离便会愈加遥远。

最贴合现代化社会变迁主题的小说是《见字如面》。在这篇小说中，项静以信为线索，向我们讲述了家族两代人为生活奋斗的故事。二十世纪七八十年代初，“我”家由于土地少，无法养活众多儿女。作为长子的大伯及三叔，接连离开傅村，像历史上的先辈们一样，闯向了关东。“关东神秘而博大，它收留了我们村二十五口人”，大伯与三叔凭借着商人的嗅觉，在东北农场上白手起家，相继成家立业。大伯在东北的成功，帮助大家族渡过难关。

改革开放以后，关东在傅村人心中逐渐失宠。“1990年以后，村里去关东的人陆续全家都搬回来，故地虽然不是发达的地区，但已经生活温饱了，条件也已大为改善。”傅村人谋生的途径不再是闯关东或到山西挖煤，而是经济更为活跃的城市，“年轻人都把附近的县城、省城和毗邻的大城市，甚至是北京、上海当作寻求出路的地方。人跟人，水顺水，慢慢地路就广了，虽然只是从事一些城里人不愿意做的职业：男孩子一般到大城市工厂里做生产线上的工人，到建筑工地或装修工程中做学徒，时间久了当个拿钱多的师傅；女孩子出去较多做售货员、保姆、服务员，也有出去做小生意一步一步发达起来的”。堂弟（大伯的儿子）就是在此大背景之下，从东北回乡创业，一路摸爬滚打，开启了自己的生活。傅村人的谋生的选择，与四十年来中国社会发展潮流吻合。傅村人像无数的中国人一样，随着社会大潮流，以坚韧向上的精神，努力地经营着自己的生活。

在《见字如面》中，有个情节令人唏嘘：2016年9月，“我”跟随一个团队到黑龙江采风两天，期间联系了在此定居的小叔。小叔很是热情地邀请我前去泡温泉。遗憾的是，“由于时间紧张，我们一行人商量下来，行程不方便更改，我感到了他的失望”。

小叔的失望自然是可以理解的，久居他乡的他，想见到故乡的亲人，想听听乡音，想亲自确认一下亲人“过得好不好”，正如令箭一样。同时，他也迫切地想向亲人展示自己的生活。

叔叔的故事还在延续。在《见字如面》的姐妹篇《地平线》之中，我们看到叔叔活力四射又茫然无措的青春，也看到他在黑龙江一路打拼的辛酸。他既会慷慨地帮助家族的后辈们，又会小心地为后辈们的礼节问题而心生埋怨。“我读高中的时候，有一次要交五百块报一个竞赛辅导，爸爸不在家，妈妈凑不齐这些钱。他说我在遇到苦难的时候第一个想到叔叔，他心里很高兴。”“叔叔是我们傅村世界里走出来的行侠仗义者，随时施展他对别人的爱与义。”

帮助亲人是叔叔与故乡联系的一种途径。因此，这也不难理解，当孩子们成家立业后，不再那么迫切地需要他的帮忙时，他该有多么失落。更令人心酸的场景，还在后头：叔叔的教育哲学，以及他的生存之道，与孩子们的观念分歧渐大。他对故乡人情的思念，正在被孩子们忽略；他对故乡充满柔情，想象着年轻时的岁月；同时对故乡又充满了埋怨，因为一切都跟以前不一样了。

三

傅村是一个既存在又不存在的地方。

说它存在，它自然是以项静所生活的村庄为原型的；小说中的人物、事件，大部分都是有现实根据的。傅村的某些部分，真实存在于这片广袤的土地上。说它不存在，原因亦无他。因为即使我们穷尽文本中的线索，找遍山东全境，也无法找到与文本完全一致的傅村。因此，从这点来说，傅村是项静“一个人的村庄”，是她一个人的乡愁。

不过，项静并不满足将傅村当作“一个人的村庄”，而是“试图在个人生命史与社会发展史之间建立起某种恰当的联系”。（韩松刚，《必要的幻觉，或抒情的延伸——项静短篇小说〈清歌〉读札》，《上海文化》2022年1月号）她在写作上刻意保持了与傅村之间的距离。不管是在《集散地》，还是在《清歌》中，项静有意识地拒绝描绘傅村的风俗、习惯及方言，生怕读者精准定位到具体的村庄。（尤其是方言，近年来已成为小说家们时髦的技艺。在创作之中，将方言纳入文本之中，当然会起到令读者炫目惊奇之感，起到所谓的“拓宽汉语表达”的妙用。但方言在文本中，真的不可替代吗？）因此，我们不妨将傅村当作是中国这片广袤土地上的村庄的代表。它可以是在山东，也可以是在山西，可以在广东，也可以在广西。生活在其中的人们，或自愿或被迫地加入浩浩荡荡的社会大发展之中。

这群人的底色是坚韧。他们拥有健朗向上的精神，有着走南闯北的丰富经历，当然也会有挫败与失落。但他们无一都在认真地生活。比如，《三友记》是为傅村三位乡村医生所立的小传，《清歌》是对乡村教师对教育事业的讴歌，《宇宙人》是对流动电影放映员的追忆，《壮游》则记录着乡村留守老人的失落与微小的幸福，《人间食粮》记录着家族的饥饿记忆，等等。这批平凡的普通人，在每一个历史节点，都在努力、认真地生活。正如项静在《见字如面》结尾的感慨："很多事情和人无声无息地消失了，很多人仍然在努力地生活，即使在距离别人高速公路很远的小路上，一点都不偷懒，不耽误编织梦想。"

“一切肇始于异乡冰凉的雨夜”
——读文珍

必须理解夜。当最后一抹阳光落下，黑夜降临。此时，鸡栖于埘，牛羊下来，倦鸟归巢。劳作一天的人们，亦放下手中的工具，洗掉一身的疲倦，于可亲的灯火之中，享受着热气腾腾的晚餐。此时，四野寂静，星河灿烂。围坐桌前的人们，分享着白日的见闻。在这闲暇的时光之中，人们摆脱沉重的劳作，反刍着白天的经历与经验。于是，白天里所发生的事实，将会被变形、被移花接木、被巧妙地隐藏。于是，故事生焉，童话生焉，小说生焉。此时，夜晚为远行之人、为心恋故土者提供着讲故事的场景。正如在电影院，灯光一关，音乐一响，观众便进入别处的时空。这与琐屑的日常无关，与宏大的事业无关，而是一趟与自我、记忆及未来相关的旅行。

黑夜是温柔与危险的结合体。从时间上来说，夜显得既漫长又短促。自夕阳湮灭至晨曦微露，这是夜的长度，也是自然界的规律。在时间的长度上，黑夜与白昼，并没有区别，唯一的不同之处或许在于人们对时间的感知：白昼是劳作的时间，人们不得不面对着无穷无尽的工作、人际关系，等等。黑夜则是休息的时间，人们脱离工作，脱离了复杂的社会关系，以最本真的状态，进入了独属的空间。如果一个人睡眠质量好，那么他几乎感知不到时间的流逝，眼睛一闭一睁，黑夜就过去了。如果他满怀心事，无法睡眠，那么黑夜将会变得漫长无比，所谓“求之不得，寤寐思服”是也。因为无法劳作，人们学会用想象去抵抗黑夜的无尽，学会用想象去抵抗时间。于是，人们开始目睹了独属于自己的风景，经历了独属于自己的冒险。有人在这趟旅行之中，汲取了额外的动力，让自己更具有勇气与生活搏斗。有人只是进行一趟纯粹的旅行，只有在旅途行将结束时，惆怅猛然间泛上心头。这是夜的温柔与浪漫的所在。与此同时，饥饿的百兽又虎视眈眈，随时都可能发起攻击，进而让人们失去生命与财产。一些潜伏于内心深处的幽暗，亦会借助夜色，露出獠牙。

从首部短篇小说集《我们夜里在美术馆谈恋爱》，到《柒》，再到新近出版的小说集《夜的女采摘员》《找钥匙》《气味之城》，以及诗集《鲸鱼破冰》中，我们不难发现文珍对黑夜的偏爱。尤其是在诗集里，光是翻阅目录，便能找到许多直接与黑夜相关的诗篇，如《一个良夜》《前夜》《冬夜雨后》《奥德赛的海上仲夏夜之梦》《平安夜前夕》《无事之夜》《另一个夜，或其他》，等等。其他的诗篇——除了少数几篇外——亦能找到与黑夜相关的词句或意象，“绝对黑暗／的水域中。一种事先被指认的沉没”（《初雪之日》）“天气暗示黯淡前景但一直不曾真的／天亮。夜晚漫长。你在灯下独自工作”（《宝贝》）“午夜时分穿戴整齐／端坐桌前等待尚且遥远的睡意”（《十二月诗行》）“还有一些夜晚我们在楼下漫游，你一把将我抱起。”（《女戏子》），等等。此外，黄昏或暮色渐浓，亦是文珍所喜爱的瞬间，比如《三月有晚霞的最后一天》。暮春三月，晚霞流丽，长安街人来车往，如梦如幻。然而，当晚霞散去后，“天无可逆转地暗下去。长安街恢复庄重／自粉色棉花糖和动物园梦境中醒来。”当然，这并不是文珍的诗歌里只有黑夜与黄昏（当然也有清晨、午后等其他迷人的时刻）。

文珍对黑夜的喜爱，几乎是纵容的、沉溺的。原因倒也简单，因为她习惯在夜晚写作，尤其是在午夜。“我只是在午夜里才突然写／写／写”（《关于隐喻的断章》）。她对白天的厌恶，与工作有关。《一个上班的寻常午后》是文珍罕见地写到上班时的状态，“充满倦意，以及困顿的安全距离／仿佛随时可以去死，或长眠不醒”“做什么都不乐意；哪怕喝一杯茶沉闷致死”。在《这一日又过去》中，文珍又提及上下班时所遭受的通勤之苦，“十二点零一分。这一日又过去／用两个半小时在路上奔波”。这样的一天，自然会是“这空虚而漫漫的／一日”。

夜晚，是卸下伪装、回归自我的时间，是独属于自己的空间。夜晚的魅力，也是源于此，正如文珍在《十句话》中“黑夜”一节中所言：“黑暗里藏着人世间最好的秘密／都被梦白白吃掉并消化了”。人世间的秘密，是自我对世界的观察与探索，被梦吃掉、消化，则是自我的反刍与生长。“合上双目坠入那黑暗的清凉／一有机会，就到宇宙中去／但胸腔中的灼热不允许。另一个灵魂住在我里面”（《我定有缺点》）。因此，在文珍的笔下，夜晚是梦幻的舞台。孤独的异乡人、失意的恋人、于夜车中逃离的人，以及那些幻化着身形的鸟兽虫鱼的絮语者，“各自找食／各自寻欢／各自遇险”。（《一个良夜》）

在《鲸鱼破冰》里，诗人在黑夜中飞翔，为爱所忧伤、所挣扎，为未来所焦虑、所迷茫。她是名“惊慌的小女孩”，小心翼翼地感受着世界，近乎贪恋地渴望着爱，又肆意张扬地在暗夜中驰骋。这是飞翔的诗、飞翔的爱，读着这些诗，某个瞬间会让人觉得是在看夏加尔的画。当然，也有气质截然不同的，比如说在《鲸鱼破冰》同名诗中，文珍写到她与父亲的关系，“是从哪年起和他重新恢复邦交／而今日，又踏出了历史性的一步”，将父女关系形容为两国邦交，其中艰辛与心理层面的斗争可想而知。她回忆与父亲紧张对峙中的点点滴滴，中学时被打逃学，大学时恋爱晚归，“我们十年来没说够一百句话”。然而，父亲还是在默默地关心着女儿，他的朋友圈里，“只有孤零零的一条，发于一年前的今日／是我入围某个文学奖的新闻”。这是父亲隐晦而小心的爱。另外一首是回忆祖母回忆童年的《月光光光光吃糖糖糖糖》，潜伏在文珍内心深处的小女孩，再次探出了头，感伤满怀。

二

文珍以小说为人所知。之所以先谈诗歌，而不是小说，自然是因为文珍的本质上是名诗人。就像她在《鲸鱼破冰》的序中所言："小说和诗歌都是我真正喜欢的事，共同安放了许多有幸的光阴；甚至诗歌比小说所能容纳的，还要多一些。"相对诗歌而言，文珍在小说上所遭受的束缚更多。即，文珍在诗歌创作上更加自如，在小说中却不自觉地戴上了枷锁。其中缘由，一部分是发表的因素——但凡要公开发表的文字，作者难免会更加庄重与谨慎。比如说，要照顾刊物的诉求，要回避敏感素材，等等。在诗歌创作中，文珍因"我仍羞于当一名公开的诗人"，获得了更大的自由。另一方面，则是文珍在小说创作中，严格地遵循着叙述的规律及信赖着技巧的力量，时常被迫收敛起好奇心。这种好奇心，与勇敢与真诚无关——文珍拥有这两种可贵的品质——而是肆意探索与破坏一切的渴望，甚至是对故事本身的破坏，对悲喜剧的摒弃，等等。

在文珍的诗歌中，常常会出现"小女孩"的意象，她可能是惊慌的，可能是感伤的，但小女孩是无所畏惧的，亦对世界充满了天真的想象。这里的天真，当然与帕慕克的《天真与感伤的小说家》有关——是孩童式的率真、莽撞，近乎本能与接近自然状态。孩童以万物为友。因此，在她的世界里，乌鸦、螃蟹、猫、狗等动物皆为友人，是极为重要的意象。这种现象，在文珍的小说中，亦得到明显的体现。读小说题目，便可见一斑，比如说《乌鸦》《刺猬》《狗》《抵达螃蟹的三种途径》《猫的故事》《肺鱼》，等等。更不用说，那些出没在小说文本中、承担着重要责任的动物了。

《乌鸦》收录于短篇小说集《夜的女采摘员》一书。这是一则安徒生式的故事，小说一方面充满孩童的欢腾，一方面又是深情、绝望，惨淡的现实迫人眉睫。一只生活在燕园树林里的公乌鸦，爱上一名在校园里学习的人类女孩。必然地，乌鸦在鸟类里是特立独行的，抗拒着庸常的鸟类日常生活，不然也不至于沉溺在无望的爱里。有时候，无望比绝望更令人痛苦，因为无望往往让人产生希望尚存的错觉。

小说分为两大部分，第一部分为“浪漫主义的第一部分”，即以乌鸦的视角进行叙述。文珍向我们展现了乌鸦先生的欢腾而又孤独的日常，以及爱的分量。第二部分是“现实主义的第二部分”，即以女生欧阳小乐的视角进行叙事。她是一名大学毕业生，尽管就读于中国最好的大学，然而工作、爱情、前途，都是灰暗的。幸好男朋友晓明与她一起在北京打拼，百事哀的贫贱情侣的日常中，亦有可触摸的氤氲喜悦，“快过年了，晓明的感冒终于渐渐地好起来了。我们照常手拉手地到楼下去吃砂锅米线，吃麻辣烫，发年终奖那天，还吃了一次涮羊肉，晓明脸都吃红了，眼睛非常明亮”。

这是明亮的动人，恍然间让人回到初出校门的那年。砂锅米线、麻辣烫……这些街边小店，滚烫的汤汁、浓郁的香辣，只有年轻人的味蕾，才能和愿意承受。些许的快乐，是希望的源泉。然而，大城市着实压得人透不过气来，晓明以回家的理由与欧阳小乐分手。墨菲定律在欧阳小乐身上应验了，失恋、失业，租住的房子面临拆迁……“这个世界上总有些人会慢慢走到走投无路的境况里去吧”，“她被没钱和自尊心困死在这个城中村里，就像一个没死透的大唐的游魂”。

于是，“现实主义”猛然撞上“浪漫主义”。在乌鸦先生的魅惑下，欧阳小乐即将要变成鸟类时，猛然醒悟过来，野蛮地驱赶走乌鸦先生。于是，乌鸦先生那温暖的家，“可以一次性收六个鸟频道的电视机”，以及桃心木架子床、沙浴盆、小椅子，等等，“一切的一切，全都完了”。

“浪漫主义”与“现实主义”的分线叙事，带着孩童式的纯真，像是生怕读者猜测不到自己的心思。这篇小说，最好的地方在于两者的碰撞。乌鸦先生试图诱惑落寞的女孩——原来，乌鸦先生可用法术将人类变成同类。法术的出现，让我们不得不审视一个更为严峻与残酷的境况：乌鸦先生曾经是否也是人类？女孩的幡然醒悟，则让我们感受到欧阳小乐内心深处刚健与坚韧的力量。因此，尽管她遭遇了困境，但我们亦不必担忧她的未来。

文珍喜欢写这种错位的爱，另外一则内核与之相近的是《张南山》（收录于《找钥匙》一书），是快递员张南山暗恋音乐学院的女生谢玲珑。他倾尽所有的努力，想要得到的亦不过是张玲珑接受他的好意。这种馈赠，在张南山看来是无偿的，然而在受赠者看来却有着胁迫的意味。这种无望的爱，最终幻灭了。张南山迅速回归到他情感应该放置的地方。在小说结尾，回到家乡的张南山与青梅竹马的恋人小菊在田垄上相遇。小菊面带惭色畅想两人婚后的生活，在小镇里开个饭馆。黑暗中突然传来鸡鸣声，仿佛是张南山的哭声。与乌鸦一样，张南山处在他的阶层（或者是群体）中，显得与众不同（名字来源于“采菊东篱下，悠然见南山”），他所做的努力所表现出来的爱——与其说是爱，不如说是一种本能的、无意识的向上欲念。

《抵达螃蟹的三种路径》是部典型的文珍的“动物”小说，小说由“相手蟹”“大闸蟹”“寄居蟹”三部分组成——这是三则情节独立的故事，人物与情节并无联系。蟹的品种，自然是寓意着不同的情感，每个人物都面临着不同的人生困境。文珍将三种不同阶层的困境与人生陈列在一起，其参差与广阔，亦即呈现出来了。

“相手蟹”中的主人公是K，身份是“外省学术青年”。这种法国小说式的表达，显然指向了一种严峻的现实：他处在于连的境况中。“K”的命名方式，则直截了当地告诉我们，他处于某些秩序之外。他的努力与突围行动，注定会是无望的。最终，他选择成为一只螃蟹。格里高尔发现自己变成甲虫的惊惶，成为遥远的情绪与记忆。K 是主动成为螃蟹，并很快沉溺于这微小的自得。“我们受过高等教育的K 此刻也慢慢从趴姿改成盘起腿，手肘向内弯曲，做成钳子模样。随即，他张开左手虎口去够放在桌子上的那个削好的苹果——部分果肉已经因为他漫长的寻蟹过程而氧化变褐——用力夹住，再优雅地放入嘴里，小口小口地吃，像外国人使用刀叉。”优雅，是教养而成的姿态，是文明的认证。这里的“优雅”，沉痛的惋惜多于讽刺，因为文珍知道K 最终无法脱离自己的困境。

“大闸蟹”则给我们呈现了爱情的建立与破碎。他和她在工作中相识、相爱，然而当两人准备进入更深的阶段时，却赫然发现脾性、品性与生活习惯无论如何也磨合不来。在初始时，爱情熠熠生辉，让人迷乱。而当爱情遭遇日常后，又迅速失去光泽，让人厌恶。他和她在婚恋上所遭遇的困境，并非无法跨越，但因为年轻人的自尊与骄傲，最终导致关系无可挽回了。在这里，大闸蟹是两人情感的象征，与其他食物一样，昭示着两位年轻人时而甜蜜时而紧张的关系。“因为他对虾蟹过敏，所以他们在一起的时候她从没为自己要过……那天晚上，她非常缓慢地吃完一整只螃蟹，而不必分他一丝肉、一点黄、一口膏给他。”同时，文珍亦告诉我们一则生活常识，大闸蟹固然美味，然而成为主食，未免太过于华丽不实。

“寄居蟹”则是异常残酷的故事，单亲妈妈林雅早先是个叛逆的少女，十九岁时离家远行。在火车中，她遇见所谓的“三和青年”军军。显而易见，她的遭遇必然会凄惨的，因为她几乎被诓骗着来到S城，几乎糊里糊涂地交出第一次，几乎宠溺地爱着孩子式的青年军军，几乎不明不白地怀上孕，又几乎注定地被军军抛弃。这则小说的环境，自然是灰暗的、凌乱不堪的。林雅与军军的爱，发生在多人杂居的宿舍里，发生在刻不容缓的间歇里。困窘一直伴随着林雅。在小说的最后，她进入富士康工厂，试图找到孩子的父亲。然而，林雅最终遭遇了疯子的劫持。疯子是位瘦削的年轻人，是不公秩序下的牺牲者，是象征者。劫持是“那倒像是主动向疯子迎了过去”。在生命的弥留之际，林雅仍在无望地期待着军军。“她说，军军，我一直好想和你去看一场电影。带上饼干。”将军军视为寄居蟹，自然是不会错的。正是他的毫无责任的寄居行为，导致了林雅的人生悲剧。林雅又何尝不是寄居蟹的一种呢？她寄居于无望的情感之上。阅读林雅的故事时，我心中生起许多惆怅与疑惑，她的生活仿佛不可避免地走向崩溃。她走向凶手的行为，有着强烈的自我献祭与牺牲的意味。因为在她见到凶手那一刹那，心中“怀着一种久违的柔情想：傻子，一天到晚不好好吃饭，就得这么瘦”。

林雅的生活、行为，符合小说家的逻辑，符合我们对底层女性的悲剧的想象。那么，她的人生可以避免走向毁灭吗？自然是可以的。在我看来，文珍给予林雅的时间太局促了。整篇小说仿佛是飞速行驶的汽车，上路的目的即是车祸。即，小说的时间与空间，过于急迫，不足以让林雅生长出自我，不足以让林雅发展出抵抗的力量。她理应具备应对生活的力量与能量。我们也不应对悲剧充满了喜悦的感伤。

此外，文珍许多小说可以作为诗的注脚。或者，更严谨地说，在文珍的创作中，诗歌与小说往往可以互为注脚。诗歌抓取着瞬间的情绪，凝视着片刻的记忆，而小说则负责让情绪与记忆生长、膨胀、圆满，最终形成一个完整的故事。比如，《乌鸦》《开端与终结》《关于我们所爱吃的花生》，都有同名的诗歌与小说，其中联系亦非常密切；再比如，《旅行》《秘密车厢》两首诗与小说《夜车》的隐秘联系，等等。

“一切肇始于异乡冰冷的雨夜”，这是文珍的诗歌《开端与终结》的首句。接下来，诗人引领我们走进她那寤寐思服、辗转反侧的夜，以及深情的爱。在小说《开端与终结》中（收录于小说集《柒》），我们终于窥见了那更广阔的忧愁与爱：季风在丈夫萧元与情人许谅之间，纠结反复。她沉溺于爱，又被爱折磨。她充满罪恶感，又无法脱解。小说最微妙的地方在于，“我”（叙述者，女，名叫万宁，是位作家）与季风密切又疏离的关系。尽管两位是闺蜜，其中又间杂微妙的羡慕、嫉妒等情绪。在小说的结尾，她有一次瞬间的分神，“我低头打开手机通讯簿，默默找到了萧元的名字。又按掉，重新找林章的名字。一夜未眠，那一刻我的确非常困，不太清楚自己想做什么”。多年前，萧元曾对“我”说过一句暧昧的话，林章当然是模范丈夫。我喜欢这样的瞬间，它呈现出生活的皱褶与秘密。它并不会像教导主任那样训斥我们，必须要挖掘出善与恶的况味。更为重要的是，它只暗自存在着、生长着，直到有一天破土而出，或者永远潜伏在幽暗处。理解这样的瞬间，其实是理解我们自己，理解生活本身。

三

异乡，是理解文珍另外一个关键的词汇。异乡，是故乡的彼岸。异乡的基础，乃是故乡。同样地，我们也可以说，故乡的基础，也是异乡。它们是两道河岸线，彼此遥望、平行，关系看似疏离，却又密不可分。我们清楚地知道，有了河岸线，河道才得以存在，河水得以流淌。有了异乡的月亮的对比，我们才能怅叹“月是故乡明”。文珍小说中的异乡，是更为广阔的、复杂的存在。可以是北京，是广州，也可以是深圳，笼统地说是现代化的城市——自城市化以来，异乡者必然会成为群体，且不可忽视的。因为户籍、市场等原因，异乡者中有的被吸纳成所谓“新人”（新上海人、新北京人、新深圳人，等等），有的则成了所谓的“边缘人”。

在新书《找钥匙》的序中，文珍提及笔下的故事与人物：“写的都是一些我生活之外的‘他者’——常被目为边缘、同样参与了构建这城市，却始终难以真正融入主流的族群。但‘他们’同时也有一部分属于更广阔的‘我们’：一个字一个字写下这些故事的时候，我时常有感同身受的痛切。很多结尾也都与和雨水有关，在夜晚，在滂沱的大雨里，一个人的命运悄悄地被完成。”

城市是庞大无比的市场，也是一种难以动摇的秩序与生活方式。在现代都市社会中，上班或者说工作，与人的兴趣、天性几无关系，而是必须习得的技能。我们赖以生存，但也为之束缚。在传统农业社会里，人们居住的场所与工作地，并没有多少距离的分隔。准确地说，工作地与居住地同处一片土地上、同一片空间里。没有人会去耕耘十公里外的土地。生活不会在别处。也就是说，在传统农业社会里，生活与工作并无分野，而是一体的。人们所遵循的法则，是自然。生物钟与鸡鸣声相符，耕作与季节、气候相合。而在现代都市社会中，生活与工作是分野的。大多数的时候，工作场所与居住地，可以没有任何联系。工作被固定化、精细化。为了提升生产的效率，人们所遵循的不是自然的法则，而是严苛的规章制度。比如说以上下班打卡为代表的考勤，比如说KPI 考核及末位淘汰制度。人们必须学会伪装以及努力才能应付这些规则制度。

德国哲学家韩炳哲在《倦怠社会》一书中指出：“21世纪不再是一个规训社会，而是功绩社会。”所谓的“规训社会”，即是福柯所定义的“由医院、监狱、营房和工厂构成”的，“各种否定性在其中占据主导”的社会。功绩社会继承了规训社会的某些特征，但不“禁令、戒律和法规失去主导地位，取而代之的是种种项目计划、自发行动和内在动机”。这大概是时下所流行的“内卷”。作为积极社会的功绩社会，“逐渐发展成一种‘兴奋剂社会’（Dopinggesellschaft）”，当目标感丧失后、物质刺激失效后，社会不可避免会产生过度疲劳和倦怠。而这种倦怠感，“造成了彼此孤立和疏离”。在工作中，我们必须扮演某个角色（不管是否称职），与周边的人的关系，大多会停留在同事层面上。一旦从此家公司离职，彼此之间的联系，刚开始时或会出来喝喝茶、聚聚餐，然而最终——大多数人会失去了联系，不再互通有无。彼此之间的联系，或仅限于朋友圈的点赞、评论。这是数字化时代的关系，看似亲切，其实是非常遥远与淡漠。

因此，于城市生活中的人，总渴望着远方，试图在诗意中拯救自我。但密集的日常生活，本质是与诗意相悖的。因此，逃离便生焉。逃离，是文学中经典的主题。它是对稳定秩序的抵抗与反抗，似乎也是让人找回自我的途径。人们似乎相信，只有逃离某种生活，才能摆脱枷锁，实现精神的自由，实现自我的解放，进而自我的价值才得以彰显。“乌鸦的炸酱面”的糟糕与惨淡，让我们质疑日常生活的价值。在质疑与厌倦一切的关头，远方便会成为魅惑。远方魅惑我们想象出与当下不同的生活，并为之放弃所有。

近些年，我时常会怀疑“逃离”的价值——太多的人，沉溺于此。我们看到了所谓的“诗与远方”，看到了“大理与民谣”。优秀的小说家，对“逃离”的价值，应当有所警惕，并最终超越单一维度的“逃离”。艾丽丝·门罗有篇叫作《逃离》的小说，女主人公尝试逃离糟糕的婚姻，最后却无法逃脱，重新回到了家。因为女主人公发现自己无法构造在渥太华的生活。吉尔·吉根亦有篇反“逃离”的小说，写的是有位中年女人，备受平庸的婚姻折磨，于是前去与网友约会，没有想到被最终被男人欺骗。

文珍善于“逃离”。她笔下的人物，似乎总是在逃离——要么在逃离的路上，要么在准备着逃离。《夜车》中，癌症末期的老宋携着情人，逃离于远方，燃烧着生命中最后的爱与激情。《银河》中，两位青年男女一路私奔，试探着彼此的爱意。最为出色的“逃离”，还是《普通青年宋笑在大雨天决定去死》。在这里，文珍超越了单一维度的“逃离”，从而让我们触摸到日常生活的温度，以及绵长的爱。当宋笑拯救出困在暴雨中的男孩时，当妻子得知宋笑平安无事时，我们知道困囿在日常中的所有人，都获得了拯救。尽管我们知道宋笑在往后的婚姻中与日常生活里，还会遭遇许多琐屑的事儿、许多烦恼，但我们不会为此担心。因为在那暴雨天中，被隐没的爱与勇气，都彰显出来了。这种爱，与激情无关，而是生活延续的肌理。

文珍善于捕捉青年人那瞬间的绝望、迷茫及微小的喜悦。其中的情绪，大抵都是在城市奋斗与生活的年轻人，所感同身受的。《河水漫过铁轨》描绘几位异乡年轻人在北京奋斗、生活的图景。《胖子安详》写一位胖女孩的幽微心情。《张南山》写快递员张南山的日常与无望的爱，等等。最让我动容的是《有时大雨落在广场》。它之所以显得特别，是因为文珍将目光聚焦于老年人在异乡生活的状况与情感。退休后的老刘，被儿子叫来北京一起生活。尽管是“前来享福”，但老刘却生活得不如意。一是怕影响到儿子、儿媳的感情，二是在北京他没有朋友，无事可做。直到有一天他在散步时，被楼下热心阿姨拉去一起跳广场舞。自此，跳广场舞便是老刘日常生活的中心。老刘逐渐适应着北京的生活，丧妻的他甚至一度想跟舞伴表白。他找到了生活的希望。可这种希望，却也很快就破灭了，因为儿媳怀孕了，准备叫她母亲前来照顾。因为房子是小户型的，所以就意味着老刘要回到县城。他在北京的生活，亦将结束。

老刘所面临的境况，其实正是年轻人所面临的境况。背井离乡的年轻人，即使在城市里成功买房、落户，然而迫于现实中的压力，不得不将父母安置在家乡，亦不得不选择分离式的亲情。这篇小说最让人叫好的地方在于理解。理解了老人的心情，理解了所生活的城市，因而整部小说切近自然，隐蔽人的善与恶，没有剧烈的对立与冲突，人的性情与状态是自然流淌的，生活亦是自然延续的。有瞬间的失落，也有恒久的喜悦。老刘是具体的、清晰的个人，是一个群体的写照。他所做的选择，是普通人的选择。正是他的普通，所以才显得动人。

因此，文珍是拥有诗人气质的小说家，是深情的叙述者，是悲悯的观察者。因此，在她的小说里，我们既能读到恣意、飞扬的浪漫主义——对某些具体的物体、动物、情感、自我怀有不可置疑的深情与凝视。这是文珍诗意的一面，是她“黑夜”的一面；又能读到她刻骨的与灰暗的现实主义——对城市日常生活的观测，关怀着城市秩序之下的个体与命运。这是文珍现实的一面，是她“白天”的一面。

忧郁的快递员
——读胡安焉《我在北京送快递》

一

大约三十五岁时，他离开了原来的公司，只身前往北京。他在物流公司上班，深受上司的喜爱。抵达北京后，他没来得及好好游玩一番，便投身在求职中。在寒意料峭的春末，他接到顺丰公司的面试短信。面试的地点虽远在亦庄，但他仍毫不犹豫地前往，因为“在找工作这件事上耗费时间划不来，我的条件很难找到收入更高的工作”。顺丰可以说是行业内待遇最好的公司。

丰富的工作经验与资深的经历，没有让他的面试变得顺利。在回答“为什么想送快递”时，他说“如果有更好的选择，我就不来送快递了”。紧接着，经理开始旁敲侧击，想要确认他在北京的计划。

显然，他的诚实引发了经理的戒心。不过，他毕竟久经江湖，敏锐地察觉到经理的担忧，回答其他问题时便开始投经理所好，表现出一副渴求工作的模样。但经理心底里的疑虑并没有彻底消除，总觉得他随时会离开公司。好在经理自觉是位“斯文人”，不能断然拒绝一名热忱的求职者，只好“不大情愿似的”收下了他。

看起来，他将会入职顺丰公司。可事情却没那么顺利，在接下来的十余天里，体检、试工、资料不全、人事系统、财务刁难等问题，像是一面面无形的墙，立在他面前，阻碍他的入职。

以上的经历，出自胡安焉的新书《我在北京送快递》（下称《送快递》）。这是一本非虚构，加上后记，共收集了五篇文章。书中记录着胡安焉这些年来从事过的工作与闯荡社会的经历，如快递员、便利店店员、自行车店销售、酒店服务员、服装店售卖员、加油站员工、保安等。除了短暂的创业经历与漫画编辑之外，几乎都是底层的工种。

这里说的“底层”，并非贬低，而是在大众的认知中，这些都不是体面的工作。跟白领工作者相比，这批人没有傲人的学历。他们从乡镇出来，投身于繁华而热闹的城市中。他们风里来雨里去，像是工蜂一样，或走街串巷，或坚守岗位，串联着城市的每条缝隙，激活了城市的每个角落。对于大都市而言，他们自然是不可或缺的，然而却又习惯性地被忽视。借助着胡安焉的自述，我们得以走进一位写作者真诚的内心，得以窥视快递员的工作机制。

《送快递》并非社会学家的调查报告，胡安焉亦无雄心去呈现快递员群体的生存状态。他只是真诚地回顾自己的工作生涯，记录所见所闻，审慎地梳理与确认自我：在庞杂的城市中，如何不被机械般的工作淹没与吞噬？

以写作来对抗日常的无聊，用文字来挖掘生活的永恒，是作家写作的动力之一。胡安焉亦不例外，“实际上，通过写作我在一定程度上超越了打工和自由的对立：在有限的选择与局促的现实中，我越来越感觉到生活中许多平凡隽永的时刻，要比现实困扰的方方面面对人生更具决定意义”。（后记《生活的另外部分》）

二

胡安焉入职顺丰的艰辛开端，恍惚让我们看到了在城堡外的村庄里徘徊的K。K 的入职信息，始终未得到伯爵的确认。工作与生活，悬浮在半空之中。K 无法抽身离去，亦进入城堡内部。工作与生活，悬浮在半空中，令人左右为难。可怜的土地测量员先生，被缥缈的希望折磨着——像是挂在拉车驴子前方的萝卜，看着近似眼前，却也永远吃不到——日久月深，终于无望了。无望是比绝望更残酷的境遇，因为绝望里尚包裹着愤怒与不甘，尚有余力做出改变，或决绝地反抗。而无望是不再怀抱希望，拒绝任何反抗，只麻木的、冷漠的应付着一切。个人的意志将不复存在，沦为纯粹的彻底的工具。

这是无法避免的。现代都市是座庞然大物，枝枝蔓蔓，错综复杂，是现代社会的载体与象征。工具理性（Instrumental Reason）大行其道，原因无非是“可以把思想转化为物质、效率，为现代社会青睐，助长重物质和实证的现代价值。”（《现代性赋格》，童明，生活·读书·新知三联书店，第8页）因此，个人像是微不足道的零件，分别构建着、支撑着城市。人与人之间的联系，不再像是传统社会那样依赖于血缘与宗族，而是建立在工作、生意等方面。人口自然是不可或缺的资源，然而具体到个体，却又是随时可以替换与淘汰的。这是现代社会的残酷之处，在精密的社会分工之前，在讲究效率的时代，零件也好，工具也罢，必须要开足马力，高速地运转下去。就连休闲与娱乐，都被精准地规划着。上帝的背书，让我们产生了错觉，仿佛此规划是自然产物，是不容置疑的定律。悠闲的午后散步、篝火旁的故事会……无所事事的闲逛，终于成了奢侈之物。奢侈品核心的卖点不在于价格高昂，而在于彰显特权——超越精准规划与时间限制的权力，不必为生活四处奔波。

显然，伯爵拥有这种特权，而K是无法拥有的。因此，为了不让自己沦为纯粹的工具，我们必须有所坚持。这种坚持，是让我们拥有锚定自我的亮光。那是灯塔的光束，穿越茫茫浓雾，引领着灵魂的船只前行。

无法后退，又无法前进，人生悬宕在半途中。这是K的境遇。尽管卡夫卡最终没有完成《城堡》，但我们知道K的徘徊，是没有尽头的。K的遭遇，是我们永远无法摆脱的噩梦。万幸的是，胡安焉的境遇并没有K那么无望。他的入职流程，只是他快递生涯中一段微不足道的插曲。经过十余天的奔波与努力，如重新提交报告、重新填写入职申请等，胡安焉最终先以小时工的身份入职了顺丰公司，成为一名正言顺的快递员。但这并不意味着他的快递生涯顺利开启了，更为具体而细微的困难，正在前方虎视眈眈，比如缺乏三轮车、路况不熟、客户刁难、投诉罚款等。

业务层面上的困难，假以时日总会克服。事实也如此，随着业务的熟悉，胡安焉的工作效率明显地提高。最令人担忧的困境，是职业思维开始侵占他的脑海。其中，体现最明显的是他对时间的感知——重新开始理解与时间与工作的关系。

“渐渐地，我习惯了从纯粹的经济角度来看问题，用成本的眼光看待时间。”显然，这是现代社会的思维，以效率为上，以效益为主。根据胡安焉的计算，日薪270元，工作9个小时，时薪为30元，平均每分钟产出0.5元。再细致计算下去，则更为触目惊心，“我派一个件平均得到2元，那么我必须每4分钟派出一个快件才不至于亏本”。这种触目惊心，除了人力廉价之外，还有就是纯粹的、冷酷的工业属性。快递员必须像个机器一样思考，计算着一次三餐的成本，必须马不停蹄地运转着，才不至于入不敷出。

曾在全网刷屏的调查文章《外卖骑手，困在系统里》，给我们呈现了外卖骑手是怎么争分夺秒地将外卖送到顾客手中的。大平台经过大数据的计算，极为吝啬与严苛地制定了送达时间：3公里内，配送时间从最初的50分钟，压缩到30分钟以内。为了完成任务，外卖骑手使出各种手段，比如提前点击送达。甚至，骑手们不惜违反交通规则与时间赛跑。时间犹如一把时间利剑，悬挂在骑手的头脑上。若是在规定的时间完不成任务，则极有可能导致顾客投诉或差评。这将直接关系到骑手的收入。因为一个投诉极有可能将骑手一天的收入化为乌有。惩罚力度远超奖励。换句话来说，惩罚的作用，在于制造恐惧与愤怒。

尽管快递员的送货时间比骑手要裕余一些，但所面临的困境，没有本质上的区别。骑手能遭遇到的刁难，同样存在于胡安焉的身上。客户——留错地址有之，拒绝接电话有之——凡是不顺意，便会愤而投诉。尽管不全是快递员的错，但损失总是要他们承担的。胡安焉损失最严重的一次，是给某位客户送冷温水果。因为客户屡屡拒绝电话，他只好将水果放在快递柜里。这一举动，无疑惹怒了客户，遭到投诉。在快递的工作机制中，投诉是可以申诉的。胡安焉提供了足够的证据，来证明自己并无过错。自然，他的申诉并没有产生作用，最终被罚50元。胡安焉心中郁闷，将这位客户写进“报复备忘录”中——里面记录着两位“奇葩”的客户。平心而论，任谁都会气不过，辛苦跑腿赚来的钱，就这样莫名其妙地蒸发了。因此，内心深处涌起报复的愤怒，亦在所难免。所幸的是，胡安焉控制住怒火与心魔，没有真正地去实施报复行为。“后来都删掉了，一个都没有报复。”

显而易见，在这高压的工作环境中，总是出现失控的快递员：一位快递员因身后的奥迪司机拼命地摁喇叭，怒而摸出铁棍，“把人家的车前盖与挡风玻璃完全砸烂了”。这位快递员的下场，自然不会很好，“据说蹲牢房去了，因为他赔不起，可能也不想赔”。胡安焉诚实地承认，自己有过类似的冲动。人性的恶意，在胸中淤积着。这是效率为上的现代社会，必然会导致的结果。

三

有那么一段时间，我在公司里负责图书营销。其中一项重要的推广，便是在社交平台上发起转赠活动。读者中奖后，会给我发来收件信息。我会把地址收集起来，然后集中寄书。中奖者来自五湖四海。倘若只寄一两位读者，倒也不会引发遐思，可整个下午都在填写快递单——看着那些陌生而又神秘的地址，总会好奇去想象：他们生活的世界，是怎样的？他们过着怎样的生活？收到赠书时，他们脸上会露出怎样的神情？

本雅明在《发达资本主义时代的抒情诗人》中，描绘了这么一群人：他们无所事事，居无定所，整日游荡在繁华的巴黎街头，像是侦探一样观察着往来不绝的人群，侦查着城市暗处的秘密。他们与人群保持一定的距离，是“人群中的人”。这群人便是游荡者。

快递员骑着车穿街走巷，穿梭在各个小区中，拿着快递在楼层里爬上爬下。由于职业的关系，他们必须不停地接触人群，又迅疾离去。他们被迫游荡在城市的街头。可以说，快递员具有游荡者的特性。尽管这种游荡，有着清晰的路线和精确的目的地。只是，十九世纪巴黎街头的游荡者拥有充裕的时间去观察人群，快递员们只能匆匆一瞥。

将胡安焉视为游荡者，也许并不合适，因为他并非无所事事，而是始终工作着。快递员只是他众多工作中的一份。严谨地说，胡安焉是具有游荡者气质的作家。他并非与人群格格不入，而是保持着一定的距离：他工作之余的爱好，是读文学书籍。平时说话，总是温文尔雅，对公司的短会，保持着抗拒的态度，“我一般都不听，毕竟革命不是耍嘴皮子”。

之所以会这样，一方面是源自他的写作的追求，另一方面则是天性。十年间，不断地换工作，大约是怀着积累写作素材的心思。每有积蓄，他便会辞掉工作，专心在家写作。因此，工作是他为写作所做的准备——不管是经济上，还是精神上。

胡安焉的性格偏于内向，喜欢独处。“我发现在这地方干活儿的人，大多不喜欢交谈，完全不热情主动，就像沉默的老农民——虽然他们并没有那么老——对陌生人报以冷淡和警惕的态度。恰好我也不喜欢攀交情，大家闭上嘴巴干活儿很好，在这种人际环境里我感觉很舒适。”繁重的、复杂的人际关系，让他不堪重负。开女装店、淘宝店、蛋糕店……都以失败而告终，与他内敛的性格，不无关系。

无论是送快递，还是做其他工作，胡安焉与同事的关系，几乎都是若即若离的。这也符合当下社会的特征——工作不再是稳固的。一辈子待在一个单位，小区、医院、幼儿园都是厂办的。身边的人，既是同事，又是邻居——这种乌托邦般的生活，已然不存在了。同事们总是来了又走。

因此，胡安焉对人群的观察与记录，几乎是速写式的。他以自身为原点，将值得铭记的人和事，记录在手机里。也许，胡安焉最初的目的，只是为了丰富自己的写作素材库。但他的速记式的书写，让一个个具体的人，有了鲜活的面孔。快递员、服务生、骑手……只是他们职业，而非本质。

其中，最让我印象深刻的人，是一名叫“飞哥”的快递员。他是如此与众不同，如此特立独行。快递员每天都在和时间赛跑，他竟然能在百忙之间，抽出时间到花鸟虫鱼市场里闲逛。飞哥的生活态度，很是自由随意。他是小时工，但“好像并不想转正”，因为“干小时工更自由”。他养着一只成年鳄龟，喜欢养动植物。除了对工作有所懈怠之外，他似乎对周边的一切，都充满了好奇与热情。有个细节，很是动人：

“有次我们在一个老宿舍院子里派件，他突然指着围墙上一个看着像鸡埘的洞对我们说：‘这里住了一窝流浪猫。’然后他停下三轮，下车学起了猫叫，想把猫引出来。”

在《送快递》一书中，胡安焉记录了太多因生活而紧张不已的人了。比如，永远处于高度紧张的自行车店老板、为谋求工作而坚韧干活的物流小妹、巴结讨好旁人的新人、尖酸刻薄的搭档，就连胡安焉自己亦处于高度紧张的状态。在物流公司工作时，胡安焉为了缓解紧张与压力，常常在睡前喝二两白酒，以助睡眠。这群人的生活，几乎被工作覆盖了，为数不多的乐趣是在微信里抢红包，或者偶尔聚会吃大餐。

“我在北京送快递”，既是客观叙述，也是折叠的隐喻。城市，不只是个区域，也是一种生活方式。北上广深——尤其是北京——光是名字，就拥有令人着魔的魅力。异乡人就连靠近它，亦是能力与冒险精神的体现。回乡后，他们谈起这段经历，脸上仿佛有了荣光。然而，这荣光是转瞬即逝的。在城乡二元结构之下，对于大多数异乡人来说，进城几乎是遥不可及的目标。城堡以容纳的面容，来拒绝与挑选进城者。快递员们（当然也包括服务员、骑手、店员）注定只能城堡是匆匆过客。正如快递有正式工与小时工之分，他们是城市的小时工。机器的齿轮在轰然运转，他们只能卖力跟随，不敢有所懈怠。我们何尝不是这样呢？

照亮尘埃中的生命
——读魏思孝

一

魏思孝有张作者照片，底色是黑白。相片中，魏思孝戴着黑框眼镜，下巴处是一圈浓密而短的胡子，身上穿的是黑色T恤，“CALVIN KLEIN JEANS”横在胸前。魏思孝面带微笑，双手放在桌上，眼睛注视着镜头。从周围的环境来看，魏思孝是在餐馆中，准备与朋友或家人吃饭。拍照者坐在魏思孝斜对面，镜头微处下方。这是一张年轻的脸，正逐渐走向成熟。

显然，这并不是一张精心拍摄的照片，而是瞬间的抓拍，是日常生活中的一瞥。黑白并不是照片的底色，最初的颜色应当是绚烂的、多彩的，接近于真实的世界。照片中的魏思孝，是整张照片的局部。照片还有其他元素，除了餐桌外，还有不慎被纳入镜头的陌生人。将自己从繁杂的环境中抽离出来的魏思孝，展现出自松弛、自信的精神面貌。

魏思孝的《十年写作自叙》是篇诚挚的文章，他谈及写作的初心，并非出自纯粹的热爱，而是“写作让我的人生有了一种寄托，让我避免走入歧途，同时抵御世俗的挤压”，说到自己的学历与工作经历，是“大专毕业后，我在老家的图书公司当教辅书的编校。几年后，又在一所美容整形医院当文案”。

而这，当然不是优秀的学历与令人钦羡的工作。小说家，准确地说，未建立起声名的青年小说家写自我简介时，往往会出现两种情况：出身于名校则强调名校以及所获得的奖项、头衔等；早入社会者，则强调所从事过的职业，如酒店门童、快递小哥，越是底层工作、越是动荡越好。读者乐于相信、亦容易相信，作家的经历越是复杂、离奇、跌宕，所写的小说就越真实、越有说服力。因为，对真实的渴求是读者的与生俱来的欲念与本能。

《红楼梦》第一回写顽石听一僧一道说红尘中荣华富贵，动了凡心，便口吐人言。脂砚斋在批语中揶揄道：“竟有人问：‘口生于何处？’其无心肝，可笑可恨之极。”此位读者的追问，不变通之处，固然引人发笑，然而却并非完全是无理取闹。“口生于何处”对此类读者而言，是至关重要的细节，是真实之楼宇的木榫。于木榫之中，计算出木梁承重几何，描绘出架构之精细，是此类读者阅读的乐趣。卓越的小说家经得起追问，无论问题多么刁钻。真实不会因此而褪色。拙劣的小说家则会无视或回避追问。保持沉默是最好的回应方式。在沉默中，读者误以为小说家掌控了一切。但也有倪匡这类妙人，他在连载小说时写到南极出现北极熊，引来细心读者质问。倪匡回道："南极是没有北极熊，可世上也没有主人公这样的人。"于是，这起轶事超越了原著小说，成为倪匡的代表作之一。

小说中的真实，自然不能等同于现实。亨利·詹姆斯在《小说的艺术》一文中谈到了小说的真实。他说"一部小说得以存在的唯一理由是它确实意图表现生活"，以及"真实的气氛(细节描述的可靠性)是一部小说至高的品质——小说的其他优良品质(包括贝赞特先生提到的自觉的道德目的)都顺服地依赖于这一品质。如果没有它，其他优点都划归为零。而如果有了它，其他优点之所以发挥作用，都要归功于作者成功地制造了生活的幻象。在我看来，为获得成功而进行的耕耘，以及对这精细过程的研究，就形成了小说家艺术的开始与终结。它们是小说家的灵感、绝望、奖赏、痛苦和喜悦。正是在这里，小说家真正地表现了生活；正是在这里，通过试图去表现事物那传达出意义的样子，去捕捉颜色、凸显的轮廓、神色、外表和实质，小说家与他的画家兄弟一争高下。"相对于忠诚地复刻现实，亨利·詹姆斯更看重"真实感"。

毕竟，再诚实的作家也无法做到完全复刻现实。小说也不只有现实主义，还有浪漫主义、魔幻主义、后现代主义，等等。抛开种种主义的外衣，真实是建立在缜密的细节、严密的逻辑与作家的痛苦、绝望、幸福、喜悦等情绪之上。我们不会怀疑

K 逡巡于城堡外的绝望与无力，亦不会质疑格里高尔的战栗与恐惧。玛格丽特飞翔于莫斯科上空时，我们不会在意她是否具备超能力。祥林嫂的苦难之所以令人难以承受，之所以让人感到恐惧，不是我们会成为祥林嫂，而是我们大概率会沦为冷漠、麻木的鲁镇看客。消费着他人的苦难，在卑微的生活中，建立着岌岌可危的优越感——大多数的时候，这个过程我们并不自知。真实，或者说“真实的氛围”，是戳破幻象泡沫的竹签。

二

之所以从照片谈起，自然是因为魏思孝的小说——应当说，是《余事勿取》《都是人民群众》《王能好》乡村三部曲——的风格，具有强烈的摄影特征。他像是游走于乡间、小镇的摄影师，拍摄无数的素材，然后进行裁剪、调色与重组。在《都是人民群众》的开篇，是四张插图，都是魏思孝拍摄的照片，底色是黑白的，景色是局部的。——有必要说明的是，在图书中，经过压缩、印刷等工序，照片很是模糊。我所观看的插图，不是在书中，而是在微信读书中。照片比书中更加清晰，我也可以不断放大，仔细辨认细节。

第一张是河水缓缓而来，路灯伫立，远处是疏落的细树，是像拉货火车的桥，桥后面仍是淡淡的细树。太阳落在树上，光如电筒一般，照射而来，让人分不清是黎明，还是日暮。照片左右上角，各探出一束枝丫，仿佛是手。第二张是屋顶，仔细辨认之下，屋顶所积是白雪。一朵枯瘦的树冠，探出屋顶。左边的一隅是伸向远方的、平行的四根电线，太阳躲在云层后面，光线照亮了一片厚云。无数的云在流动。这是在晴朗的冬季。拍摄者似乎站在自家的屋顶上，凝视着村庄。第三张是更广阔的存在，房子、瘦树、云朵，以及远而高的天空，构成画面的主体。四五根电线与笔直树干、电线杆、枝丫等在视觉上交错，宛如线条简练的几何画。第四张仍是风景照，镜头对准的是疏落而光秃的树，树干直而细，枝丫横生，房子被树遮挡，只能见到屋顶。远处的山，线条平缓，犹如馒头。山下是一座白色的房子，想必是学校或乡政府大楼之类的公共建筑。

四张照片的风格是一致的，灰蒙、冷峻、疏离，予人一种暧昧的距离感，若远若近。大块风景清晰明了，细处元素则暧昧不明。如在第一张照片中，我们可以辨认出河流、树木，却无法准确地识别朝阳或落日，无法辨认季节，以及无法辨认更具体而细微的元素。其他三张皆是如此，我们知道大约知道拍摄的季节，但无法确认拍摄时刻。甚至，我们无法辨认照片是否具有连贯性。我们看到了屋顶，却无法窥视村庄的全貌。若是自然的颜色，我们应该能辨认出更多的元素，如树木的种类、屋顶瓦片的颜色、太阳能的品牌，等等。但这想必不是魏思孝想要的，他之所以选择黑白的底色，自然要予人灰蒙、冷峻、疏离的质感。而这，亦是乡村三部曲给人最直观的感受。

在《都是人民群众》全书中，共有十六张照片，镜头所对准的皆是村庄的一隅，有雪漫过的铁轨，有孤零零的树，有空旷的马路……只有一张照片，出现了人。那是一位背对镜头的女性。她骑着摩托车，行驶在宽而直的街道上。季节是冬季，寒风吹过大街。她穿着格子纹路的厚羽绒服，脚上穿着白色的鞋子，闪耀着光芒。前方是一辆小货车，有两个人在卸货（或做其他事）。与小货车平行的，是一辆迎面而来的摩托车。车主戴着头盔，辨认不出男女（大概率是男的）。阳光照射下来，将街道分割成两片，像是网球比赛中的阴阳场。女性是朝着阳光奔赴，对面的车主则驶向了黑暗。我们仿佛看到魏思孝在村庄、集市中游走，像专业的摄影师一样，选择风景，校准镜头，然后拍摄。肯定有许多照片，存在于魏思孝的文件夹中，其中必然有村民活动的影像。魏思孝将十六张照片作为《都是人民群众》的插图，是在提醒读者书中人物所生活的环境。照片中所缺失的人，他用文字来填补，来勾勒。

乡村三部曲是群像小说，每个人物都有详细的生卒年（若在世，则无卒年），如王能好生于1969年，卒于2019年，享年五十；孟吉祥（1960—2016）、刘同庆（1978—　）、卫明（1974—　）、卫青（1947—2018）、丁军兰（1967—2015），等等。（所列人物，除王能好外，皆选自《都是人民群众》。）此外，在《余事勿取》中，每个篇章亦以人物命名，如《侯军》《卫学金》《卫华邦》。三部曲的最后一部，则直接以《王能好》统摄之。

以人物来命名小说，需要强大的勇气与野心。《圣经》中神于七天内为万物命名，因而丰饶的世界生焉。名字是人存在于世界的标记，是人格的承载，是记忆的集合。《西游记》中，金角银角大王的法宝紫金红葫芦，以名字为发动条件，施法者喊名，受害者若是张口答应，便被吸纳入葫芦中，最终化为一滩脓水。因此，被剥夺名字的人，往往也会失去最本真的自我。一个人若用伪造的名字出现于人前，那么其行径、生活必然充斥着表演感。

无论中外，都有大量以名字直接命名的文本，《堂吉诃德》《包法利夫人》《安娜·卡列尼娜》《卡拉马佐夫兄弟》《匹克威克外传》《日瓦戈医生》《斯通纳》《阿Q 正传》，等等。在中国古典笔记中，大部分的篇目，都以人名直接命名。文章的起始，大多是"某某，某时人，生于某地"。这种继承于史学的叙述传统，看似笨拙，实质有真诚而动人的力量感与坚定感。它将个体至于宏大的时代之上，文字首先关切与照亮的是具有生命力的个人。此种叙述方式，给予我们安定感。因为我们知道，我们将随着他 / 她去观看一切。他们的经历也许是平凡的、普通的，但他 / 她并不会是渺小的、无足轻重的。于是，他 / 她身上所发生的一切，我们都会顺理成章地接受。因为，不管事情多么离奇或多么微不足道，都是他 / 她生命里华丽的篇章。所以，文学的所要关怀的，是具体而细微的人，以及他 / 她所承载的命运，而不是宏大的社会与时代，而不是某种自上而下的

“时代强音”。每个名字背后，都是独一无二的曲谱，而不是时代序曲中的音符。

以人物名字命名文本的方式，自然已经式微了。在信息喧嚣与拥挤的时代，读者迫切地需要在标题中，感受与接纳一切情绪与事件，并在惊奇与震诧中发现所谓的真相。“当我们在谈论爱情时，我们在谈论什么？”卡佛的句式流行后，我们很快就发现村上春树也更新了状态，“当谈我跑步时我谈些什么”。类似的书名、标题一而再，再而三的出现，说明作家处于什么状态或讨论什么，并不是读者最关心的事情。读者最关心的其实是如何完成了一次时尚的接龙游戏。

在乡村三部曲之前，魏思孝所出版的图书中，最为引人注目的是《小镇忧郁青年的十八种死法》。书名显然贴合了当年的时尚元素，亦遵循了新媒体标题的规训。“小镇青年”“忧郁”“死法”是关键词汇，当它们组合在一起时，产生了令人惊骇的效果。“十八种”无疑是限定惊骇的次数与效果。当穷尽“十八种死法”之后，一切都结束了。这类书名看似提供足够精准的信息，却也让读者的注意力发生了偏离。小说不再是无限可能的了，不再关注小镇青年的具体状态。因为相比于人的生活的世界，如何死亡更值得关注。正如米兰·昆德拉在《被贬低的塞万提斯传承》中所论述的，“笛卡尔从前把人提升为‘大自然的主宰和占有者’，对于种种超越人、胜过人、占有人的力量（那些技术的、政治的、历史的力量）来说，人成了一个单纯的物体。对于那些力量来说，人的具体存在，人的‘生活世界’，不再具有任何价值，也没有任何值得注意之处：人的具体存在被预先遮蔽，被预先遗忘了。”无疑，时尚潮流是“超越人、胜过人、占有人的力量”。卓越小说家所有对抗的，正是这种一拥而上的潮流。

《兄弟们我们要发财啦》《我们为什么无聊》等小说，显然受到韩东、曹寇、张敦等前辈作家的影响。魏思孝在接受媒体采访时，提及韩东、曹寇、张敦等作家对他的影响。这些小说中的年轻人，大多是城乡间的游荡者，生活苦闷、无聊，饥一顿饱一顿，对当下愤懑，对未来迷惘，试图在游荡中挖掘生活的意义。魏思孝亦步亦趋地跟随着前辈们的脚步，并未建立起明确的自信与自我。直至2016年开始，魏思孝从小镇青年挪开（实质上，从“我”身上挪开），将目光投向身边的人以及世界。于是，在实践中，魏思孝逐渐捕捉到自信以及确立自我。最直接的反映是体现在书名上，不再轻巧地追随着时尚的潮流，而是更审慎地检视自己笔下的人物与世界。从《都是人民群众》到《余事勿取》，再到《王能好》，对于魏思孝来说，是漫长而艰苦的历程。

三

“2016年开始，魏思孝尝试了一种新的写作方式，即，为自己身边的农村妇女和农村男性‘做传’。一系列或长或短的故事，显示了他的思考力度。他给自己定下三个原则：立场中立、不掺杂个人的感情偏向；白描生平，或截取一段生活；控制在六千字以内，尽量简短。他笔下的人物是乡村世界里随处可见，却有很强的代表性。”这是《都是人民群众》在微信读书上的内容简介（纸质图书上并无内容简介，豆瓣上的简介则更有抒情色彩，以及罗列了更多的卖点与推荐），其中最值得注意的是魏思孝立下的写作三原则。从内容上来看，魏思孝确实也是如此实践的，以近乎非虚构的方式对人物进行速写，最终形成蔚然可观的群像小说。

克制、简练、迅速，仿佛是辆观光车，这是魏思孝的小说所呈现出来的叙述风格。读者是车上的观光客，魏思孝是言简意赅的导游。我们乘着观光车，目睹了并排而立的人物，目睹了发生在他们身上的事件，相信小说中呈现出来的生活，抵达了乡村生活的真相。因为“立场中立”“非虚构”具有如此强烈的说服力。

立场中立是否真的存在？或者，对于小说作者来说，立场中立是否不可或缺？“不掺杂个人的感情偏向”，其意义何在？事实上，有一点我们无论如何都要承认，绝对的立场中立并不存在。正如两张同一取景点的照片，拍摄的角度、光线不同，所传达的情绪，所呈现的思考，便会参差起来。两张同一取景点的照片，极端的情况下，所呈现的观点会是截然对立的。而

“不掺杂个人的感情偏向”，则是来源于非虚构写作的规训。就像许多作家给青年写作者的建议一样——“叙述宜多用动词，少用形容词”——自然是正确的，但在具体实践上，文学是要求写作者去探索语言的边界以及表达的极限。而这，正是小说家脱颖而出并卓然于世的基础。

“非虚构写作”脱胎于新闻，客观叙述事件，力求抵达真实。真实是雄辩而激昂的力量，容易唤醒读者沉潜于内心深处的力量。因此，在最近几年，非虚构写作俨然成为一门显学。在新媒体的操弄之下，故事、采访、历史等皆以非虚构写作的面目出现，最终沦为有利可图的生意。正如拍摄一样，当作者写下首行句子时，读者便追随着作者的目光，便开启了了解真相之旅。因此，我们也许不应该将非虚构写作视为文体，而是视为写作的道德律令：对写作对象的了解，是否已竭尽全力？是否准备好呈现他／她的复杂？准确地说，非虚构写作者应当时刻检视自己，是否真的有具备承接真实的能力？

“发现那些唯有小说才能发现的事，这是小说唯一存在的理由。一部小说如果没有发现至今不为人知的事物，是不道德的。认识，是小说唯一的道德。”仍是米兰·昆德拉在《被贬低的塞万提斯传承》中的论断。这提醒我们，纯粹的忠实记录，并不足以创造出卓越的小说。伟大的作品需要写作者在不懈努力之下，整理自己的观察，熔铸自己的认知，发现“唯有小说才能发现的事”，挖掘“至今不为人知的事物”。我们所要得到的，不止是“立场中立”与“不掺杂个人的感情偏向”的叙述，还有更多的“私货”，以及聆听到芸芸众生孤独个体的声音。人与人之间本质上是不可理解的，写作者所要完成的工作，是极尽所能地将理解的交集扩大。

《都是人民群众》是素材库，是《余事勿取》《王能好》的准备。在这批小说中，魏思孝最可贵的地方，并不是“文笔坦诚，不粉饰”地书写某位村民的生平，而是有意无意间抵达日常生活中晦暗不明的瞬间，呈现了生活中不可理解的一面。最为明显的例子，出现在卫明的个人小传中。卫明生于1974年，妻子小杨是二婚，比他年长九岁。人到中年时，妻子小杨患上糖尿病。年轻时，卫明有过偷鸡摸狗的行为。与小杨结婚后，卫明开过饭馆、做过保安、经营过垃圾车、打过零工等。家中有病人，里里外外花钱不少，卫明“外债又多了七八万”。

总而言之，卫明是一个不断折腾的人，却总是处于困厄之中。其中根源，无疑是患有糖尿病的妻子小杨。在小说的结尾，魏思孝写道：“她躺在卫明的身旁打瞌睡，夕阳西下，余晖落在她浮肿蜡黄的脸上。不知从何时起，小杨不化妆了，皱纹比掌纹还多。刚认识那会，小杨浑身散发着诱人的气息，和以往接触过的异性不同，穿着入时，一嘴东北腔听着也舒服。年龄差得有点多，卫明认准了，别人也说不动。自从有了病，小杨身上总有股西药味。多看她几眼，卫明也心累。小杨迷糊中问，晚上你想吃啥。卫明又陷入了思索。”这是强劲有力的细节，是突然绽放的瞬间。看着病榻上的老妻，药味不断钻进鼻腔，此时，心累的卫明在思索着什么？盘桓在脑海中的念头，是什么？虽然我们可以去猜测一二，但卫明真实的、确切的想法，已无法得知了。此时此刻，卫明的思索成为深不可测的黑洞，凝滞了时间与空间。以及，卫明也凝滞了妻子小杨与自我的命运。他们停留在暮色四合的家中。此刻，管辖我们日常生活的法律、道德、人情等失效了。我们等待着卫明从思索中惊醒过来，然后时间方能重新流动。

四

魏思孝的《十年写作自叙》写到一位热爱写作的老哥，“有一年，我参加区县的一个活动，中途和一个老哥出来聊天。他50岁左右的年纪，在化工厂上班，家里也有地，闲时会写点小文章，所谓弘扬真善美。我说，文学不只是这样的。他说，但我相信这些。看到他辛劳的面容，生活在他身上留下的痕迹，苦难和磨砺是不少的，于是我没再多说些什么，只要相信，就选择去写吧。此后，这么多年，我总是经常想起他。显然，我在他的身上，看到了自己的一种可能。”魏思孝将自己与老哥的命运对照，心有余悸——笔耕不辍的写作，终于避免了“自己的一种可能”的命运。在《都是人民群众》中的“卫华邦”一节中，魏思孝让“一种可能”成了现实：卫华邦是位青年作家，三十五岁，写作十年，出过几本不畅销的小说集，在文坛上获得过“可怜的名声”，在研讨会上的位置是“陪客”。“他用三十多年的时间，把自己活到可有可无的地步”。卫华邦是位充满沮丧与失败感的作家。面对困厄的生活时，最终他选择“天亮之后要清洗作家这个身份”。此后，作家卫华邦“再也没有失眠过”，“走出许多家门，干过许多营生”，“变得乐于和人沟通，整个人也开朗起来。”可见，在某个时刻，写作是病根，是焦虑的根由。卫华邦是魏思孝的自我写照。想必写《卫华邦》时，魏思孝充满了焦虑与自我怀疑：写作遭遇瓶颈，一时无法突破。写作的前途不明，日常生活的压力又是如此让人不知所措。洗掉作家身份，是接受了自己普通人与劳动人民的身份。魏思孝当然没有像卫华邦那样，放弃作家的身份，而是继续写。但在魏思孝的内心深处，定然发生了某些深刻的变化，让他重新审视“作家身份”与写作的关系。

其实，我最感兴趣的是写作的老哥。他相信写作的目的是“弘扬真善美”。虽然我没有读到这位老哥的文章，但多少能想象到文章的风格。平铺直叙的叙述风格，书写的对象是日常生活中的见闻，或与之相关的历史，于结尾处挖掘人生价值、讴歌社会进步。所运用的词汇，是教科书式的，如“金秋十月，丹桂飘香”。由于词汇、句式与风格较为固定，所以常常被人误以为是虚情假意。这位受尽“苦难和磨砺”的老哥，有一点令我很是动容，就是对写作有一种近乎信仰的坚定。我在图书公司当编辑时，工作邮箱中常常会收到大量的稿件，其中内容五花八门。有小说、诗歌、杂文、童话、回忆录，以及对联，它们的作者大多是中老年人。有两部稿件，我印象深刻：一部写给外孙的童话故事集，作者是退休的老奶奶。文字质感，当然算不上好，内容亦缺乏想象力，是普普通通的故事。显然，这批童话在亲朋好友间被分享过，作者获得了鼓励和赞扬。这才让她下定决心将稿件投给出版机构。另外一部则是退休工程师的回忆录，作者在水利公司或相关政府部门工作，喜欢旅游，每到一个地方就留下照片。回忆录写得非常细致、严谨，每一段经历中都有照片佐证。可见，写作是他整理与梳理人生与自我的过程。

“弘扬真善美”，由于过于正确，显得大而无当。实质上，这句话隐隐地在提醒我们：文学价值是什么？或者，更直白一点，写作对于我们而言，意味着什么？乔治·奥威尔在《我为什么要写作》一文中归纳自己写作的四大动机：一是纯粹的个人主义，二是美学热情，三是历史冲动，四是政治方面的冲动。具体来说，纯粹的个人主义是“渴望显得聪明、被谈论、死后被记着、报复在你童年时怠慢过你的成年人等等”，美学热情是“对外部世界之妙处的感知，或者另一方面，对词语以及它们恰到好处排列的美感上的认知”，历史冲动是“渴望看到事情的本来面目，发现真相并将其载存，以供后来者使用”，政治目的是“渴望将世界向某一方向推动，改变人们应该努力实现的那种社会的概念”。简而言之，前两者是追求个人的生命与艺术的完美，后两者则对写作提出更为苛刻的要求，传播文明与推动社会发展。(引文选自孙仲旭译本)

奥威尔是位勇敢、正直、具有卓越洞察力的作家，以小说的形式向我们预言与揭露与预言了极权社会的荒谬与恐怖：在精密而高压的社会中，个体是剥离原始情感的存在，是实在所谓高尚目标的工具。在《1984》中，被定义的“真善美”，充满了狡辩的色彩，最终丧失了描绘幸福的功能。

奥威尔对写作动机的定义，尤其是后两项，与“文以载道”异曲同工。“道”是容易演变为“道统”的。写作者亦容易迷失在“道统”中，然后挥舞起“道统”的武器，杀伐四方。所以，我更喜欢《我为什么写作》中的另一句话。奥威尔说：“我有了那种孤独小孩拥有的习惯，就是编故事和跟想象出来的人对话，我觉得自己在文学上的野心一开始混合了被孤立和被低估的感觉。我当时就知道我能够熟练运用文字，而且具有直面不愉快事实的能力。我觉得是这种能力创造出了一个有点个人化的世界，在其中我可以找回自信，平衡日常生活中的失意。”写作是对自我的观照，是对人生的省察，阅读应如是。

还是布鲁姆说得好，文学是善的一种形式。我们在善中所得到的力量，亦是善。这当然不是提倡小说家只能写美好、光鲜的一面，或者只能写“正能量”，而是说小说家不能沉湎与满足于恶的展示。善来自复杂与多元，而不是单调与标准，来自于思索与感受，而非是结论与命令。幸福亦如是。描绘善与书写是卓越的能力。唯有感受、理解、辨认善后，才有能力去描绘与书写，正如朱光潜在《文学与人生》中所说的："文艺到了最高的境界，从理智方面说，对于人生世相必有深广的观照与彻底的了解，如阿波罗凭高远眺，华严世界尽成明镜里的光影，大有佛家所谓万法皆空，空而不空的景象；从情感方面说，对于人世悲欢好丑必有平等的真挚的同情，冲突化除后的谐和，不沾小我利害的超脱，高等的幽默与高度的严肃，成为相反者之同一。"是的，写作者对人生世相，有了深广的观照和彻底的了解后，对人世悲欢好丑，有了平等的真挚的同情后，才能描绘参差多样的善。

五

我读《王能好》时，恰逢上海全体静默。"二〇一四年，时年四十五岁的王能好，决定去外面打工。打工的目的，赚钱是其次。发财的愿景，不能说没有，并不像他对外宣扬的那样，要成为老板，要买车买房；更不像有些人认为的那样，成为岭子镇的首富。"以及，在"王能好突发奇想背井离乡打工，不是外面多吸引人，而是眼下的生活让他失望"下，开启了阅读。

《王能好》是部令人激动不安的小说。激动之处在于，尽管腰封上称之为是"乡村三部曲"终结之作，实质上是超越了"城市—乡村”粗暴的、二元的标签审美。给小说贴上标签——人物活动于城市，则是城市小说，故事发生于农村，则是乡村小说——无疑是批评家的偷懒的行为。标签总是容易理解的，亦容易形成标准化的解读。魏思孝自然是怀着是“集中勾勒出辛留村的农民群像和风物人情，既奏出了北方农村的现实回响，也彰显出一个青年作家的创作自觉和野心”来完成“乡村三部曲”。（田裕娇 :《魏思孝“乡村三部曲”：为时代变迁中的农村人物立传》，中国作家网，2022.06.30）我们不能理所当然地接受《王能好》只是书写或呈现乡村社会的小说。准确地说，我们应该超越乡村或城市单一的视野，才能剔除自以为是的审美式的凝视，才能更深刻、更彻底地理解王能好以及对他所背负的命运感同身受。不安之处在于，诞生出王能好的土壤，并非只有农村，城市亦有可能。王能好的命运，极有可能降临于你我身上。

“一个不羁爱自由的农民，话多讨嫌的一生”，这是《王能好》腰封上的一句话，是出版社对王能好性格与命运的概括。“农民”是身份，“话多讨嫌”是性格，而“不羁爱自由”更多是文学描绘，是浪漫化的表达。在魏思孝的笔下，王能好的一生被浓缩在七天之内。上帝用七天创造了世间万物，并确立了世界运转的秩序。此后，世界周而复始，犹如追咬着尾巴的衔尾蛇。小说虽以“王能好”命名，可在具体的篇章中，魏思孝却为他人立传，分别为周东山、陈玉香、罗宇、吕长义、徐达、王传利、牛慧。这批人之中，周东山生于1996年，吕长义生于1969年，其他三人则生于1980年代，身份亦参差，其中最为特别的是吕长义，是著名的企业家。七人与王能好的关系，不深不浅。王能好仿佛是多余的第八人。局外人的狭促与不安，一直萦绕在王能好的身上。王能好终其一生，都在寻找确切的位置，以便安放自身的命运，比如在男女欲望上，在家庭关系中，在日常生活里。令人难过的是，在局外人的身上，一切都不是确切的，除了死亡。

王能好之所以“不羁爱自由”，是出于无奈，而非是本人的意愿。他的身上隐然藏着阿Q与树先生的影子。阿Q被时代潮流裹挟，于不安中诞生出许多振奋的想象与期许，然而终究还是被抛弃与被牺牲。在电影《Hello！树先生》中，王宝强饰演的树先生，有双无处安放的手，时刻夹着烟。整日无所事事，在村庄中闲逛，与人闲聊。树先生抽烟的动作，是表演性的，是社交场合中的寻找自尊的仪式。树先生熟悉每一个人，熟悉村庄中的每一个角落，然而他却是孤独的。他将悲欢藏在抽烟表演中，将孤独藏在无话找话的闲聊里。王能好是两人的结合体，他无处安放自身，亦无法消化孤独。他是时代潮流中的一朵浪花，被裹挟着往前奔流，渴望被认可，却又总是被疏离，最终只能东奔西走，漂泊闲逛。看起来，他是一个自由人，无拘无束，实质上是无处安放。

王能好无法理解现代意义的“自由”，亦无意追求“自由”。有一个细节很能说明问题，王能好在上海进入工地干活，绕了大圈，与工头侯学中拉上岌岌可危的人情关系。王能好不一定相信表哥的身份能带给自己多少优待与好处，只是想在陌生的地方，抓住一根确切的绳索。后来老三因喝酒死亡，王能好找侯学中请假。由于工程紧张，正缺人手，侯学中不信，以为王能好只是想趁机离开。王能好只好拨通老二的电话，证明奔丧确有其事。K 在大雪弥漫的城堡外徘徊，渴望接到来自遥远城堡内的电话，以证明自己是土地测量员的身份。在当下，证明机制已经深入社会肌理，构筑成错综复杂、严密无比的网。如今我们首要证明的，并非是身份，而是自己是个“正常人”。

如果没有老三意外死亡，王能好会在工地中待许久，直到工程完工。奔丧结束后，王能好脑海中有过回到工地的闪念，但也很快就消失不见。“眼下生活让他失望”的状态，亦不了了之。王能好对生活的不满，是一以贯之的。他没有改变的意愿，也无向上的雄心。他的改变，都是随机的。他被更权威的力量，有意地排挤在新秩序、新文明之外（轰轰烈烈的城市化运动），只能游走在新与旧、城与乡的缝隙中。他没有稳定的家庭，也没有稳定的工作。存钱给予他脆弱的安全感。他所拥有的，是漫长的、无聊的时间。而这，并不是自由，而是悬浮在日常生活之上的布朗运动。

六

“王能好骑着电动车往家里走，在临淄大道和闻韶路的交叉口，闯了红灯，被一个左转的雷克萨斯汽车撞倒，后脑勺着地。送到医院，做完开颅手术，王能好在危重病房中住了两天，花了小一万块钱（老二垫付的），死了。……老二拿着聚氨酯密封枪，沿着石缝，打出一条黑色的胶，将王能好密封在了地下。”这是小说正文的最后一段话，五百字左右。紧接而来的，便是墓志铭。

在接受媒体采访时，魏思孝透露《王能好》另一个版本的结尾，由“死亡鉴定书”“交通事故处理书”两份表格组成。墓志铭也好，表格也好，都拥有某种确定性与权威性，盖棺定论了王能好一生。实际上，在《结局》的头两页，我们便确认了王能好即将死亡的事实。此后，在十余页篇幅中，我们至少遭遇了三次王能好的死亡，如“在生活中某个出神的时刻，会想起很久没遇到这个热情打招呼的中年男人了”。这当然不是说王能好死而复生，而是说魏思孝将死亡视作悬念或谜面，然后再打捞、补订王能好某段空白的人生。

死亡是人生的终结，放置在小说中，是小说家给人物的命运画上句号。也就是说，人物的使命，在此刻结束了。小说中的死亡，并不是什么问题。问题的关键是，小说家是如何处理死亡的。在侦探小说中，死亡是道具，是游戏的关卡。死者尽忠职守，往往会在咽气前，以血写下语焉不详的信息，如“凶手是……”。或涉案者突然暴毙，让侦探（读者）陷入了困顿的局面。此类死亡看似阻碍案情的进展，实质上是帮助侦探（读者）排除了错误的答案。死亡事件越多，侦探便越接近凶手。因此，当死亡停止后，也就到了侦探抽丝剥茧，揪出凶手之际。于侦探小说而言，死亡的结束，危险的解除，也就意味着故事即将彻底终结。侦探完成了破案的任务，凶手完成了犯罪的任务，读者获得了解谜的乐趣。

不管是在现实中，还是在小说里，死亡都是件庄严的大事。许多离散的关系，会因葬礼而重新连接。因此，突如其来的死亡，往往是许多小说的起点。“今天，妈妈死了。也许是在昨天，我搞不清。我收到养老院的一封电报：‘令堂去世。明日葬礼。特致慰唁。’它说得不清楚。也许是昨天死的。”（《局外人》，柳鸣九译），“送殡的队伍一面唱着《永恒的安息》，一面继续前进。当歌声偶尔停止时，他们的脚步声、马蹄声和阵阵的风声似乎依然在唱着歌。”（《日瓦戈医生》，黄艳德译），以及“敬赠密苏里大学图书馆，以缅怀英文系的威廉·斯通纳。诸位同仁谨记。”（《斯通纳》，杨向荣译），等等。

《王能好》真正的起始，其实是老三的意外死亡。在返乡的路上，王能好遇到日后让他吃了大亏的周光权。老三葬礼结束后不久，王能好奔赴北京，投奔周光权。两人被人所骗，成为奴隶般的劳工。他们装卸过煤、棉花与面粉，像是货物一般被人“塞进集装箱”中。幸好，王能好最后借助上厕所与“藏起来的三斤多面粉”逃了出来。这段经历，给王能好带去了难以磨灭的心理阴影。“人心坏透了，还是家里好”，自此窝在岭子镇，不再出去。王能好的日常，恢复如初，在村庄闲逛，喝酒，打着零工，坐实了光棍之名。

王能好之死与老三之死，遥相呼应。老三的葬礼结束后，王能好有过一瞬间的出神。那时，王能好半夜醒来，寂静的村庄，显得格外空旷与清冷。“王能好抬头，风把平日里的雾霾吹走了，月亮很久没这么大这么亮，依稀能看清坑洼的表面。久违的轻松伴随着一丝的虚无，王能好坐在台阶上，望着天井。”我喜欢这个细节，是王能好罕见的出神与沉默的时刻。在此刻，王能好是放空的，是虚无的，不与任何人产生联系的，只属于自己的。然而，这瞬间是短暂的。因为王母的推门，打断了王能好的凝望。再接下来，是老三儿子王庆拿着老三的手机，参与到王一村的微信群抢红包活动中。在虚拟的空间中，老三得以短暂的“诈尸”，掀起村民们一惊一乍的讨论。像是一颗细小的石子，落入湖水中，惊起微小的涟漪。王庆总共抢了八块五的红包，像是老三人生的定价。这一段，自然是令人惊骇的。看到村民们一惊一乍的反应后，王庆“忍不住笑起来”。可“笑”，是哪一种呢？是讥诮的笑，是没心没肺的笑，还是假笑？这谜一般的笑，是难以分析的，也无法确认的。孩童的心思有深邃的一面，生活本质上是难以理解的。死亡，对于家属而言，是情感劫难。对于旁观者，则是谈资，是难以名状的笑话。或者，更残酷地说，人生本身就是难以名状的笑话。

渺小而独特
——读王苏辛短篇小说集《再见，星群》

《再见，星群》(下称《星群》)是青年作家王苏辛的最新小说集，也是她的第六本书。《星群》所呈现出来的风貌，与《在平原》《象人渡》并无二致，仍是注重内心秩序与精神图景的构建。《在平原》《象人渡》予人最强烈的印象，是王苏辛摒弃对故事的依赖，转而以密集的对白、深度的哲学思索来推进小说。其过程，不可谓不艰辛——既有作家写作上的艰辛，像是孤绝的爬山者，负重前行；亦有阅读上的艰辛，读者想要看到王苏辛笔下的风景，只能顺着她的踪迹，咬牙攀爬。

显然，这会让许多读者对王苏辛的小说“敬而远之”。因此，在具体的篇章中，《星群》又呈现出一种风格的回归：以书写日常世情为主，兼有未来幻想的叙述风格。这是王苏辛首部短篇小说集《白夜照相馆》予人的印象。简单来说，以《在平原》为代表的作品，是向内探索的小说，侧重心灵与精神写照。《白夜照相馆》则着力于对现实世界与日常生活的观察与书写，可称得上是“外向型”的小说。

看起来，两种风格差异明显，甚至可以说是相互冲突。但我们细究下去，其实不难发现，两者并没有本质的区别。毋宁说，不管是向内探索，还是书写日常生活，王苏辛的小说核心始终没有变过。她所要解决的以及试图回答的问题，始终是我们如何面对城市。

准确地说，在现代化的社会里，我们应该如何自处？这种自处，是既要解决精神上的困惑，亦要纾解现实与道德的困境。现代化并非一个简单的名词，而是一种生活方式、一种思维方式、一种价值体系。现代化的魅力，自不必多说，“楼上楼下，电灯电话”的叙述，已让国人们迸发出前所未有的冲劲与激情。更遑论还有网络四通八达、物流高速运转，像是完美生物一样的“智能时代”。城市是现代化最好的体现，人是其中的一分子。或者说，我们成了城市这庞大的机器里的一颗微不足道的零件。因此，孤独生焉，虚无生焉，重复生焉，麻木生焉。我们站在繁华的城市街头，举目所望，尽是“茫茫人生，好似荒野”。

《远大前程》是《星群》中向内探索代表性的小说。如此宏大且富有激情的题目，很难不让人联想到狄更斯。十九世纪的欧洲人，满怀着激情与野心地冲向伦敦与巴黎。他们在最好与最坏的时代潮流中，中流击水，浪遏飞舟。在《远大前程》中，王苏辛致敬了狄更斯。一对曾是恋人的青年男女——女孩名叫刘源，男孩名叫孙尧——因价值观念不合而分手，从此开启了“双城记”。走出校门，进入社会后，两人不约而同地遭遇了困境：对未来的迷茫，对工作意义的质疑。所有的迷茫与无措，归根结底，是年轻人猛然间闯入社会，面对着巨大的现实压力，无法应对。刘源对法院调解员的工作产生了厌倦，每日奔走于乡间，调解些鸡毛蒜皮的小事。“这种需要调动全部精力应付的人际纠纷依然不断，规章、程序沦为一纸空文”，损耗了刘源的职业热情。熟悉的乡村不再可亲，而是逼仄与狭促。于是，她奔赴了城市，希望能大展身手。然而，城市的竞争实在是过于激烈，刘源仿佛是一叶孤舟，漂泊于人海中。王苏辛叙述刘源的彷徨与无助时，有个精彩的句子：

“她乘的车，常常突然改变路线，原本一小时的车程，有时需行驶近两小时，整座城市仿佛因此变得更加庞大。”

城市并没有变得更大，目的地也没有变更，只不过路途变得更加遥远，过程更加艰辛。刘源不断地换工作，实质上是在追寻人生的意义。孙尧不停地更换工作地，目的亦是如此。颇为寻味的是，两人“上下而求索”的过程，父母是缺席的。事实上，这种缺席往往是被迫的。因为父母固有的经验（乡村的、小镇的），已经无法给予他们有效的指导与帮助。刘源与孙尧的遭遇，并非个例。他们那迷茫的面孔，那彷徨的眼睛，出现在许多小镇青年的身上。黄灯在非虚构著作《我的二本学生》中，曾追踪与记录着这批小镇青年们。在黄灯的著作中，小镇青年们被城市吸纳，被人海吞没，成为庸常的一员。而在王苏辛的小说里，这批人坚韧地前行，穿越迷雾，擦亮了自身。也许他们很渺小，但所散发的光亮，却又是那么的独特。每个人都是不可替代的存在。从这个角度来看，《远大前程》是篇成长小说。他们所有的努力，都是为了确认自我的意义。

然而，并非确认了自我，就可以高枕无忧。许多现实与道德层面的问题，仍困扰着他们。每个在城市工作与生活的人，都想要个栖身之所。于是，《绿洲》生焉。这是篇残酷的寓言。美好憧憬建立在荒野之上，虚构的景象是继续在城市生活下去的勇气。《柳毅》呈现的问题则更为普遍。年轻人为梦想远离家乡，父母日渐老去，伴随而来的是养老、亲情疏远等问题。城市与故乡之间，是遥遥相望的楼宇，中间有细索相连。年轻人像是位稚嫩的杂技演员，张着双手，努力维持着平衡。

柳毅借助弟弟结婚的契机，回乡一趟。然而，眼前的一切，业已逐渐陌生。小城悄然发生变化。更令人泫然的是，在家庭内部关系里，他逐渐成为边缘人，甚至是局外人。小说或许跟唐传奇《柳毅传》有着隐秘的联系。在唐传奇中，柳毅携着龙女到海外岛屿上过上神仙一般的生活。他最后出现在人们的视野中，已然成为一个传奇。他过着极致的富贵生活，童仆如云，长生不老。这是古人对幸福生活的极致想象。王苏辛笔下的柳毅，正在艰苦创业。他是否有衣锦还乡时的高光与浪漫？不得而知。但我猜，大概率是不会出现的。“父母在，不远游”，孔子强劲的告诫声，终于式微成孱弱的呼吁了。

《传声筒》则是篇“孤岛模式”的小说。多年前，父母感情破裂，女儿成为双亲之间的传声筒。而如今，一家三口因病情聚在医院。病房成了封闭的空间，因此他们有了更裕余的时间去面对过去，面对他人，面对自己。旧日夫妻相见，没有强烈的恨意，曾经断裂的亲情，似乎又缓慢地生长着、串联着。小说的核心，是理解与接纳。或者说，王苏辛只是记录了生活中某个片段。其中所呈现的温情，亦非是惊天动地式的，而是涓涓细流式的。它们过于普通，以至于时常被我们忽视。但它教导我们，要理解生活中的沉默时刻，要接纳生活中哑光的一面。相对于《远大前程》，我更加喜欢这部小说。它没有努劲成长的艰辛，也没有充满浪漫色彩的牺牲。它的细节，建立在日常与真实之上，建立普通与平凡之上，而非奇遇。

在《远大前程》中，不管是刘源，还是孙尧，在确立自我的过程中，几乎用的都是自虐、牺牲的方式（《猎鹰》中的人物同样如此）。他们为了精神上的成长，不断地逼迫自己，甚至献祭自己。刘源从调解员出发，再到图书编辑，然后又回到调解员，兜兜转转，回到初心。孙尧则一路向东，出国打工，以最为辛苦、折磨人的体力劳作来磨砺心智。这自然是“苦其心志，劳其筋骨，饿其体肤”的体现。仿佛只有历经苦难的顿悟与精进，才最值得信赖。于小说之中，王苏辛呈现孙尧的困难的方式，是细致地、耐心地铺陈他的工作细节：他汗流浃背地在油田里工作，他拿着武器与偷油者战斗。

王苏辛是有着强烈的问题与文本意识的作家。她的小说——尤其是向内探索的——几乎都是为了回答某些尖锐的问题。对自我，对城市，对未来，对历史，她都有着细致而全面的思索。《冰河》是其中最佳的代表。它所描绘的，既是历史，又是未来。小说仍是在封闭的空间，被城市拒绝的人，拿着介绍信入住冰河小镇。他们来自五湖四海。他们在冰河镇过着乌托邦式的集体生活，仿佛是某个思潮的回归。可在乌托邦温情背后，又是严密的、近乎冷漠的全景监控。人们的生活，依靠廉价的蛋白棒支撑着。小说向我们呈现了恐怖的未来或历史图景。

王苏辛的写作方式，自然是稀缺的。因其稀缺，而显得独特。她摈弃故事的叙述，意味着摈弃读者与市场。在当下的文学现场，读者与市场的重要性，不言而喻。其中承担的风险，唯有作家自知。

写作在别处
——互联网与当代青年写作

传媒技术的革新，总会对写作产生深刻的影响，正如十九世纪欧洲报业繁盛推动了连载小说的发展。没有哪个时代，会像现在这样，涌现出大量甚至是过量的写作或阅读平台。移动互联网的出现，手机人手一台，让人们随身携带着一个广袤的、充满诱惑的世界。

阅读正在碎片化，写作的神圣性逐渐被稀释。还在二十年前，一个才华横溢的年轻人想要自己的作品得到大众的认可，需要经过严格的筛选。编辑的初审、主编的终审，甚至可能是更隐蔽的审核。他需要反复地修改、打磨作品，最终才被允许在报刊上刊登。这个颇具仪式感的过程，强化了写作的神圣性。

谁又能预料到，短短的二十年，写作忽而进入了大众时代。随手打开手机一看，各大新闻客户端、微博、豆瓣、知乎、ONE、简书、每天读点故事、迷说等APP或公众号，总是会在第一时间向你推送信息。尤其是微信公众号，几乎让每一个拥有写作梦想的人走上职业或兼职写手之路。有的人升级为自媒体职业撰稿人，有的人默默耕耘着“纯文学”。过载的信息，让人应接不暇，甚至成为生活的负担。有人为明星娱乐八卦而声嘶力竭，有人对粗鄙的文字、粗浅的观点趋之若鹜。似乎，我们正在不可避免地滑向庸俗的、娱乐的时代。

然而，一个毋庸置疑的事实却是：虽然进入了大众写作、大众阅读时代，但真正能写的年轻人毕竟是凤毛麟角。所谓“真正能写”，便是拥有创作完整的、具备文学价值的作品。他们表达属于自己的观点，虚构属于自己的故事，创造属于自己的文本。他们在网络上崭露头角，身影出没于各个写作平台，然后又向传统文学刊物蔓延。

一

九年前，我在很偶然间得知豆瓣网。这个创办于2005年的网站，聚集了大量的文艺青年，正逐渐走向巅峰。数千万的豆瓣用户，在“我们的精神角落”（豆瓣slogan）里记录着自己所读所看所听。作为一个文艺青年聚集的网站，自然而然，一批优秀的作者便会脱颖而出，如沈书枝、邓安庆、风行水上、赵志明、沈善书、方悄悄、苏枕书、有鹿、远子、李唐等。拥有得天独厚优势的豆瓣，趁势在2013年推出“豆瓣阅读征文大赛”，开始尝试商业化的运营。

豆瓣作者的气质是明显的。最常见的主题，一是对故乡的追忆，一是对城市的书写。意料之外却又情理之中的是，少有作者会同时涉及这两者。以沈书枝、风行水上、邓安庆为代表的作家们，或纪实或虚构，深情款款地回望自己的故乡。沈书枝的《八九十枝花》《燕子最后飞去了哪里》、风行水上的《世间的盐》、邓安庆的《山中的糖果》《柔软的距离》等，皆是其中代表。

以沈书枝为例。沈书枝，安徽南陵人，生于1984年。与众多青年作家相比，她写作算是比较晚，是依托于豆瓣这个平台“野蛮生长”起来的。2009年5月19日，沈书枝在豆瓣上发表第一篇日记《第二只橡皮》。这篇日记并非是文学创作，而是一段简短的生活记事。

整个2009年，她都在记录自己生活里的琐事，书写日常生活的喜乐。这也是沈书枝一以贯之的主题。从2010年起，沈书枝摆脱了“记事”体，进入了严谨的散文创作。也是从这个时候起，她开始书写的对象，对准了自己的故乡南陵芜湖的一草一木，以及成长过程中的点点滴滴。在豆瓣里，沈书枝渐渐地累积了一些读者，进而成了平台上的大V。及至2014年第二届“豆瓣阅读征文大赛”，沈书枝以《姐姐》一文获得非虚构组冠军，已为豆瓣以外的读者所知。此后，沈书枝再获“紫金·人民文学之星”散文佳作奖。那时，《人民文学》等主流杂志已经接纳了这位来自豆瓣的写作者。

沈书枝作品并不多，迄今为止只出版过《八九十枝花》《燕子最后飞去了哪里》《拔蒲歌》三本散文集。[1] 出于个人的成长经历，我在沈书枝的文字里，找到深深的情感共鸣。她所叙述的南陵乡村，她所走过的道路，她所看过的田野，像极了我所成长的乡村。

故乡，是的，这种深沉的情感是故乡。改革开放以来，乡村被纳入了一个更加广阔的市场体系之中。城市化运动轰轰烈烈，乡村里的青壮劳动力离开土地，奔赴城市。依赖于土地的生活方式，逐渐瓦解。乡村空心化日益严重。除了春节，哪里还能看到青年啊？满眼看去都是老人、妇女和儿童。收录于《燕子最后飞去了哪里》的长篇散文《姐姐》中，沈书枝记录了家庭与个人成长的苦涩。当传统的生活方式再也无法支持家庭的开支，母亲毅然赶往了南京、上海等城市；姐姐们成家立业之后，生活亦各有苦处。收录于《拔蒲歌》的散文《安家记》里，沈书枝则记录了自己在北京就业、结婚、买房，立足的艰辛。

一种生活方式在消亡，田野在远逝。当我们身处庞大而又喧嚣的城市时，回望记忆之中的淙淙流水、依依白云与徐徐山风，希冀找到一丝慰藉。学古代文学专业出身的沈书枝，文字雅致，带着干净的、从容的哀愁。然而，当我们从城市中离开，

[1] 沈书枝于2024年7月出版了第四本散文集《月亮出来》。——编注

再次回到乡村驻足，才蓦然察觉到记忆与现实的巨大鸿沟。无可奈何，又无计可施。沈书枝所书写的困境，几乎是所有乡镇青年都要面临的。

几乎与沈书枝同时出现在豆瓣上的，邓安庆、赵志明、风行水上等成长于乡村的青年作家，对书写故乡都怀着巨大的激情。赵志明的小说集《我亲爱的精神病患者》对南方乡村进行了细致乃至残忍的叙述。出版之后获得巨大的关注，为赵志明赢得了华语文学传媒大奖2014年度最具潜力新人奖。

其中《还钱的故事》一文，把乡村人的窘迫、难堪与尴尬刻画得入木三分："我们"家欠了堂叔两千元钱，堂叔是村子里最有钱的人，他们成功搬到城里之后，便三番五次地催"我们"还钱，而父母则每次找借口拖着不还，直到堂叔托邻村人带话过来，终于把家里的"窘迫"暴露在人前。然而，即使是有了"舆论"的压力和堂嫂的突袭，父母仍然不能把钱还上。欠钱的事情，成为横亘在父母面前的难题。直到有一天，父母希望还钱的期限能再延缓几年，传达信息的艰巨任务便落在了刚刚中专毕业的"我"的身上。一个未经世事的乡下少年，被抛进了巨大的人情难题之中。他的尴尬、小心翼翼以及无所适从，跃然纸上。父母的一拖再拖，终于把人情消耗殆尽。堂叔一家把"我们家"告上了法院。为了补上堂叔的"空"，"我们"只好找旧友王海借，拆了西墙补东墙。母亲与堂嫂相互怨恨，后来堂叔患上癌症，母亲尽管非常关心堂叔的病情，但奇怪的自尊迫使她停住脚步，不再与堂叔家往来。“我们”与堂叔之间的关系和人情就此彻底破裂。

《村庄落了一场大雪》是另外一篇我极其喜欢的作品，它气质冷峻，死亡的悲哀弥漫着始终。在一个落雪的村庄，六十岁的独居妇女甲遇到上门乞讨的妇女乙。两个命运多舛、形影相吊的老女人，相互温暖地度过一个寒冷的冬夜。第二天清晨，妇女乙离开，赫然发现妇女甲已经僵硬在床。终于，妇女乙被纳入到“死亡的程序”之中，她目睹了妇女甲的热闹的葬礼。最后，她受到妇女甲的孩子们的礼遇，继承了妇女甲所有的待遇。妇女乙乞讨度日的生活，似乎终于要终结了。然而，妇女乙所有的经历却“只是女人甲的一个梦”。在梦中，她目睹了自己的死亡。这种向往死亡的意愿，昭示了她生活的哀戚与绝望。《村庄落了一场大雪》所蕴含的悲哀的力量，在某个瞬间，让我想起胡安·鲁尔福的《燃烧的原野》。主人公们有着同样悲戚的面孔，为土地、为生活、为贫穷耗尽了生命中所有的能量。

自《我亲爱的精神病患者》之后，赵志明陆续出版了《万物停止生长时》《无影人》和《中国怪谈》。《万物停止生长时》是《我亲爱的精神病患者》的延续，关注仍是赵志明所熟悉的苏南地区的农村以及小镇青年的生活状态。

事实上，“小镇青年”的文学书写，可以说是豆瓣写作的一个显著的现象，作家们大多是“80后”、“90后”，他们伴随着中国轰轰烈烈的城市化进程，目睹了乡村被纳入巨大的市场经济体系之中的全过程。他们在小镇里成长，在城市里求学，进而谋生、立足。土地与乡村是他们的根基与血液，然而自身当下的生活，却又与乡村日渐疏远。于是，便形成了两种对故乡书写的“传统”：一是沈书枝式惆怅的回望，一是赵志明式不留情面的解剖。魏思孝的《小镇忧郁青年的十八种死法》、郑在欢的《驻马店伤心故事集》皆是后一类型的代表。可以预见，“小镇青年”在日后中国文学版图中，将会占据重要的位置。

《无影人》《中国怪谈》则是豆瓣“怪谈”写作兴起的一个见证。自新媒体兴起后，怪谈可以说是豆瓣写作的一个“流量担当”。“怪谈”写作风行，标志着故事的价值正在被平台重视。与文学价值不同，故事价值意味着更多商业变现的可能。事实上也如此，作为文艺青年汇聚地的豆瓣，自然希冀挖掘更多作者，或留住作者，以完善自己的内容生态。“豆瓣阅读征文大赛”在摸索了几年之后，开始与影视公司合作，纯文学的气息逐渐剔除，征文更注重职场、爱情、悬疑、科幻等类型，走向推动作品商业转化的道路。

二

与起点、晋江等网络文学网站不同的是，在豆瓣上写作，并不会创造令人瞠目结舌的财富，并不能让作者实现财富自由。豆瓣作者首次进入大众的视野，并引起影视公司的强烈关注，应该拜电影《失恋三十三天》热映所赐。2011年11月8日，这部小成本的电影上映，首周便豪取将近2亿票房，最终总票房达到3.5亿。《失恋三十三天》的原创故事最初由鲍鲸鲸在豆瓣小组上连载，最终被影视公司看中。无疑，鲍鲸鲸的神奇经历激励了后来的写作者。

《失恋三十三天》是典型的爱情轻喜剧，是繁忙的都市生活里结出来的梦幻花朵。它重新定义了闺蜜，创造了所谓“友情之上、爱情之下”的暧昧两性关系。它不直接书写性，却又无时无刻地在挑逗性，试图给暧昧的情感披上纯洁的外衣。鲍鲸鲸笔下的故事，可以说是豆瓣城市书写的典型代表了。方悄悄的《与情敌同居》《看了高兴的爱情故事》也是在豆瓣上完成创作或连载的。

当然，对于城市的书写，我不打算单单只讲豆瓣，因为“流水的平台，铁打的作者”。事实上，优秀的作者会在各个平台上出现。平台的差异，并不会抹去作者自身的特质。对于众多怀揣文学梦想的作者而言，韩寒的“ONE · 一个”APP的出现，无疑是一件激荡人心的盛事。这款具备强烈的理想主义色彩的APP，以及韩寒本身所携带的强大号召力，使其在孕育之时便聚拢了青年写作者的目光。相对于豆瓣而言，“ONE · 一个”的运作方式与传统杂志并无多大的差异。有编辑部，稿件需要专业的编辑审核，只不过发表的载体由纸质变成手机里的APP。

“ONE · 一个”运营九年以来，荞麦、大冰、张皓宸、张晓晗、姬霄、陈谌、南极姑娘、里则林、老王子、曹畅洲等作家进入读者的视野。其中大冰、张皓宸更是百万级别的畅销书作者；荞麦的短篇小说《郊游》《这个世界上的一切都是瘦子的》颇具影响力；张晓晗的《女王乔安》成功地影视化；张皓宸也趁着IP大风，准备把作品搬上大屏幕。相对于在商业化道路上苦苦探索的豆瓣，“ONE·一个”更早地就实现了商业上的成功。而这，也让“ONE·一个”因“鸡汤化”而备受诟病。

事实也如此，大冰、张皓宸、陈谌他们的书即使卖得再好，我们亦无法去讨论文本中的文学价值。他们的小说（或者，称之为故事更为合适？），投年轻读者所好。“大理”“民谣歌手”与“流浪”火了，那么就炮制一篇故事吧；睡前小故事，正是姑娘们的心头好，那么就进行流水线生产吧。没有苦痛，没有思考，只有矫饰的情绪与看似“睿智”的金句。也许，这就是青春所独有的标志吧。

“爱情”在当下，已然成为显学。发生在爱情里的甜蜜、窘迫、背叛、不安，都会被反复地咂摸。而爱情故事，也只有放置在繁华的、广阔的、复杂的城市里，才能让读者心悦诚服与信任。在这个时代，没有人相信灰扑扑的乡镇里会诞生爱情，因为那里只有相亲、日常的琐碎以及恶意。在张晓晗的短篇《交欢》《摇晃》中所展现的爱情，夹裹着青春的惨烈，直面自身的身体欲望。另外一位“ONE·一个”的作者米玉雯，在《余小姐的蓝颜知己》里，对情欲的书写，更是坦然。余小姐有一个男闺蜜，两人的情感是“友情之上、爱情未到”。两个年轻人迷恋对方的身体，却又无法给予彼此安稳的承诺。

爱情是这些作者观察、理解城市的切入口，而他／她们却又只痴迷于叙述身体或情感的不安。国人对于爱情的审美，其实更多是对激情的审美。换言之，年轻一代的作家们更喜欢书写爱情的发生，而非书写爱情的维持与延续，更喜欢“奔月”之前的后羿与嫦娥，而非整天困囿在日常与琐屑中的生活。如杜梨的短篇小说集《致我们所钟意的黄油小饼干》，尽管大部分作品的背景设置在未来，但作者对于爱情的理解，仍然是年轻的想象与期许。

栗鹿、郑然、贾若萱、宋阿曼等作者是在“ONE·一个”平台崛起后，逐步向传统期刊发展的。他们能如此迅速地转向传统期刊，得益于扎实的叙述与技巧。郑然与栗鹿的写作，在某些方面，有相似之处，皆以轻盈取胜，喜欢捕捉当下年轻人的孤独感与疏离感，文字之中隐约闪现着村上春树的影子。栗鹿的短篇小说《雾岛往事》《所有罕见的鸟》中，往事、梦境与现实交融在一起，文本呈现出亦真亦幻的效果。栗鹿的写作对象，与其说是城市，不如说是情感本身，她书写爱情的生长与幻灭，并建造一座充满梦幻气息的文字岛屿。宋阿曼的《内陆岛屿》、贾若萱的《摘下月球砸你家玻璃》所呈现的自我，已逐渐清晰，正在慢慢摆脱轻盈的青春。

在“80后”、“90后”作家中，城市总是夹杂着荷尔蒙的气息，青春一而再再而三地被提及。甚至，残酷地说，相当一部分作者只能够书写自我青春。“新概念”写作至少定义了二十世纪末至今的“青春文学”，它与商业严密地联系在一起。它的“新思维、新表达、真体验”所反抗的对象自始至终是课堂作文，它肯定青春期的叛逆情绪与情感。进而，自“新概念”崛起的作家，大多沉溺于青春，以至于“青春”成为生意，以至于青春期显得过于漫长。

三

为什么而写作？文学是什么？一千个写作者有一万个答案，或真或假，或崇高或现实。网络平台来了，所写的文章更容易被读者阅读。文学被置于庞大的超市里，被“细分”、被“垂直”、被“标志”。这一点，在微信公众号为代表的自媒体写作中体现得尤为明显。

但另一种更加隐秘的写作，仍坚韧地生存着。“泼先生文学奖”设立于2010年，由芬雷发起。泼先生之名来源于“后现代主义”（Postmodernism）一词的英语发音，故在文学审美与旨趣上显得“特立独行”。它鼓励与倡导独立、自由以及探索新的写作与表达方式，奖项设置了文学奖、学术奖、诗歌奖与特别奖，作品征集渠道采取推荐制。首届“泼先生文学奖”并无奖金，自第二届起方有从网络征集的一万元奖金。“泼先生文学奖”每两年一届，至今已经举办五届（第五届正在公布提名作品与作家），获奖者有张羞、捕马、李可笑、马桓、周功钊等。

正如“后现代主义”一词的指向，获奖者们迷恋纯粹的语言与结构，努力抵达最自我的表达，鼓励最锐利与冒险的尝试。“张羞的小说与诗歌，在时间之外，在实存之上，它们就在那儿”（获奖词），不传达教诲，亦无法让人效仿，张羞所呈现的是纯粹的语言与文本；李可笑的《风城：未来之城或回忆之城》则是“一部极具争议的作品，一部对文学究竟奠基何处持久发出追问的作品，也是一部在虚实的危险搭建与焦灼拆解之中如坠深渊的作品”（获奖词）。

“押沙龙短篇小说奖”成立于2014年，赛事组织者是一群年轻的、普通的写作者，倡导者是原《青春》文学编辑陈志炜、原《扬子江诗刊》编辑熊森林，后来青年作家徐小雅和我本人也参与进来。首届“押沙龙短篇小说奖”，我们怀着对传统刊物审美的微小叛逆，实验了一次轻巧的“玩笑”。没有料到这项“并无物质奖励”的征文，短短三个半月时间，竟然收到稿件五十余万字。这让我们意识到“押沙龙短篇小说奖”不能只是轻巧的“玩笑”，而可能成为严肃的“玩笑”。

因此，从第二届开始，出于对文学与比赛的重视，我们凑了五千元以作奖金。而奖金的分配，完全体现出年轻人不谙世事的随意以及对商业文学的批判：一等奖一元，如若最终作品未能达到评委预期，一二三等奖将均分五千零一元。至2016年，第三届“押沙龙短篇小说奖”收到至少两百万字的稿件，影响力不限于南京、上海，亦波及北京、广州等地的文艺青年圈。这三届大赛共产生了索耳、角男、伽蓝、大头马、杜梨、郑纪鹏、魏傩、吴泽、桑圆园九位获奖者，其中索耳有十多篇短篇小说陆续见于《山花》《作品》《芙蓉》《长江文艺》等杂志，已为评论家所注意。

索耳，广东湛江人，生于1992年。2014年冬天，我初次在南京见到索耳，那时他还是一名刚刚入学的研究生，身上带着腼腆的自信。在获奖小说《蜂港之午》中，索耳让离婚而萌生死志的画家、相依为命的姐弟（弟弟脑瓜不正常）、小店老板、乡村医生汇聚在蜂港。一宗强奸案（医生强奸了姐姐），让蜂港的午后变得滞重而压抑。在这篇小说里，索耳显现出对叙述游戏的痴迷。不停地变换叙述者，让人想起福克纳经典的《喧哗与骚动》。毋宁说，《蜂港之午》正是索耳向福克纳致敬的作品。往后的日子里，在《南方侦探》《显像》等短篇小说中，索耳尽情地挥洒着叙述的才情，怪诞、戏谑、现实等元素融为一体。

大头马是另一位值得注意的作者，她的获奖小说《Ordinary People》（普通人）中，创造了一个焦虑的、狂妄的、自卑的，充斥着伪装的激情的剧作家。在某个夜晚，他进行了一场马拉松长跑。大头马的叙述结构颇为精巧，随着马拉松进程，以独白方式剖析着这个“和两千万普通人一起，住在北京的蝙蝠侠”。事实上，她并不需要“押沙龙短篇小说奖”为自己的履历增添光彩。2014年，她以中篇小说《谋杀电视机》获得“豆瓣阅读征文大赛”小说佳作奖。此后，在2017又出版了《不畅销小说指南》，并在“ONE · 一个”上连载长篇小说《潜能者们》。在《谋杀电视机》中，大头马以庄严的玩笑对现代传媒、娱乐与生活方式，进行消解与戏谑。一场处心积虑的谋杀电视机的行动，最终却是“楚门的世界”。所有人都在演戏，无人认真生活。生活是一场黑色幽默的游戏，最终走向无聊。

“押沙龙短篇小说奖”并没有我们想象中的重要，这是毋庸置疑的。它既不挖掘、培养作家，又不进行商业运作。即使停止举办，生活还是“太阳照常升起”。我们希冀通过它来认识年轻的作者，感知当代文学的生长与表达。但事实上，我们这群生在80年代末、90代初的写作者，虽生活在天南地北，但在写作之初，已经在网络上认识。林为攀、徐小雅、三三、陈志炜、王苏辛等作者，我认识他们的时间，已经接近十年了。我们曾彼此交换作品，相互学习、相互促进。对于彼此的写作，多少都会有所了解与判断：如徐小雅对女性生存状态的关注，林为攀夹裹着青春激情追随与重构故乡，等等。

林为攀至今已出版了长篇小说《万物春生》《追随他的记忆》以及多部短篇小说集。在写作之初，他深受马尔克斯与《百年孤独》的影响。在长篇小说《万物春生》之中，林为攀以“傻子”的视角叙述了一个家族、一个村庄隐晦的历史与幽暗的现实：祖父与祖母磕磕碰碰的爱情、父亲倪云洲难以启口的不堪往事、在顽固的重男轻女思想下艰难生存的姐姐以及左邻右里之间鸡毛蒜皮的冲突等等。所有的一切，在林为攀独特的叙述声音之中，形成了一幕幕众声喧哗的荒诞、黑色的喜剧。

徐小雅的写作方式可能是最为扎实的，她勤勤勉勉地叙述与记录着女性成长的心事，对女性的情感、生活所面临的困境抱有巨大的同情与理解。在中篇小说《少女与泰坦尼克》中，温莹莹进入青春期后，“人像吃了发酵粉一样，迅速长长、长宽”。理所当然地，温莹莹成为一名胖女孩。此后，肥胖所带来的羞耻、自卑、痛苦与绝望，伴随着温莹莹成长。她像是一个溺水的女孩，慢慢沉溺在绝望的日常生活中。《饲鼠》是一篇关注女性情感的小说，年轻的阿小是老板王先生的情妇，她被“禁锢”在一座空旷的屋子里，每天所做的事情便是做好饭菜等待王先生的“临幸”。然而，“王先生总也不来”，绝望之余，阿小只得把饭菜喂老鼠。在这篇小说里，徐小雅展现了老练、扎实的细节刻画能力，因而时间被停滞下来，绝望如海水般涌来。

三三是语言的精灵，文字轻盈、深情，时而流露天真的幽默感，时而又有冷峻的理性。在首部短篇集《离魂记》中，三三在王小波等作家的身上发现了叙述与虚构的秘密，进而把自己隐藏在生活的缝隙里，仿佛在跟读者玩捉迷藏。

在短篇小说《补天》之中，三三重构了补天的神话。日常生活中陷入无聊状态的“我”，无意中读到一藏先生关于女娲补天的博客，一藏先生正在实施补天计划。“我”联系上了一藏先生，并约定时间见面，然而一藏并未履约。这次小小的逃离，是“我”日常生活中的壮举，是关于自我的“神话”。尽管“我”最终并未逃离日常，但一藏先生补天计划却正在坚韧地推进。在《仇雠剑》《猎龙》等短篇小说中，这份特质显露无遗。尤其是在《猎龙》之中，女孩与男孩感情走向破裂的原因，正是男孩执拗地相信着“龙”的存在，而不顾现实与日常。女孩最终难以忍受，选择了离开。此时，她却突然“看见那条龙凌空而过，往长天的边界游去”。《猎龙》的叙述复杂、多元，三三游刃有余地把话剧、游戏、小说等虚构元素置入文本。这倒不是说三三在炫技，而是“也许我只是朝孤独的夜空放了一束幸甚至哉的烟火”。因为深情与孤独，进而崇尚抒情与理性，进而在现实与虚构之间摇摆不定。这是三三小说最为迷人的地方。

陈志炜的写作极其独特，成长于港口城市宁波的他，童年所见是巨轮、炼油厂与潮起潮涌的海水。海洋的、工业的气质，始终贯穿在他的小说中。密集的意象、天马行空的想象，在“轻盈”与“厚重”之间，自由地游走：这是陈志炜的写作。在《恋爱的犀牛》《猛犸》《卡车与引力通道》《少女与她的飞船》等短篇小说里，陈志炜构筑了一个令人眼花缭乱的、诗意的未来世界。在《猛犸》中，患有“精神不济的病症”的“我”（这种病会导致“逻辑与道德构成的星空在脑海中化为乌有”），与朋友在海上灯塔观察、参与了一场进化的灾难。朋友们都退化成猴子，猴子进化成原始人，“整座高塔仿若DNA 双螺旋”。而逃离这场巨大灾难的“我”，还在隐约地惦记着打字机。这是陈志炜的迟疑与幽默感。在一则“通俗”小说《恋爱的犀牛》（其实并不“通俗”，只是在陈志炜的作品中，算是比较好理解的），陈志炜表现出孩童式的天真与纯粹。

在短篇小说《白夜照相馆》里，王苏辛虚构了一座移民城市“驿城”，生活在其中的“每个人心照不宣地创造历史”。白夜照相馆的生意，就是帮助人制造虚假的记忆。一种时代困境摆在作者面前，当人们离开故乡，来到庞大的、川流不息的城市，身体与情感将会安放何处？王苏辛的“驿城”是灰色的、仓促的、冷峻的，而现实又比这好多少呢？

在《战国风物》里，我惊讶于王苏辛的大胆与直接（父亲追问女儿：恁俩，没出去住吧？）。在妻子与第三者之间徘徊不断的父亲，与女儿进行了一次漫长而又艰难的旅程。父母悬置的离婚问题，没有答案。父女之间的关系，仿若皱褶。没有缓解，没有恶化，问题被悬置了。生活就像是吊桥，挂在半空之中，飘摇而紧张。此后她用接近一年的时间，完成了中篇小说《在平原》：李挪是一名年轻的美术老师，她走进了平原地区的一所学校，负责教导即将高考的美术生。她与天赋超群的学生许何的对话，是小说的主体。这是面向精神世界的对谈，是王苏辛“清洗自我”的艰辛过程。她抛弃了《战国风物》里的世俗与人情，扭头迈向了内心与精神世界，并完成了自我的重建。

四

手机上阅读平台林立，乃至于泛滥成灾，似乎每一个人，都想从“文学”这里扯下一块肉。微信公众号、百家号、头条号、企鹅号等自媒体兴起之后，写作成为一种标准的生意。阅读量与内容品质已无多大关系，而是与标题的“惊悚”程度、内文的情绪有着严密的关系。而流量则意味着关注度与金钱。文字即商品，内容即产业。作者的自我与表达已经不再重要，市场需要的是畅销的、标准化的商品。

当作者们想以“文字”安身立命之时，却发现一个更紧迫的现实横在眼前，不可逾越。是的，就是生活。当年一起写作的朋友们，因生活里的种种原因，放下了手中的笔——即使是没有放弃，笔耕不辍，但当你看到编剧的收入远远高于小说创作，经营微信公众号一年收入可达百万，心中是否摇摆不定？毕竟没有人喜欢灰暗的、窘迫的生活，不是吗？

因此，没有敏锐的商业眼光，对文字怀有敬畏的作者，想要获得认可，并不是一件容易之事。虽然传统文学杂志已经不再辉煌，但对于作者来说，仍是最重要的渠道。他们在不受关注的平台里，顽强地发出属于自己的声音。在这阅读大众、文学小众的时代，写作既浪漫又悲壮。

正如约翰·伯格所言：“无论如何，我们生活在一个邪恶猖狂的苦难世界：一个必须反抗之世界。正是在这样的境地，审美时刻给予我们希望。我们发现水晶或罂粟是美的，意味着我们并非如此伶仃，意味着我们被更加深切地推入存在，这个深切程度是形只影单的生命无法引导我们相信的。”是的，我们信赖文字，信赖写作，是因为文学时刻给予我们希望。

辑二　现实的重力

失落的秘密
——读张怡微《四合如意》

一

张怡微在《冉冉云》中借小说人物之口，提及契诃夫的晚年小说《主教》。在契诃夫的小说中，主教与老母亲见面后，思念倏忽回到了童年。老母亲则困囿于主教的身份，与儿子的交流变得谦卑、客气与战战兢兢。位高权重的主教在身殒后，曾经深爱着他的百姓们，迅速地将他遗忘，唯有他的老母亲仍在记挂着他。而他，也终于不是主教了，而是往日的儿子。

主教与母亲的错位思念，自然是令人泫然的。可我们不禁要问，母子俩见面时，为何不直抒胸臆，诉说各自的思念呢？生活并不是戏剧，也不是小说，无法归纳主题或升华精神。它看似井然有序，实质上是混沌难明，因此《主教》是一篇充满遗憾与令人惆怅的小说，它揭示了日常生活中残酷的定理：对于生活我们知之甚少，我们无法彻底理解他人，也无法彻底理解自己。生活中的一些壁垒坚不可破，人与人之间的缝隙，远比我们想象中的要大。我们受缚于当下，无法顺畅地抵达预期的未来，所能拥有的也许只有无法变更的过去。正如詹姆斯·伍德在《什么是契诃夫所说的生活》一文中所言："契诃夫想到的'生活'是一种扭捏的浑浊的混合物，而不是对诸事的一种解决。"

张怡微自然是熟悉契诃夫的，对詹姆斯·伍德想必也不会陌生。她对自己的小说创作的认知，清晰、稳固、强劲，几乎难以让评论者有更多的阐释的空间。她提出"家族试验"的观点，将小说归类在"新世情小说"之下——于《四合如意》，则是"社交媒体一代的新世情小说"——在《机械与世情》一文中，张怡微表示，"2017年起，我做了一些尝试，讨论符号性的'虚拟身体'之于世情故事的意义"，进而"机器显然不会带领我们开拓神性的边界，但它是一种强势媒介，会照亮人性的冲突，世情的复杂"。

微信、微博、抖音、淘宝、直播、表情包虽是虚拟的、无形的，但实质上它们和有形的河流山川、写字楼、房屋、汽车等构筑了异常坚固、稳固的"物质"世界，是我们赖以生存的空间。显而易见，社交媒体、通信技术等机器在张怡微的小说是承载世情的载体。

尽管机器非常重要——时代的特征，城市的特征——在阅读张怡微的小说时，我却也常常略过。对小说进行社会学式的解读，抑或阐释小说中所蕴含的社会意义，自然是难以出现偏差的，但也容易遮蔽小说真正的卓越之处，容易让作者的独特消融于某些宏大的议题中，容易让小说中的人物迷失在标签之中。张怡微的卓越在于对生活的观察与体会。这种观察，并非刻奇式的打量，或者批判性的展示，而是体贴地、宽容地应对着小说人物中所面临的一切——既有生活中的困难，也有道德上的艰难。这一切，都是生活中失落的秘密。在许多时候，让人难以启齿，也难以抉择。我们无法解决，只能等待着时间或者生活慢慢地消化它们。

小说集同名的《四合如意》是我所钟爱的短篇小说。它的内容，并不是像题目所揭示的“如意”，相反是处处不如意。盛明与茹意是分隔两地的情侣，前者在伦敦念人类社会学博士，后者是上海某中学的老师。网络让恋情得以延续，但两人之间的距离，不断地拉大，像一条不断被拉扯的绳索，渐渐变长，变细。绳索是坚韧的、绵长的，并不容易断裂，却容易被人忽视与遗忘——甚至，这是两人心照不宣的选择。《四合如意》当然不是一部恋爱小说，而是原本两人叠合的人生，逐渐像大陆漂移一样，慢慢地错开，逐渐像上海与伦敦的时差一样，清晰可见。生活是流动的，人生亦如是。

《四合如意》的精妙在于张怡微将盛明和茹意的恋情悬宕起来。准确地说，是将两人的人生悬宕着，没有动用叙述者的权力，武断地给他们一个出口，或给出一个名正言顺的结局。简而言之，没有野蛮地将时间截断，而是给人物裕余的时间与空间，去咀嚼与处理日常生活的苦涩与欢喜。“……想到这里，茹意心头掠过一阵尖利的刺痛，她鼻子一酸，并不知道自己又说错了什么。好在，一天很快就过去了。”这是小说的结尾。但我们知道盛明与茹意的生活并未终结，因为“一天很快就要来了”。故而，“四合如意”实质上是期许的状态，正如“花好月圆”“阖家欢乐”，是对幸福的期许，而非描摹——理解成描摹，小说则散发出微妙的反讽的况味。

二

张怡微是善于反讽的。散见在文本中的“金句”，即可证明：“钱，就是男人的面目，它变来变去的，怎么看都像一张前夫的脸，真让人恼火”（《端正好》），“他在旅途中开始结识一些小他十多岁的老年妇女，宛如一场丧偶后的狂欢”（《缕缕金》），“不愿意看到闺蜜衰老，就像不愿看到自己衰老一样，是一个心灵镜像，并不是岁月的真相”（《一春过》），“爱情在这个时代里越来越像中晚期病人喉咙中那口痰液”（《煞尾》），等等。这些句子，自然是令人莞尔的，亦可窥视作者性情与才情的。最微妙的反讽出现在《寄生草》的结尾，结束在台湾的恋情后，茱帕回到上海，准备开启新生活。在台湾生活的日子，茱帕是遭遇中年职业危机大学教授马克的女友。两人宛如夫妻，同居在一起。实质上，生活犹如死水，凝滞不前，丧失了向前的冲动，也破坏了追缅的氛围。凝滞中，茱帕遭遇了来自北京的记者乔比。她确认了欲望，于夷犹间相信自己遭遇了爱情。沉湎于过去的马克知道自己再也没有任何理由挽留茱帕（在他的故事中，我们看到婚姻是如何一步步破碎的，生活是一步步坠落的）。回到大陆的茱帕，前往乔比工作的报社——

"'别着急，他很快就来了。送孩子上学。'编辑答，'北京的交通真的，哎，甭提了。不过记者也是毫无时间观念的人，我跟他说过你来了。再等等哈。很快就过来。你要喝什么？咖啡是红茶？'

"茱帕在原地呆若木鸡。久久说不出话来。"

这是必然的。茱帕是注定无法获得欧·亨利式的幸福的与爱情的。这倒不是小说家的自私，而是生活中"不如意者十有八九"。以茱帕、马克、乔比来命名人物，大约是营造了"欧美人在中国"的氛围。换言之，这是一篇充斥着错置感的小说。人生在错置、情感在错置、自我在错置，所有的一切都是错置的。结尾的反讽（或者反转？），让我想起张爱玲的小说《五四遗事》。

但更接近的还是《鸿鸾禧》，题目与内文错位，反讽的张力便生焉。张怡微喜欢这种错位，亦沉迷于"对照"——豆瓣网友北部辰光的《世情与时间——读〈四合如意〉》一文对张怡微"对照"的理解与阐释，非常精彩，指出张怡微小说中的"时间的魔法"与"今昔之比"。"对照"一词源于张爱玲的《对照记》，但并非她发明的，是古典文学中固有的表现手法，如“旧时王谢堂前燕，飞入寻常百姓家”“正是江南好风景，落花时节又逢君”等。站在人生的长河中，不管是往前看，还是往后看，都不免有“对照”“参差”之感。“对照”是生活的常态。

反讽容易滑落成嘲弄。反讽，是理解他人的不幸，对他人的遭遇感同身受后，所发出的笑声。它剔除了傲慢与刻薄，将自身置于困境之中——严格地说，唯有经历过不幸与困境，才会对一切困境感同身受，才会整理心绪与心智——所露出轻笑，进而帮助我们应对日常生活中的艰难与琐碎。而嘲弄，则是傲慢与刻薄的结合体，它无所顾忌地发出笑声，用所谓的“批判”遮掩自己傲慢的态度，对他者的不幸与困难，进行制造与消费。张怡微的小说中的反讽当然不止于“金句”，而是渗透在小说的肌理中的，是“突然绽放的细节”，是“稳固的实体”，是“缄默的事件”。它所能传达的，远不止是讽喻的笑，而是带我们走进更加广阔又难以言明的瞬间——

“夜里九点，外公没了呼吸以后，外婆悉数通知了子女们，通知了外公的老单位，通知了外公的堂表兄弟，最后才通知了外公的亲兄弟。母亲说，这种通知顺序表现了老太太一定是早有准备的，她和外公的亲兄弟们关系并不好。也有人在电话里说，在家里走，比在医院里走要好，持这样观点的人还不少。外婆说，是呀是呀。郑梨母亲说，其实她等这一刻等很久了，都没耐心了。郑梨父亲问，那老太太现在人还好吗？郑梨母亲说，还好，通知完亲朋好友她就睡觉去了。”

这是《步步娇》中，外公死亡后郑梨家的情况。初读之下，似乎有些漠然，所有人——尤其是外婆——都松了一口气。病除了折磨病人自己外，还折磨着家属。我们能指责外婆的“都没耐心了”吗？当然不能。这样的细节，是否揭示了外婆与家人们的自私？并不，它之所以让人感到骇异，不是揭示人性的自私与道德沦丧，而是我们处于外婆同样的境地，处理得并不会比外婆好。张怡微把死亡当作日常生活的一部分，没有将它诗意化与戏剧化，也没有升华出抽象的主题来。

三

多年前，读王安忆为“短经典”系列小说所写的总序，记住了一句话：“好的短篇小说就有了一个定义，就是优雅。”至于“优雅”为何？是“好的短篇小说就是精灵，它们极具弹性，就像物理范畴中的软物质。它们的活力并不决定于量的多少，而在于内部的结构。作为叙事艺术，跑不了是要结构一个故事，在短篇小说这样的逼仄空间里，就更是无处可逃避讲故事的职责”，是“一旦开头就必要规划妥当，不能在途中作无谓的消磨”。而“优雅”，则是在逼仄的空间创造出裕余来——像是绅士，衣服要剪裁得熨帖，不能像紧身衣，暴露出凶狠的肌肉，也不能太宽松，衣服吞没了整个人。

故事常常以小说的面目出现在我们面前。或者，更苛刻一点，许多短篇小说作者满足于讲故事。其中原因，也许是故事让人放心。于作者而言，讲好故事，完成“跌宕起伏”的规训，便是完整的写作。于读者而言，一件事有始有终，一个人命运有所着落，便是成功的阅读。读者在阅读过程中，抽离了灵魂，将自己与现实生活隔离。当阅读结束后，读者并不希望自己为小说中悬而未决的命运而感到忧虑。读者需要确切的答案，正如考试需要明确的分数。优秀的短篇小说家不应当满足于制造完整、制造准确，而是在有限中创造无限，在狭隘里挖掘广阔。即使是篇幅限制，也不应当武断地审判人物的生活与命运。

短篇小说需要结尾，但并不需要“尽头”。因为优秀的短篇小说不是法官的判决词，而是晦暗不明的日常与命运的交集。它没有尽头，也不应该有尽头。在《四合如意》最为优秀的小说中——如《四合如意》《缕缕金》——张怡微展现了卓越的空间能力，从而让我们忽略短篇小说本身的狭隘。她打破故事的规训，以及去戏剧化的书写——日常生活是枯燥的吗？当然不，而是我们在琐碎之中，看到了自己的羸弱与阴暗，看到平静大河之下的暗涌——这些并不需要我们去批判、指责，而是提醒我们以更审慎的态度去审视生活与自我。

在张怡微的小说里，常常闪现金句——都是深刻的洞见，是她观察与思考所得出的结论，令人钦佩的博学与洞察力——《四合如意》中则是关于网络文化的观察与思考（表情包、豆瓣帖子、聊天机器人）等等，它们或借人物之口，或借叙述者之口说出，以符合小说主题。这些句子或段落，像极了衣衫上的珠花，熠熠生辉，有时难免会过于耀眼。《白观音》是篇急迫的小说，正如《机器与世情》所提及的微软小冰写诗一般，是个轰动一时的事件或现象——事件与小说并没有必然的联系，也不一定能催生优秀的小说。在《白观音》中，张怡微引用的素材是一起发生于豆瓣网上的大事件——KFK 穿越帖子——再穿插着偷渡女孩阿琳在异国他乡的生活与日常。阿琳的生活，像是KFK 的跟帖。《白观音》是篇急于跟网络现象产生联系而诞生的小说，它当然是巧妙的，然而却也成了“记住那个标本般的空城”。

因此，张怡微的小说在极力擦拭现实与虚构的界线。在有些篇章中，用力过猛，界线虽擦拭了，但也留下更深的痕迹。有些篇章，那条界线，淡如影，几乎不存在——我们知道她笔下的人物，像我们一样，生活在这片土地上，为生活欢喜着，也为琐屑事哀愁着。

无限趋于爱的幻觉
——读三三短篇小说集《俄罗斯套娃》

一

“我曾以为我的人生是一场悲剧，可我现在发觉，其实是一出喜剧。”这是电影《小丑》中的台词。小丑，原名亚瑟·弗兰克，精神病患者，与母亲居住在一起，扮演小丑为生，梦想成为一名喜剧演员。在观看这位超级反派的个人电影时，最令我印象深刻的是扮演者华金·菲尼克斯所发出的痛苦的、病理性的笑声。没有任何快乐，只有深渊般的痛苦。笑声揭示着小丑被摧毁、被侮辱、被忽视的生活，以及他即将崩溃的精神。电影的尾声是真人秀的直播，亚瑟·弗兰克以小丑的面目出现，向社会发出愤怒的控诉，并射杀了自己喜剧表演的偶像。终于，一位超级反派、超级英雄蝙蝠侠永恒的对手小丑，就此诞生。他成为恶人们的偶像，成了破坏者的化身。

作为喜剧角色的小丑，最大的魅力来源是面具，而非演员本身。面具是与观众约定俗成的符号，限定与约束了演员表演范畴。一旦带上小丑的面具，演员的使命便是给观众带去笑声。即使他刚刚遭遇了伤心事（比如说失恋），也不能忤逆角色本身的使命。他仍要尽心尽力地完成一套喜剧的动作，并期许自己的表演带去笑声。亚瑟·弗兰克之所以堕落为邪恶的小丑，是他发现自己的痛苦、孱弱、不堪被观众们当作喜剧来欣赏。观众们在观看他的人生中发出笑声，而不是在他单口相声的表演中。因此，他必须反抗，必须把社会当作舞台，必须给取笑他的观众带去痛苦。

三三在她的短篇小说集《俄罗斯套娃》的后记中，塑造了一位小心翼翼的小丑。“四十年来，他每天都戴一副红白假面表演。他害怕失误，害怕被窥探，害怕某个邻居居然认出他说：‘啊，竟然是你呀。’这位小丑一生都在兢兢业业地扮演着舞台上的角色。他在结束表演那一刻，总是认真地鞠躬，默默在内心对观众说，谢谢你们来看这场表演。”然而，这位从不逾矩的小丑，在退休那一刻却迫切地破坏与观众形成的默契。“他的作法是，大声将这句话喊出来，歇斯底里地，为了破坏他辛苦维护过的一切以及因此承受的孤独。”于是，我们知道了，在这一刻这位敬业的小丑、出色的演员决定不再取悦观众，而是取悦自己。也在这一刻，他终于要卸下小丑的面具，开启自己的人生。他也不再惧怕观众认出真实的自己。

这位小丑先生如此迷人，以至于我浮想联翩。他是从哪里学来的喜剧表演？他的观众是多还是少？在他长达四十年的职业生涯里，为何宁愿忍受孤独而拒绝邻居辨认出自己？答案当然可以是小丑先生对自己的表演信心孱弱。他不希望拙劣的演技与失败的表演被邻居辨认乃至品头论足。若果真如此，则我们无法解释他为何拥有长达四十年的职业生涯。因此，小丑的喜剧技术、表演风格，自然得到观众的认可。必然地，在漫长的岁月里，他不敢怠慢，日复一日地磨砺演技。他用日益精湛的演技与丰富的经验来抵抗因年老力衰而导致的表现力下降。年轻时，他可以在舞台上一口气翻数十个跟斗，可以一口气连抛五六个杂耍球。他喜欢炫耀自己的技巧，喜欢听观众们在他眼花缭乱的表演中发出阵阵惊叹与掌声。到了年老时，他已无法从容地翻跟斗、抛杂耍球，但对喜剧的理解与对表演节奏的把握却是空前的。他能用最简约的方式——用一个看似慌乱的眼神或看似一次意外的失误——就能让观众们发出会心的笑。他的表演风格与技巧，早就带上浓烈的个人风采，几乎无人可以模仿。他的生活方式与经历，造就了他独特的表演方式。最初，他用小丑面具来区分舞台与生活，来遮掩真实的自我。他没意识到的是，自己生活早已渐渐浸透入表演中，几乎无法分离。他的表演早就不依赖于那颜色分明的小丑面具。事实上，他的忠实拥趸们、邻居们，早就在他的举手投足之中察觉到他就是四十年来兢兢业业表演的小丑。观众与邻居们没有打扰他，更没有戳破他。小丑先生和邻居们都心知肚明，只不过彼此都在默默地维护着这份默契。

之所以不厌其烦地谈论小丑，自然是这个意象是理解三三短篇小说集《俄罗斯套娃》的关键。对于作者来说，小说是作者将个人的经验、想象与见解整理、熔铸成文本，进而形成强烈的自我。文本当然可以藏之于抽屉，可以藏之于名山，但正如喜剧表演需要观众一样，写作同样需要读者。孤独地在舞台上练习的喜剧演员，没有得到观众的批判与喝彩，无法矫正自己的演技，无法自如地掌控节奏。文学之神以灵感邀请着作者，作者以文本邀请着读者。从三三塑造的小丑的意象来看，尽管她确信自己的才华与能力，但似乎又缺乏足够的信心来邀请读者。《俄罗斯套娃》中的小说呈现出的疑虑、犹豫、恐惧，如同骨刺一般附在我们身上，让我们感同身受。然而，就文本所呈现的状态而言，并未脱离成长的范畴。其中多篇小说的气质，接近于“其中便开始有一种笨拙、恐惧重重地向某种东西靠近”，进而“我仿佛表现得像一个并不坚定的写作者”转变为坚定的写作者。

最能体现此种心态的小说为《补天》，这也是整部小说集我最为喜欢的小说。它所流露的困惑是如此真实，如此让人不知所措，正像是立足川流不息的十字路口的旅客，看不到路的尽头，不知该如何抉择。旅客必然是充满困惑与恐惧的，虽然他至少有三个目的地，但并不知道知晓终点处是何等风景。小说题为“补天”，所运用的意象自然是女娲补天：一名在律所实习的律师在闲极无聊中打开了神秘作者一藏的私人博客。在博客中，有一藏创作的小说以及收藏的关于女娲补天的考古文章。后者与一藏匪夷所思的补天计划密切相关，因为他在梦中得到女娲的委托，“女娲要他爬天梯上去，往细缝里敲一枚填补的软钉”。此后的多年里，一藏都在为这疯狂的补天计划而努力着。一藏是神奇的人物，具备狂想家与传销者的特质。他迫切地证明着补天计划的存在，要“我”赞助他，回报是将“我”的名字刻在天柱之上。一藏这个人物像极了喜剧演员——事实也如此，“我”为了打发日常的无聊而接近他——充满了难以言说的魅力。尽管我们对他已有警惕，但他的行为却在无聊的日常生活中挤出一丝浪漫的、非理性的缝隙，让人得以喘口粗气。“我”与一藏的交集最终结束于他的失约——两人曾约定在线下见面。此后，虽然一藏屡屡来信，“我”都意兴阑珊，不再回复。直到“时隔多年”，“我”给一藏回了相当决然的话：“不要再给我留言了。如果你真的上天，也不要写我的名字。我是个碌碌无为的人，只想和其他人一样。”

看起来，“我”接纳了自己碌碌无为的命运。这句话与双雪涛的短篇小说《白鸟》有着隐秘的联系。在《白鸟》的第二节，叙述者“我”追忆起初学写作的情形。当“我”终于成为一名作家后，将自己的书寄回高中母校，遂得到一封回信，其中有个决绝的句子：“祝好，不要再寄任何带字的东西来了。”两篇小说类似的地方，都在以虚构的方式去回顾、整理写作生涯的隐秘心路。所不同的是，在双雪涛记录了“我”与启蒙老师的决裂，三三则让“我”拒绝了写作。《补天》是篇带有寓言性质的小说，三三给我们制造了错乱的幻象。因为我们知道她最终选择了写作。因此，实际上她是狂想式的、浪漫的补天计划的实践者，并期许着自己的名字能够刻在天柱上。

二

除《补天》外，《俄罗斯套娃》还收入三三其他十一则短篇小说。在编排的逻辑上，虽然每则小说对应着相应的月份，实际上彼此之间的联系并不密切。即，我们无法将这批小说归类在某个强劲的主题或时空下。它们不像乔伊斯的《都柏林人》那样以回眸之眼审视着故乡都柏林，也不像奥康纳的《好人难寻》那样始终贯穿着强烈的宗教情感，亦不像爱丽丝·门罗那般如刀锋般剖析女性的情感与生活状况。这批创作于2014年到2017年的小说，向我们展现了三三的可能性：奥康纳的、门罗的、博尔赫斯的……不一而足。

事实上，《俄罗斯套娃》是三三的第二部短篇小说集，首部是出版于2013年的《离魂记》。在这部取材于古典传奇、师法王小波的小说集中，三三则展现了王小波式的可能。

《恶有恶报》是探索“何为恶”与文本伦理的小说。三三让自己成为小说中的人物，试图“以小说的形式来探索”。在文本中，“三三”向M写了四封信，探索文学与小说的可能。在每封信缝隙，则嵌入了一部虚构的小说。这是一部关于孩童作恶的小说，“三三”向我们展现了孩童如何一步步地成为恶魔：他们欺负村中穷困的智障父女，最终在相互鼓动之下，破除了心中的恐惧，纵火烧死了那对可怜的父女。在那一刻，“他们变成了焕然一新的人”，进而“他们都明白，这只不过是一个开始”。滑向恶的那一刻，等待着我们的永远是深渊。“三三”与M在信中讨论着善与恶的选择，似乎在探讨小说技术的问题。直到最后，“三三”才泄露了天机，原来她和M有一段婚外情，两人在鹈鹕洲度过了快乐的日子。M最终没有遵守承诺，回到妻子身边，背叛了“三三”。于是，“三三”给了M一个“华丽”的结局：

“亲爱的M，这是我给你写的最后一封信，很遗憾，你没有机会亲自念它了。在警察把这些事情查得水落石出之前，我会参加你的葬礼，在意味深长的白色花丛中和你最后告别，然后我将走到灵堂出口处，紧紧握一把你妻子的手。”

于是，我们知道了，“三三”与M有着一段“广岛之恋”。书信往来看似在讨论文学、善与恶，其实是困囿于感情。三个小孩逐渐实践犯罪的过程，正是“三三”滑向恶的深渊。孩童犯罪的情景，让我想起了三岛由纪夫的长篇小说《午后曳航》。小说中对“恶”的探索，显然受到奥康纳的影响。与奥康纳不同，三三的恶更像是法律上或概念上的恶，而非根植于文化、人性的、本能的破坏与杀戮。恶并没有附带罪的忏悔与痛苦，恶更像是一种证明与复仇。因此，三三才会在小说里给了我们一个充满嘲讽况味的结尾。

值得注意的是，四封信没有明确的落款日期。换言之，我们无法得知“三三”与情人M的故事发生在具体时空。以及，这段“广岛之恋”持续了多长时间，我们也无法得知——也许是短暂的几个月，也许是漫长的半生——在这种不确定的时空中，我们唯一能感受的是恋情的崩溃与终结。

与M相关的故事，还出现在《俄罗斯套娃》中。在这篇小说中，我们得知M是位游戏程序员。由于“黎曼函数是宇宙的密码”，M接过父亲的使命——他的父亲是狂热的数学爱好者、黎曼函数的研究者，后来走失在人群中——投入研究中。这是不被世人所理解的工作。必然地，孤独的M患上了抑郁症，住进了精神病院。“我”与M的关系，“恋情最终也没有在我们之间发生，我指的是一种严肃的、通往未来的关系”，属于暧昧的关系。在两人的交往中，“我”从M口中得知了约翰·纳什、图灵等知名数学家的故事。数学家的命运也昭示了M的结局。多年之后，“我”到精神病院之中看望M，他已经消失了，就像他从不存在一般。这里的M，自然不会是《恶有恶报》的M，但并不妨碍读者会将他们联系在一起。事实上，大多数读者愿意他们是同一个M。读者乐于给予人物一个明确的、不容置疑的结局。

布鲁姆在《短篇小说》一文中认为，现代短篇小说有两大传统，一是契诃夫式的，一是博尔赫斯式的。其中的区别，“契诃夫毅然预期你相信他的现实主义，相信他忠实于我们普通的存在。卡夫卡和他之后的博尔赫斯，则投身于幻境，卡夫卡和博尔赫斯不给你唱没有过的活过的生命的赞歌”。在具体讨论契诃夫与博尔赫斯时，布鲁姆指出契诃夫“含蓄地教导我，文学是善的一种方式”，因为书写的人都是普通的、平凡的个体，所经历亦是日常生活中的凡事，我们能在阅读契诃夫的小说中感知到他者的——或者，更准确地说芸芸众生的喜乐哀苦。他让我们意识到，作者与读者并未超越小说中的人物，而是其中的一员，教会我们理解他者的困境与快乐。而博尔赫斯，则“你将听不到那个淹没在芸芸众生中的个体的孤独声音，而是一个被众多文学声音与先辈所纠缠的声音”，我们在博尔赫斯式的短篇小说中窥见了伟大的文学传统与前辈们的身影。

《俄罗斯套娃》中 M 的消失方式，让我们会心一笑。因为我们知道这是卡夫卡式的反抗，是向荒谬的秩序或庸俗发出拒绝的声音。“消失”是骄傲的逃离，是文明的反抗。麦克尤恩在《立体几何》中塑造了一位将妻子折叠至消失的数学家，玛格丽特·尤瑟纳尔在《王浮得救记》中，创造了一位最终将自己隐遁至自己画中的画家。这些人有着同一的特质，皆是不为俗世所理解的奇人，有着自己坚定的、甚至是离奇的目标。

三三笔下的 M、《补天》中的小说家亦是如此，对于普通人来说，他们的目标、经历愈是传奇，魅力便愈加强烈，正如夏夜中的灯光，总是能吸引到逐光的飞蛾。他们所发出的声音是孤独的、自我的。他们既渴望得到理解，又惧怕完全展露自己。此类奇人很大程度上是作者的自况，或作者所向往的世界的象征——在现代都市社会里，人与人之间的关系，变得更加脆弱与原子化，而不是农业社会时的粘连式的人情。尤其是独生子女们，在成长过程之中，点线式的人际关系，让他们有了大量的独处时间。因此，他们必然会以各种方式消化自己的困惑，并最终学会取悦自己。

行文至此，我忽然意识到三三笔下的M，也许是“Myself”的缩写。曾经有过一段时间，三三在微信公众号以每周一篇的频率发表文章。那时，她写了大量的“致M”的信。因此，M是她固定的倾诉对象。写信的爱好，延续到三三的小说创作之中。在她的许多小说中，我们都能看到信的元素。相比于现代通信技术，书信是延宕的传递，给彼此之间预留了更多的缓冲的时空。更令人沉迷的是，缓存的时空是不确定的。在时间上，既可以是迫切的，也可以是漫长的。在空间上，书信具备着私密的特性，但又比普通的聊天与日记要更具有仪式感。因为倾诉对象不在身边，书写的过程中必须在脑海中虚构一位倾听者。因此，书信既是现实的，又是虚构的，既是现在的，又是历史的。可能正是这种双重特性，才让三三沉迷于用书信来跟自己对话。

三

《白塔》是另外一篇探讨纯粹概念的小说。与《恶有恶报》不同，这次三三探讨的是何谓“自由”。这是一篇充满讽刺况味的黑色幽默小品。故事发生在幻想的空间里，世界由教会统治着，当权者是老A。“我”在银行取钱的过程中遭遇一群黑衣劫匪抢劫。劫匪目的是为了让人质们另选他人。那他人是谁呢?黑衣人并不知道，他们只是厌烦了老A。而银行中人质，亦无明确的人选。于是，众人在银行里讨论起候选人B、C、D等来。这种松弛热烈、无法统一意见的氛围，让黑衣劫匪“最终意识到抢劫‘自由’是不可行的”，进而重新树立抢钱的目标。在小说中探讨某个具体的概念，并不容易，也不讨好。因为尽管“我”经历了惊魂时刻，但得出的答案却显得轻飘：既然“自由”不可抢夺，那么还是抢劫金钱吧。这是三三发出的轻声讥诮。而这，亦可视为王小波的隐秘影响。

为何三三痴迷于探索一些形而上的概念呢?答案可能与她的学科背景相关。三三大学学习的是法律，在律所工作多年，直到她考上人大创意写作的研究生。与文学感性与抒情相比，法律显然是更为理性，追求的是准确与公正。对于普罗大众而言，法律是生活的指南，它规定我们的社会生活的活动范畴——哪些是可为的，哪些是不可为的。这些浩瀚如海的律令，让我们体会到现实的坚硬与禁锢。

作为个体，内心深处或多或少都会有破坏的欲望，看到一朵花想要去折下来，遇到不平事想要拔刀相助……这些闪念与罪恶有着密切的相关。《疯鱼》是篇可怕的小说，一些细节令人毛骨悚然。在这篇成长小说中，小女孩因拮据的家境，感受到亲戚间的隔阂与攀附。父母仰仗着有钱的舅舅过活。在一次聚会中，舅舅的女儿看上了女孩喂养的金鱼。父母自然会同意，因为他们希望舅舅帮忙父亲安排工作。作为反抗，女孩“用最快的速度把鱼缸倾倒，四条金鱼和鱼缸中仅剩的一点水跌入油锅中，油渍溅满了背后的白墙。我怕金鱼跳出来，便迅速抓起锅盖，遮住它们的唯一出口，并用手紧紧地按住。我能感到金鱼在油锅中的横冲直撞，如果不是我按得那么重，也许它们会突破锅盖，带着一身油腻跳在地上”。这个细节之所以骇人，那是因为我们知道女孩的行为完全可能出现在现实生活中。或者说，它首先是现实，然后才是小说的细节。它与犯罪无关，只是恶的闪念，只是一个女孩在被剥夺了爱惜之物后，诞生出来的报复与破坏行为。而这，是本能的，是所谓的“恶”。在《唯于荒野》《悲伤岛屿》《凤凰于飞》等小说中，我们看到这种本能之恶能持之以恒地侵袭人的内心，以至于最终可能演变成真正的罪。

由家境贫穷所诞生的自卑、不安与恐惧，以及贫富亲戚之间的攀比与攀附——人情是斤斤计较的，关系是明码标价的，仿佛一切都是市场的——在张怡微、钱佳楠等上海作家的一些作品中亦能见到。张怡微则沉潜于生活与日常，挖掘出新式家庭的善与美。更准确地说，是挖掘普通人之间的温厚与善意，其中代表为“家族试验”系列作品。钱佳楠则是直接摒弃于逃离此种人情与环境，在长篇小说《不吃鸡蛋的人》中，塑造了一个努力逃离的女孩。不管是挖掘善与美，还是逃离，实质上都有向上的欲念与雄心。尤其是张怡微，她重新检阅着城市的日常，理解人与人之间的计较与物质式的人情。这便是文学中的善。

与同辈作家所不同的是，三三的小说中的人物并无多少向上的欲念与雄心，对所处的环境最终似乎都是妥协与接受。《草履虫之汤》是其中代表。在这篇小说中，三三塑造了两位生活有着强烈对比的闺蜜。一位是普通的高速公路收费员马儿，一位是光鲜亮丽、有着令人羡慕生活的周鹭（有着迷人的老公，住着高档的别墅）。在周鹭面前，马儿处处相形见绌，但最终马儿还是发现周鹭的婚姻亦有着一地鸡毛的困境。这种发现，令马儿如释重负，因为她终于不再视周鹭为自己生活的参照物。

在小说的结尾，三三给了我们一个耐人寻味的段落：“每条草履虫都那样相似，一无所有，活在绝对公平的生存环境里。水位上升令它们快乐，在那个时代，地球就像是一锅草履虫汤。”草履虫是芸芸众生的象征。与其说马儿在幸灾乐祸，不如说三三精准地捕捉到一些普遍的情绪与瞬间。在对比强烈的关系之中，他者的困境所能引起的不只是同情与理解，还会有幸灾乐祸的戏谑。在这一刻，马儿意识到自己是常人，是普罗大众的一员，进而接受自己会过着碌碌无为的人生。而这，不就是《补天》中“我”的选择吗？

四

与银幕上的形象不同，喜剧演员幕后的形象，往往是严肃的，甚至是忧郁的，如卓别林、金·凯利、周星驰等。金·凯利曾受抑郁症的折磨，周星驰在生活中则是不善言谈的孤独之人，与银幕中机警、活泼的角色有着巨大的反差。自然，观众们所喜爱的是演员塑造的形象，而不是演员真实的样子。但我们必须承认，不管演员的演技多么精湛，在表演过程之中，不可避免地会将真实自我融入其中，比如周星驰电影中常常会出现夸张、连续的笑。笑声戛然而止后，周星驰往往会展现出落寞、疏离的瞬间，仿佛在抗拒着喜剧。

三三的小说中有奥康纳的影子，自然不会有错的，亦是容易辨认的。三三善于观察人与人疏离的关系，善于捕捉“恶”的闪念，也会对“恶”的行为进行纤毫毕现的描写，进而令读者感受到恐惧。这样的创作倾向，跟奥康纳的联系是否真的有那么密切，我是持怀疑态度的。毕竟当下的文学现场——尤其是短篇小说写作——正在密集地鼓励着捕捉、描绘与揭露恶，影视剧方面亦对此情有独钟，仿佛只要忠实地捕捉或记录了恶，便有了“人性的升华”，或作者具备了令人赞赏的勇气或可贵的真诚。三三谈起评论家将她的小说与奥康纳类比时，答案是这样的：“我喜欢奥康纳的短篇小说，也喜欢类似基调的电影，比如《三块广告牌》(电影开始不久，镜头就扫过一本奥康纳的《好人难寻》)。”可见，奥康纳亦风靡于影视界。因此，我们不必为小说中有奥康纳的身影而感到激动。

在我看来，就《俄罗斯套娃》中所展现的恶，更多是种表演，是反抗的方式，是三三潜藏在内心深处的趣味的展现。即，三三的小说底色并非只是奥康纳式的，还有其他的。她的奥康纳式的经验与写作，一方面来源于阅读与影视，另一方面则是源自城市女孩的早慧，过早地观察与体会到家庭、亲戚等人际关系的复杂与无力。三三小说中的底色，还有王小波式的戏谑与解构，只不过她的小说中弥漫着浓烈的抒情将它们遮掩住了。我们可以在某些句子与小说结构上，窥视一二：

“她本来以为重逢之地将是黄泉，他们之中先到的那个推开孟婆汤，殷勤地对排在后面的人说，‘欢迎插队，我还要等一个朋友。’五年、十年，或者未能以整数计量的零碎年份划过，等待另一个也姗姗来迟，他们友好碰杯，示意过去的都算了。然后，他们告别，涂着橙色腮红的孟婆无可奈何地望着他们，她见过太多，她对人间的执念一点都不感兴趣，只希望自己的工作别被这两个人浪费太多。”(《唯余荒野》)

“她下不了狠心，她还没明白包外公俨然成了琥珀中包裹着的昆虫，冷淡、稳固，死气沉沉。”(《凤凰于飞》)

“上天时，他会随身带一根绳子，绳子上拴够一路要吃的特制压缩食品。初步计算，他往返路程大约四十年左右，这期间的口粮都要提前准备。除此之外，这么多年里他不缴任何社会保险。等他熬完这四十年与世隔绝的生活，回到人间，他已然是个彻头彻尾的老人。那时候他毫无收入保障，可能还得了病，关节炎、肾衰竭、癌症，或其他人老了总会沾染的一些疾病。”(《补天》)

“到了如今，看电视的人不多了，从功能上来说，人们打开电视更多是为了驱赶沉默。电视里似乎播放着一个科学节目，一个沉稳的男人在做旁白，他的声音如此四平八稳，把这节目的枯燥性充分发挥了出来。”(《草履虫之汤》)

不再列举下去了。这样的段落，在三三的小说里很常见。它们所传达的情绪，往往迥异于整篇小说的基调，以至于让读者产生错愕之感。《唯余荒野》中的孟婆解构与戏谑了“执子之手，与之偕老”的浪漫。《凤凰于飞》中外公的死亡，俨然成为审美的标本，稀释了死亡的悲伤。《补天》中的精心打算，则完全展现了补天计划的荒谬。《草履虫之汤》的“枯燥旁白”，我们很难不认为是三三本人所发出的轻声讥笑。这些脱离叙事之外的句子，这些自由任性的比喻，实际上三三在强劲地告诉我们，她在反抗着一些约定俗成的规矩，她以强劲而自私的审美破坏着叙事的连贯性。她质疑某些伟大目标、叙事的意义或日常中的爱，甚至质疑小说本身的意义——在一篇叫作《猎龙》的小说中，三三将戏剧、日记、游戏等文本置入小说中，整篇小说是让人眼花缭乱的迷宫，展现了三三在叙述技巧上的裕如。三三在澎湃新闻的访谈中，表示“就写作而言，我经常去写一些‘玩’的作品，是因为对精美、意义的厌倦”“我创作最直接的源头就是贪玩”——但又不自觉地为它们所吸引，正如三三在《俄罗斯套娃》中所下的结论 :“摆出一种拒绝的姿态，也许只是想告诉你，刨根问底没有意义，重要的是此刻正从我们身上所焕发的感受，那些转瞬即逝的、无限趋近于爱的幻觉”。

漫长的告别
——读钱佳楠《不吃鸡蛋的人》

一

上海是怎样的一座城市？一千人会有一千种答案。青年作家钱佳楠在长篇小说《不吃鸡蛋的人》里通过对女孩周允爱情与成长岁月的书写，向我们呈现了上海复杂、幽微的日常与人情。

在小说开篇，钱佳楠写道："在被周允称作'家'的地方，她是无法安心入睡的。一俟夜晚，家里的那些地板和家什就像丛林里的夜行动物那样苏醒过来，地板在膨胀，咕噜咕噜，家什里有蠢蠢欲动的生灵，周允听见橱柜的门被它们细长的指爪推搡着，也听见它们的磨牙声和私语声，还有窗外的风，夜间的风尤其凶猛，把家里的木窗框摇晃得咯吱作响，几欲碎裂。"一个逼仄、摇摇欲坠的家呈现在我们的面前，正是"夏天暴露了这个家的唯一特征：贫穷"。(《一颗死牙》)

是的，贫穷。与生俱来的贫穷，让周允陷入由亲朋好友制造的困境。她是被胁迫与挟裹的对象，被迫在各种场合去展示自己。周允身上的“巴布豆童装”，成为父母与亲戚虚荣心的攻防阵地。随着周允的成长，交锋的阵地渐渐转移到成绩、名校、工作、收入及择偶等方面来。但凡有可比较与炫耀之处，都存在着暗流涌动的激烈交锋，如“小姑妈那个与周允同年的儿子已经很争气了，高考超常发挥，进了师大，可到底比不上被华光提前录取这么风光”，再至周允大学毕业，进了国际学校当老师，亲戚们不由一阵幸灾乐祸，直至她成为知名青年画家，收入颇为丰厚，母亲亦随之扬眉吐气起来。在虚荣、攀比弥漫着日常生活里，“周允恨透了这帮子亲戚”。

源自日常生活的、世俗的意见，如考名校、好工作、找个好夫婿等，贯穿着周允的成长岁月。有时候，我们不得不承认，父辈们在竞争惨烈的社会里提炼出来的经验，具备着合理的成分。在一个庞大的、迅速的城市里，稍微不留神，就可能会被抛下。在二十世纪九十年代的国企下岗潮里，周允的父辈们成为被牺牲的群体。在国企的工作，常常被人称为是“铁饭碗”，就在它的安稳。

漫长的人生里，“铁饭碗”给人提供了恒久的安全感。安全感神话一旦被击碎，焦虑与恐慌便会迅速占据内心。他们对周允的要求，也许是创伤后的应激反应，本能地转移自身的焦虑与恐慌。周允便成了被期待、被寄托的对象，“周允妈对周允说，进了高中一定要争口气，考个名校，进名校才能保证毕业后挣大钱。只要你能有出息，妈这辈子再苦再累都值得”。为了应付莽莽的未来，周允几乎拼尽全力，如高中时因学习压力过大而掉发，找工作时拖着强烈痛经的身体去面试。周允像是打游戏一样，一关关地通关，实现了世俗的成功，成了父母口中和亲朋眼中的神话。

周允是伊菲革涅亚，是神话中的英雄。但凡英雄，有神采飞扬的一面，也有幽微晦暗的一面。随着父母不断地“口述”，周允被迫展现自己神采飞扬的一面，免不了被亲戚们所钦羡与妒恨。所以，在她成长的过程中，似乎所有人都是旁观者，注视着她负重前行。一旦她有所不满，结果免不了是“既然她不对，她就要经受改造”，以符合神话的要求。

“改造”是个政治意味异常强烈的词汇，一眼望过去，就能让人联想到监狱与暴力手段。周允一些不合时宜的想法与做法，被嘈杂与喋喋不休的生活意见所遮盖。在芝表姐劝她嫁给优质男人赵丰嘉时，意见更是铺排而来，几乎不允许周允反驳，最后只能以沉默或哂笑来反抗。

余华在小说《活着》里写大跃进，“他们说”排山倒海而来，仿佛在福贵耳边架了个扩音喇叭，气势甚是骇人，不容一丝反驳。在高亢的声音中，处于沉默者位置上的福贵，命运只能是“他们说”。周允所面对的声音，自然不会像《活着》那么高亢与强硬，而是以“爱”的名义出现，渗透在日常生活中，琐碎而绵长。终于，周允被改造成一个“不吃鸡蛋的人”，一个“从头到脚，从里到外全是假的人”。

终于，周允被囚禁了，灵魂被高压的现实拘进逼仄、局促的牢笼，几乎无法喘息。

二

显然，周允是不接受虚假的生活的。对于自己成为一个“不吃鸡蛋的人”，她心中始终充满疑虑与不安。可她要对虚伪的生活说不，并不容易，因为现实如高墙铁壁，坚不可破。周允想要反抗它，必须要让自己强大起来。因而，钱佳楠在文本上引入了神话。

神话是窥探文本秘密的窗口。在《不吃鸡蛋的人》中，钱佳楠除了改造了伊菲革涅亚献祭的故事，还制造了一个浪漫的神话：周允与魏叔昂的爱情。

与日常生活相比，爱情本身就是一出神话。构成日常生活的元素，无非是吃喝住行及琐碎的一切。重复是日常生活的特性，我们日复一日走着同一条道路去上班，每天都在惦记着晚饭吃什么，周末带孩子去哪里玩。这些琐碎的焦虑，覆盖着我们日常的方方面面，迫使我们接受更为恒定与安稳的生活。我们重复着一切熟知的活动，因为只有这样，才会让我们觉得人生的安全和可控。

爱情就像是火，就像是风，为激情所左右，浪漫处极其浪漫，残酷时极其残酷，忽起忽落，飘忽不定。就爱情主体而论，则是两个人从相遇、相知直至相互依赖的磨合过程。嫉妒、忌恨、背叛、猜忌、患得患失、甜蜜、欢喜等大起大落的情绪对日常生活构成威胁与破坏。爱情的危险就在于此，它能摧毁已经建立的、稳定的一切，让人的命运滑向未知。所以，爱情本身所具备的冒险精神，常常被人们用来对抗日常的乏味。

周允与魏叔昂的爱情，肇始于学生时代。一天高压的学习结束了，魏叔昂会给周允发短信，两人互道晚安。这是少年男女微小而又郑重的幸福。魏叔昂的出现，让周允确认了什么是理想爱情与婚姻，“他的父母是自由恋爱结婚的……到现在两夫妻出门去逛马路，还要手拉手，也不害臊”。父母的婚姻，是一个反面案例，“能有一天不吵架就阿弥陀佛了”，相互倾轧的日式生活，让周允始终对功利性的恋爱与婚姻充满警惕与排斥。

母亲突然患上脑瘤，让周允的爱情发生了改变。在举目无助的情况之下，周允把援手伸向了神。“神啊，请你拿走我这一世的爱情，赐我母亲的平安。”此后，母亲的病情开始好转。

所以，想要讨论周允的爱情，我们必须要承认的一个前提，就是周允相信自己的祈祷发生了作用，正如《恋情的终结》中的萨拉在空袭中为情人本德里克斯祈祷一样，正如周芷若在万安寺高塔上的毒誓一样，都是给自己的命运戴上了沉重的枷锁。

周允以一世的爱情来换取母亲的健康，代价不可谓不大。

周允“献祭爱情”的举动，无疑是一种英雄式的悲壮牺牲，意味着对此生幸福的舍弃，意味着对自我的放逐，意味着她将要践行母亲所规划的人生。因此，周允想要反抗的不仅仅是乏味的日常生活，还有沉重的命运。

反抗并非一蹴而就的，而是一个漫长与反复的过程。如果说最后的决绝体现了周允英雄的一刻，那么其中反复、夷犹的时刻则是她人性的闪光。对于现实与日常，我们会游离不定，会有所顾虑又会有所向往。我们的权衡与反复，让生活变得更加沉重与庄重。这一切，都是文字需要照亮的时刻。

只有真正的爱情，才能唤醒禁锢已久的灵魂。周允与魏叔昂的爱情，虽算不上传奇与轰烈，但却足够曲折。毕业后各奔东西，两人分别。对于周允来说，魏叔昂是一个遥远的存在，是自己逼仄的生活中一丝慰藉，一个逃离的对象。“在叔昂面前，她倒不怕出丑”，知道她其实是“喜欢吃鸡蛋的”，所以，当她取得世俗的成功时，当她面对着父母的逼婚时，周允总是会想起他。

周允再次与魏叔昂相见已经是多年后，周允成了前途无限的青年画家。两人在日料店见面的场景，钱佳楠写得极其摇曳动人。两人十年的心结，一经解开，爱就如流水，奔滚而来。在周允看来，情爱不再是“龌龊的，而是美好的，甚至富有圣洁的味道”，自己“不再是一具活尸，而是一个活生生的人”。

是的，爱情唤醒了她。一些冒犯母爱的念头变得坚定，“母亲半生的婚姻全是为了她在苦苦煎熬，一生的价值全捆绑在她身上”，开始质疑自我牺牲的意义，“伊菲革涅亚的牺牲是有罪的，她的无欲无求是经后人粉饰的，他们在重复这则神话故事的同时，会冥冥中传达伊菲革涅亚的选择是正确的，并且是唯一正确的……”

世俗的意见是“滑稽而无用”的，魏叔昂的爱情和“清晨的第一缕阳光”才是周允“生命中的意义”。所以，当“神要把决定权交还给她，一切由应当由她来抉择”，面对着下起莽莽苍苍的雨来的天地，周允“有了决定”。

周允的决定是什么，已经不言而喻。在这一刻，她挣脱了“爱”的枷锁；在这一刻，她从“神”和母亲手中，夺回了人生的选择权，确立了独特的自我。

三

《不吃鸡蛋的人》既是一部成长小说，也是一部告别之书。成长，自然不难理解，即是钱佳楠书写了周允身体的、内心的成长历程。告别则是《不吃鸡蛋的人》中的重要的场景。

成长与告别相伴相随，周允每一个阶段的成长，都有着告别的况味。如与卢卢的性爱，不妨理解成告别少女时代，正式步入了成年人的世界。周允告别自己的处子之身，几乎让自己屈服于世俗的意见。

周允与魏叔昂的爱情，更是一个不断告别的过程。高中毕业后，两人分别考上不同的学校，这是一次时间与空间上的别离；周允确认魏叔昂“不爱她”，这是心理上告别；怒而删掉魏叔昂联系方式，这是周允对爱情的告别。在小说的结尾，周允终于下定决心，告别自己的母亲以及她所规划的生活，走向自己所向往的生活。

更沉重的告别，其实是在文本之外。在我看来，《不吃鸡蛋的人》是钱佳楠对以往写作的一个总结。一些独属于短篇小说集《人不会老，只会死》的细节与情绪，改了头换了面，出现在《不吃鸡蛋的人》中，如“一间不到二十平方米的一室户，能装下这么多人”，不禁令人想起她的短篇小说《死的诞生》。只不过，《死的诞生》把所有的沉重都幻化成轻盈的、神奇的想象。

当一个作家开始从过去索取材料、频繁地调动自身的成长经验时，也许意味着写作遭遇到困境。我看到很多作家，但凡写作遇到问题，便拒绝成长，躲避回自己的安全领域，信奉着自己的写作是“是唯一正确的”，甚至对此洋洋自得。三十岁写着二十岁的情绪，五十岁时仍是“归来仍是少年”，不断重复自己，没有突破，这是多么可怕的局面啊！

重复是作家的大敌。布罗茨基在诺贝尔文学奖获奖演讲稿《表情独特的脸庞》中谈道：“获得这种独特的表情，这或许就是人类存在的意义。”表情独特的脸庞，不妨理解为独特的自我，全世界仅此一家，别无分号。写作的终极意义，也许就是为了建立独特的自我。

重复会将你“表情独特的脸庞”渐渐消融，最终沦为某个简易的标签。自《人只会老，不会死》起，“善于写窘迫生活”似乎成为钱佳楠的一个标签。钱佳楠肯定是看到“善于写窘迫生活”的创作所能抵达的极限。换言之，目前的写作可能已经难以承载钱佳楠的文学野心。

由此可知，《不吃鸡蛋的人》中的母亲，就不只是具体的存在，还是抽象的“上海经验”。在莽莽苍苍的大雨中，她就要跟她所熟悉的经验告别，勇敢地走向陌生的、未知的领地。

这是一场漫长的告别。这是钱佳楠对自己青春的告别，对上海经验的告别，对以往写作的告别。写作本身最终会回馈钱佳楠的勇敢。

告别与成长
——读蒋在《飞往温哥华》

一

异域性写作，这是蒋在小说中的标识。它是如此的鲜明与强烈，仿佛成为蒋在身上唯一的标签，以至于她不得不在《飞往温哥华》的后记中，发出了告别的宣言："飞往温哥华，看上去是开始，其实是一种结束。这个书名的恰切，如同一段时间的标识——它意味着某段异域性写作生涯的终结。"

其中缘由，是蒋在生命经验与视野悄然发生变化。她不再是中国人在温哥华，而是异乡人在北京。日常生活中所积攒的经验，与其他生活在北京或大城市的作家相比，大抵没有本质上的区别。在信息与媒体如此发达的今天，素材与经验同质化是作家不得不面对的尴尬。作品的卓越与否，并不取决于素材与经验，而是取决于作家的观察与认知：是如何观察生活的，又是如何对生活发出追问的？最为重要的是，是作家如何认识自我，如何梳理与叙述经验。这一切，将会决定小说所能抵达的高度与深度。

作家用某种文学概念或审美风格，为自己的作品张目，并不鲜见。毕竟，每位作家都有自己的审美与趣味。张怡微将自己的小说归类为“新世情”，以“家族试验”来阐释创作理念。有些作家虽没提出确切的概念，但乐于被评论家归类在某个文学标签或流派之下，比如新南方写作、新东北文学。从地域的角度来理解文学，固然不会出错，但亦极有可能让作家真正的魅力被标签遮掩。

事实上，当我阅读完《飞往温哥华》后，最触动我的并非是“异域性”。同名小说的背景尽管发生在温哥华，但其内核却是我们无比熟悉的：一位殷切的母亲，对孩子寄予过高的希望。孩子在这希望中，孤独前行，终于不堪重负，患上抑郁症。一个乖巧而努力的孩子，在异国他乡独自承受着经济拮据、孤独的压力。家庭内部关系的离析，看起来处理得很好，犹如数学公式那么工整、优雅：夫妻和平离婚，对孩子的安排理性而周到。然而，最为感性的沟通却被这巨大的理性给吞噬了。每个人都在报喜不报忧，都在“习惯了隐藏不好的那部分自己去承受”。孩子不告诉母亲自己的困难，妻子不告诉丈夫孩子的情况，丈夫亦忙碌着，开启了“被不在场的一生”。国人情感表达羞涩而含蓄，许多时候会将情感压抑在心底，尤其是负面的情绪。在情感表达方面，国人大约都是病人，害怕自我展现，又厌恶他人表达。小说的结尾，孩子崩溃痛哭，让这个分离的家庭，重新聚集在一起，似乎“有了新的开始”。然而，真实的情况并没有那么乐观，因为“天车闪烁在大雪的夜里，一次又一次开向她并不知道的地方”。

压抑的情绪是宣泄了，家人似乎是和解了，然而生活并非瞬间，并非片段，而是漫长的、绵延的长河。我们观望他人的人生时，难免会生出许多豪情与壮志，似乎可以避免别人犯过的错误。然而，真相往往是残酷的，因为我们对自己的生活往往是茫然无措的。因此，我们会有“再来一次”的愿望，似乎重启就会人生明亮起来。

收入集子中的《再来一次》，便有着这样强烈的愿望：这是一段跨国恋，男女双方在恋爱的过程中，有甜蜜的回忆，也有相互折磨的痛苦。文化、观念与生活方式方面的冲突，显得那么的扎眼。小说的开头是“我们能否再试一次”，仿佛生活与爱情是场实验。两人相恋并非是为了生活，而是为了复现某种浪漫。他们在西贡实验过——像极了《情人》，不是吗？又试图在中国实验，试图在旅行中点燃爱情。事与愿违，一场车祸却让实验中止了。恋人死亡了，“我”陷入了无限的悔恨中，幻想着“再来一次”。两人没有如愿以偿的原因，“只是因为我们上了那辆不该上的车。一定是”。生活自有逻辑，意外或许改变命运走向，但更为细微的、不愿承认的暗流早已波涛汹涌。意外只是催化剂。

蒋在所捕捉的情感与状态，跟异域性几乎关系不大，而是人类普遍、共通的情绪，是对广阔现实的精细描摹。《小茉莉》如是，《遗产》如是，正如评论者所指出的，小说所发生的“都不是一定要发生在异国不可，小说着力描绘的那种巨大的失落感，显然是一种更为普遍的当代症候”。(《记述关于生命和情感的一切——蒋在《飞往温哥华》读札》，罗建森，《文学报》)

二

必须承认，蒋在的小说有着浓烈的异域色彩。虽然在《飞往温哥华》中，我们感受不到其强烈，但回过头来去看她的首部小说集《街区那头》，便会发现“异域性”是当仁不让的。在这部小说集中，几乎所有的故事，都发生于国外。准确地说，发生在加拿大的温哥华。这与蒋在的经历相关，她曾经在温哥华留学。因此，《街区那头》中的情绪与感受，几乎都是学生时代的：同生活在一个宿舍里因为身份不同而发生的龃龉，融入主流社会的努力，种族歧视，等等。

在多篇小说中，蒋在都写到参加教会或共读《圣经》的情节。这是局外之人尝试着融入当地社会中。其实，参加共读的举动，更像是表面的仪式。小说中的人物，试图以此获得他人的认可。更为深刻与巨大的鸿沟，潜藏在表层之下，且难以逾越。蒋在有过担忧，比如在《回不去的故乡》中就流露出浓烈的乡愁与困惑。

最深刻与最彻底的“异域性”是《街区那头》：主人公是黑白混血儿，名字叫卡拉（多么常见的外国名字啊）。母亲是非洲难民，父亲则生活在底层，做着上不得台面的灰色生意。卡拉有向上的雄心，亦有逃离的欲望。在外面的世界溜达一圈后，卡拉灰头土脸地回到家中。母亲出轨的传言，让卡拉与父亲都相信，彼此之间没有血缘关系。母亲的出轨对象据说是个银行家，这让卡拉燃起了寻找亲生父亲的欲望。卡拉确实也行动了，结果却让人大跌眼镜：那个银行家是位黑人女性。

若说真的让人感到“意外”，也不尽然。熟悉创意写作的读者，大概能预料到这种“情理之中意料之外”。这是标准的、工整的创意写作，但它与个人生命体验无关。如果遮蔽作者名字，我们会毫不犹豫认为是欧美作家的作品。熟稔地调动着身份与种族的筹码、娴熟地操控着情节——在阅读的过程中，我时常怀疑这篇小说是蒋在的课堂作业。在《街区那头》这本书中，蒋在优秀的才华与叙述，令我们赞叹。但更多时候，我们会感到她的迷茫与慌张。她不知道怎么在小说中处理自我，正如她在温哥华时的茫然。

因此，我们回过头来再去看蒋在的告别宣言，就更能体会到其中的郑重与勇气。异域性写作带给蒋在诸多的认可与荣誉。按说，在竞争激烈的青年作家群体中，找到一条适合自己的路子与风格，会更容易“出人头地”。这也是当下的时代逻辑——如小红书博主集中在某个领域创作会得到更多的曝光与流量——被归类与被标签。作家能主动拒绝被标签的诱惑，无疑需要巨大的勇气。告别向来是艰难的，然而这又是成长无法避免的。

从《街区那头》到《飞往温哥华》，我们可以读到蒋在的飞跃性的突破与成长。在前者，我们明显可以感受到蒋在诗人的灵魂在跳跃。蒋在似乎被他乡的孤独所淹没，浓郁的情绪挥之不去。到了后者，蒋在终于将自己抽离出来，较为冷静地观察温哥华、观察自我。诗人的灵魂隐藏在克制、冷静的文字背后，只偶尔显露出来。她在用小说的声调在叙述，而非用诗人的声音在抒情。

在《文学报》的访谈中，蒋在谈及转变的原因，是“从异国他乡回到一个我熟悉又不那么熟悉的故土重新开始生活，必定会有一些新的感悟。另外从校园步入社会，一个人承载的身份会更多——工作者、北漂、女性、女儿、妻子、母亲等等，这些身份会随着时间逐渐开始叠加”。简而言之，作家需要成为一个更为丰盈与充沛的个体。同时，也需要更大的勇气去回答关于自我、社会与时代的问题。

开往隐秘的小艇
——读栗鹿《雾岛往事》

忘记最初读栗鹿的小说是哪篇了，但她的《里外雅堂》却给了我极为深刻的印象：青年男子田西驾驶着名为“里外雅堂”的探测器进入女朋友小津的身体，试图挽回即将失去的爱情。在小津的体内，田西发现小津的秘密以及正在孕育的生命。怀孕所带来的忧郁，让小津提出了分手。随着生命的成型，田西回到了小津的身边。他驾驶着探测器在小津体内的经历，“他有点怀疑这只是一个梦”。

《里外雅堂》是一篇轻盈而灵巧的小说，应该是栗鹿早期的作品。尽管它不那么成熟，充满了习作的气息，但呈现了栗鹿小说中一以贯之的品质与特点：富余的想象力，以及少女特有的天真与好奇。正如田西一般，在分手的境况之下，他却毫无悲戚之情，反而充满欣喜与好奇地进入女友的身体内部，挖掘与探索爱情的秘密。爱情可以观察吗？抑或，爱情可以像物质一样研究其成分与材质吗？答案不言而喻，“爱情是一道无解题”。此后，在《炼梦师和最漫长的一天》《忽魂街》《甜河酒神》《潺缘之类》等短篇小说中，栗鹿将她的特质发挥到极致：痴迷于飘忽的梦境，自豪于富余的想象力，以及在诗歌语言的惯性之中获得小说语言的自信。

王安忆在《心灵世界》一书中，对作家的处女作曾作过专门的探讨。盖因作家的处女作虽然“不广阔、不完整、不深刻”，然而其动人之处则在于“在于它的独立性，完全是他个人的东西，个人的始发的经验。”一言以蔽之，处女作对于作家本人而言，就在于它的“纯粹性”与“原始性”，是未经过文学技巧与理念驯化的文学审美本能，是作家内心中最为与众不同的部分。在我读到《所有罕见的鸟》终稿之前，栗鹿所有的作品都洋溢着处女作的气息。它们不成熟，可以看得出来作者在欣喜地模仿与学习。因而，我们在栗鹿的作品之中既可看到村上春树、卡尔维诺等小说家的影子，亦可窥视到新媒体时代青年作家所共有的弊病：作者以轻巧的想象去描绘沉重的主题。最终，因其过于轻盈而缺乏重量。

从一个写手到一位作者，到底要走多长的路呢？在我看来，当一位作者开始省察自我的时候，便意味着作品走向成熟。自《所有罕见的鸟》开始，栗鹿终于不再自足于想象，不再满足于轻盈的故事，而是开始往自己小说里添加重量，努力让小说人物“负重而行”。如果说栗鹿此前的作品是根羽毛，那么《所有罕见的鸟》开始具备“鸟”的体型、骨架与肌理。在这篇小说里，栗鹿开始丰沛现实的细节，并尝试着节制地使用令自己引以为豪的想象力。她把自己的诗意与想象放置在最需要的地方，从而让小说炸裂出惊人的力量。节制是美德。

《所有罕见的鸟》以死亡事件为始，以白鹤消失在茫茫雪地为终。母亲逝去后，“我”和妻子回到崇明岛参加葬礼。“我”和妻子之间的情感，已有着严重的隔阂与裂痕，“可能是妻的行李太重，我时常怀疑里面藏着一具尸体”。这样严峻到令人害怕的修辞，指向自然是不言而喻的。两人的情感状态已停滞，趋于死亡。爱情不只是无解的难题，已经不能像天真与好奇的少年一样，驾驶着探测器深入身体内部便能解决。它是严峻而沉重的难题，平庸的日常与贫瘠的现实负在其上。在亲朋的记忆中，母亲身上所隐藏的秘密——身世、与父亲的婚姻、情感——逐渐清晰。母亲的葬礼反而让“我”和妻子有了喘息之机，“妻想留在老屋里整理整理，我请了长假，也想借此机会处理我们之间的事”。事实上，“我”所做的努力是徒然的，双方情感的缝隙已然难以弥合。当“我”妻冒着下雪的风险，前往沼泽地后——

“这时雪落了下来。雪花一片一片打落在我们脸上，还来不及化去，又被新的雪花所掩盖。好像什么都听得到，又好像听不到。我静静看着耐人寻味的雪，仿佛这世界只剩下雪，甚至没有意识到身旁的妻已离开。木栅道上只留下一串长长的脚印。

“这时耳旁的风变得狂乱。真的是鹤。它贴着我的头顶飞过，倏尔落停在一片开阔的滩涂上。它试探性地展开翅膀，扑扇了几下。几番犹豫后，终于飞向芦苇更深处。不一会儿，我看到了更多的鹤。我能感觉它们翅膀下的气流改变了风的形状。它们不时倚靠在一起，好像正在倾诉过去的生活。很快分不清彼此，消失在雪中。”

仿佛是命运的延续，妻做出了与母亲同样的选择，以决绝之姿离开了“我”，大地唯余孤寂与清冷。这个闪耀着光辉与诗意的永恒时刻，停滞了时间，凝固了空间，断然隔绝现实生活。葬礼的肃穆与悲戚被一扫而尽，日常生活的贫瘠与无聊，被放置身后。栗鹿赋予“逃离”超越日常的美学意义。这是一个不能被我们复述的时刻，亦不能通过其他手段重现。它隶属且只属于栗鹿。

《雾岛往事》的发生地在雾岛。在一个百无聊赖的下午，大学好友苏夜突然约我一起回雾岛。毕业之后，“这些年生过病，割去一部分子宫”的苏夜，离群索居，成为同学口中的“八卦材料”。而“我”与苏夜能建立友谊的缘起，则是因为两人在容貌、性情上的相似，甚至“我们的灵魂或许想通，只不过寄生在不同的肉体里”。自然，我们可武断地认为“我”和苏夜本质上是同一个人过着不同的人生。一个正常结婚生子，但日常生活的无聊，让自己“身心无法舒展”，另一个则是疾病本身所带来的困境与绝望。（小说处处与电影《两生花》互文即可明证。）雾岛是苏夜的故乡，亦是“我”外婆的生活所在地。两人同回雾岛，不妨看作是故乡的本能信任，一趟身体与灵魂的治愈之旅。在雾岛上，“我”和苏夜遇到在岛上开民宿的Mita，回忆起中学时代的网友气象员K。他孤独地在一座名为Khodovarikha的孤岛上测量冰雪和气温，“观察气象变化”。以及，老去的外祖母和她的传奇爱情。小说虽庞杂，但内在秩序俨然。《雾岛往事》是一篇有着梦的质感的小说。

当然，把《雾岛往事》当作一场感伤而繁杂的梦，未尝不可。但如此一来，则丧失了小说的充盈与丰沛，变得简单而独断。自诺兰导演《盗梦空间》以来，“梦”已经成为文学和影视中的显学。因此，我更愿意称之为拥有“梦”的质感。它拥有梦的轻盈、感伤、繁杂，但并非像梦那样缥缈，滑向彻底的虚无。事实上，不管梦里多么凶险的遭遇，就梦境本身而言，它并不可怕。梦境可怕的地方在于幻灭那一瞬间，在于惊醒那一刻。梦与现实，纠缠在一起。惊魂未定的人，经受着两种截然不同的人生所带来的战栗。《雾岛往事》可贵的地方，在于栗鹿敏锐地捕捉到这种战栗。

栗鹿自小生活在四面环海的崇明，岛屿上的风雨与滋润其成长。及至成年后，离岛来到市区工作。崇明虽隶属于上海市，但与繁华、商业气质浓郁的市区相比，则呈现出截然不同的文化与气质。崇明可能更接近古老、温润的江南乡村。梦境、记忆或往事，皆是岛屿的构成元素。在《所有罕见的鸟》与《雾岛往事》之中，两个相似的地方是叙述者“我”回到岛屿的动机是一致的。两人都带着情感上的“疾病”（前者是丈夫出轨，后者是婚姻无聊），试图回到温润的、平静的故乡来治愈自己。这种回归的姿态，隐含着苏珊·桑塔格的判断：“当城市事实上还未被看作是致癌环境前，城市自身就已被看作是癌症。”栗鹿当然不会如此武断，但内心深处对城市自身多少还存在夷犹。她本能地信任与生俱来的故乡，信任着记忆中的岛屿。然而，当情感已经有裂缝了，再怎么修补，已不可能回复如初。故乡的治愈是失效的。栗鹿用梦境遮掩了残酷的日常。

栗鹿对城市自身并不感兴趣，更遑论探索其历史与未来。自始至终，她所感兴趣的是情感。准确地来说，是爱情。它是如何生长的，如何在婚姻中渐渐幻灭的。她热烈地喜欢着具有传奇色彩的爱情。她愿意为此建造一座文字岛屿。

现实的重力
——读叶杨莉短篇集《连枝苑》

重力，是物理学最基础的概念。它垂直向下，几乎不容拒绝，像是巨大的手，将我们稳稳地吸纳在大地上。唯有轻盈的鸟儿，才能摆脱重力的束缚。随着科学技术的发展，人们可以借助飞行工具摆脱重力的束缚，像鸟儿一样，翱翔于空中。

唯有一种重力，我们无法摆脱。这就是现实的重力。简单地说，就是由吃喝拉撒构筑而成的日常。它与诗意无关，与浪漫无缘，只有令人惊骇的惨淡与赤裸。青年小说家叶杨莉的短篇小说集《连枝苑》所呈现出来的风貌，便是如此。令人疲倦的爱恋、充满算计与计较的日常……披在现实上面的那层温情的面纱，彻底被她揭开了。她笔下的现实，就像是黑洞一样，吞噬着光和亮。

《连枝苑》共收录了十篇小说，除了《同舟》《砾县》外，小说的场景都发生在上海。《同舟》是年轻人在北京打拼的艰辛与挣扎,《砾县》则是小镇青年回乡后的茫然与无措。在《同舟》

中，因高中男同学在北京工作，刚大学毕业的女孩，毅然决然地前往北京谋求发展。她未来得及施展抱负，现实就如利剑一般，刺上心头。她所租住的屋子，“只容得下两三个人”。容身之所，只有方寸。可这方寸之地，亦容不得她。在某个深夜，女孩像是低端人口一般，被驱逐出租房。押金自然是无法要回的。无奈之余，女孩只好借住在男孩的房子里。自然而然，男孩的处境也好不到哪里去。他住的地方，虽然有三十多平方米，但离公司足足三十多公里。每天要起个大早，才能赶上“能把人挤成鼻涕虫”的早班地铁。辛苦如此，到手的工资却少得可怜。女孩亦马不停蹄地找工作，奶茶店小妹、小网站编辑、自媒体写手。两人艰辛地挣扎着，希冀着在大城市里站稳脚跟。没有任何的依靠，困难与挫折总是不期而至。这对年轻人暧昧的友情，是双方彼此的依赖。

在某个令人沮丧的夜晚，男孩身上的欲望在膨胀。紧接着，在女孩的不安与夷犹中，他似乎要垂直坠落于黑暗。“他逐渐像一只失控的兽，喘气声粗重，双手开始向下探索。我意识到自己的身体也有了反应，一切都在往一个失控的方向滑去。”万幸的是，女孩的恐惧与吼叫惊醒了男孩。他冷静下来，停下动作，然后低泣。沉默填补了漫长的黑夜。

“窗外有车驶过，车影在天花板上拉起了一片斜影，斑驳流动，像水上的涟漪。房间空荡荡，又像已经填满了东西。不知过了多久，我才开口，声音有些颤抖，像是在水下说话，耳里有沉闷的回音。我说，我没有掉队，我们不是越过越好吗？”

这是《同舟》的结尾。职场的艰难和微薄的薪资，让男孩产生了动摇，怀疑自己已经掉队。所谓的“掉队”，是跟同届的同学相比。学生生涯中的意气风发与锐气，终于被惨淡的现实给消融了。女孩的回答，恍惚间让我想起《喜剧之王》中的一个情节。龙套尹天仇与舞女柳飘飘看海，世界暗成一片。“天亮了便会很美。”这是尹天仇对柳飘飘说的话，他坚信着、笃定着明天会更好。在叶杨莉的小说中，女孩口中说着会“越来越好”，实际上内心却没有那么笃定。她在动摇着。而那些“没有掉队”或回乡的同学呢，亦遭遇类似的困境。“每个小区都长在山的尸体上”，小城砾县没有爱情，亦没有未来。即使有心追求爱情，结果却是“我只是失了一下神，她就不见了踪影”。女孩向往的地方，是遥远的省城，是上海、北京这样的大都市。明亮的未来，仿佛触手可及。

《同舟》《砾县》中的日常与生活，尽管是灰扑扑的，但底色仍是明亮的。有熹微的亮光，渗透进来，予人一些微弱的希望。可到《连枝苑》《班达》《折叠椅》《搭伙》等小说中，这熹微的亮光，终于消散了，终于被现实的重力吸纳殆尽。这批发生于上海的故事，让我们看到一座大城市是如何消耗与吞噬年轻人的激情与理性的。年轻人的面目，终于可憎起来，像是野兽一样，龇牙咧嘴，算计与守护着切身利益。

这当然不是抨击年轻人，而是现实的重力扭曲了一切。想要一间属于自己的房间，需掏空家庭的“六个钱包”。掏空三代人的积蓄，所得到的不过是普通的生活。严谨地说，得到的是在大城市里过上普通生活的资格。并不是说买上房子，有了栖身之所，就万事无忧。因为“六个钱包”所支付的，不过是首付。还有漫长的贷款，在等着异乡的年轻人。年轻人的余生，将会为保留资格而马不停蹄地工作着。这便是惨淡现实的根源。

上海——应该说，是以北京、上海、广州、深圳为代表的特大城市——有时尚光鲜的一面，亦有其哑光赤裸的一面。近二十年来，这些城市以得天独厚的条件，迅速发展、膨胀，以其超大规模吸纳着全国各地的年轻人。他们贡献体力与心智，支撑着城市的运转与发展。自然，城市不会无条件地接纳建设者。

《连枝苑》便是最好的案例：齐小娇在某大学里工作，“每天需要花四个小时在上海掌纹中来来往往”。没有闲暇邂逅爱情的她，终于在一次同城 City walk 中认识理工男卢伟达。两人相恋、同居，都是以城市特有的速度地推进着。迅捷而高效，没有丝毫的拖泥带水，以及恋人的羞赧。在准备步入婚姻时，家长们掏空积蓄，为新人们购置婚房。然而，两人生活中的矛盾却在细细地生长着、膨胀着。这是不可避免的。因为爱欲而相互吸引的年轻人，最终会以现实的摩擦而相互排斥。现实的重力最终撕裂了爱情。齐小娇与卢伟达在结婚前一刻，选择分手。然而，两人的结局并非“分手快乐”，而是进入了房子争夺战。

双方互不相让。这是必然的，因为入城的资格是多么珍贵。有了房，才能在上海立足，才能逃离“砾县”。连枝苑，这个寓意着美好幸福的社区之名，在刺骨的现实映衬之下，显得无比沉重与讽刺。

作为在上海的异乡人，我阅读叶杨莉这批小说时，心底里会产生超越理性的喜欢。尽管这批小说是“许多篇完成于我的学生时代，如今看是文学上不成熟的时期”，但所写的内容实在过于熟悉，以至于我无法完全把它们视作虚构的小说。这倒不是说小说中为房子焦虑、为爱情挣扎的情景是我经历过的，而是年轻人站在川流不息的街头，茫然无措的模样，是我无法忘怀的。他用孱弱的信心面对着未来。信心的来源之处，是他所热爱的文字。

叶杨莉笔下的年轻人，几乎被现实的重力折磨得筋疲力尽。他们双眼木然、空洞，盯着房子，伸出疲惫而又渴求的双手。同时，叶杨莉呈现出来的城市的面貌，几乎是灰色的。这并不是说她没有描写过城市的亮光，而是整体的气质，给人一种灰蒙的、紧张的、无力的，甚至带点愠怒。上海本土青年作家（特指在上海出生、成长）笔下的上海，虽也写世情中的算计与计算，也写日常与人性的幽微，但底色或多或少带着亮光，如张怡微、三三等。

理想与诗意，都烟消云散了。残酷地说，成功购房，保住留城资格，便是理想。在新买的房子的小区绿化带中添一两棵竹子，便是诗意。这便是小说《不可一日无竹》所呈现的内容。这篇书写邻里矛盾的小说，带给我们最大的启示是，即使成功“上车”（买房），生活照样会陷入混乱与麻烦。生活，或者人生，不可能一劳永逸。事实上，并非是叶杨莉拒绝诗意，而是现实的黑洞早已将诗意吞噬。而这，才是令我们最为恐惧与绝望的。

傻子的隐喻
——读林为攀《万物春生》

以傻子的视野来观察世界，进而冒犯现实，在中外文学史里很是常见。作为非理性的存在，作为成人世界的异类，傻子似乎成为作家手中一面称手的镜子，照现了历史与现实的荒谬。

“90后”青年作家林为攀在长篇小说《万物春生》中便塑造了一个近乎先知式的傻子。他以十岁傻子的视角，向我们呈现了一个村庄、一个家族的隐晦、幽暗的历史与现状：祖父与祖母磕磕碰碰的爱情、父亲倪云洲难以启口的不堪往事、在顽固的重男轻女思想中生存的姐姐，以及左邻右里之间鸡毛蒜皮的冲突等等。所有的一切，在林为攀“自己独特的叙述声音”之中，形成了一幕幕众声喧哗的荒诞、黑色的喜剧。

一

在《万物春生》的开篇，林为攀写到一个年迈而孤独的族长。“每年冬天，族长都会在大雪封山之前把老槐树的乌鸦巢摘下来。”乌鸦是不祥的象征，亦是贯穿整部小说的意象。它连同老迈的族长、艰苦成长的姐姐及傻子一起，构建了新旧之交的乡土社会图景。

“族长”本身就是一个强有力的文化符号。可以说，它是中国绵延千年的乡土社会象征。它扎根于农业文明，在一个封闭型社会里，以大家长的名义带领族人去繁衍生息，去面对沧桑巨变。在古典乡土社会里，血缘与宗族的延续，赋予族长们几乎不容置喙的权威。陈忠实笔下的白嘉轩就是一名典型的族长。他深受儒家文化影响，拥有“立法权”，在自己的管辖范围内，几乎拥有至高无上的权威。

白鹿原式的乡土社会，在中国大地上已经慢慢消失。一个明显的信号，就是族长权威的渐渐瓦解。在《万物春生》里，族长倪乾南最为辉煌的事迹出现在三年困难时期以及洪水泛滥的夏天。他想方设法地帮助族人度过最艰难的岁月。晚年的老族长倪乾南，以老眼昏花的孤家寡人的面貌出现在我们面前。族长身份所附加的权威，已经趋近于无。族长变成村庄的一个共同负担，“每家轮流接老族长到家里过年”。

在傻子“追随他的记忆”之中，林为攀并没有花费太多的笔墨去描述权威瓦解的过程。但在零星的细节之中，我们仍能窥见乡土社会巨大的、深刻的变化：物质上的“三大件”，几经进化，终于从“手表、自行车、缝纫机”变成“车子、房子、票子”。这些只是外在的变化，更深刻的变化出现在日常交流与沟通上。在大城市里混生活的年轻人，带回来的女朋友，一句家乡话都不会说。父母与未来的儿媳妇沟通，便成为一件极为困难的事情。这种“外来媳妇本地郎”的现象，最终造成了让人哭笑不得的局面：

“他们在城市打拼时，巴不得要马上摘掉乡下人的帽子。作为乡下人最重要的标志就是一口不标准的普通话……同在城里说方言恰恰相反，在乡下说普通话可是见过大世面的表现。”鸡同鸭讲的场面，就不可避免地出现了。“如果仅是外地来的媳妇不懂事也就罢了，现在连那些小孩都有些变异了。外来媳妇不懂本地方言还能用诸多借口搪塞，自己的孙子孙女不会说家乡话就有些过分了。”变异，具有强烈的病变的况味，往往令人联想到糟糕、恐怖的后果。在老一辈眼里，外来文化是洪水猛兽，冲击了传统的乡土社会和惯性的生活方式。代际文化悄然发生了难以调和的变化。

与乡村紧紧联系在一起的，还有顽固的重男轻女的思想与现象。轻视甚至是敌视女性，这是传统文化里最为糟糕的一部分。而现代文明最为重要的成果之一，便是重新发现及肯定女性的价值。在《万物春生》里，林为攀塑造了一位生活在乡土社会惯性中的姐姐。她不但要承担照顾弟弟的责任，还几乎包揽了力所能及的所有家务。父母对儿子的偏爱，让姐姐倍感失落。在《玩具》一章，“我”拿到的玩具是俄罗斯方块游戏机，而姐姐得到了一头牛。父母对姐弟俩的差别对待，揭示了乡村女孩成长的隐痛。她没有快乐的童年，游离于家庭之外，似乎只作为劳动力而存在。那么，父亲什么时候才意识到女儿也是自己的孩子呢？除了父亲接受儿子傻的现实之外，还和一件偶然发生的失踪事件有关。姐姐的失踪，让父亲心急如焚，一度以为女儿被河水淹死。在死亡面前，父亲终于“意识到自己对年仅六岁的女儿未免太过残忍了”。此后，姐姐得以进入学校，没有重复奶奶的命运，“奶奶耳聋后，一直念叨着小时候要是有机会读书，现在也不至于人憎狗嫌”。

二

想要理解林为攀笔下的傻子，必须把他放置更为强劲的文学传统的显微镜之下，进行考察。事实上，不管是在古典笔记，还是在现当代文学之中，傻子都是一个不可忽视、极其重要的文学形象与符号。

在古典笔记与文学之中，世外高人常常装疯卖傻，出没在各朝各代。他们身怀神通，怀着对世事的厌倦、对权力的讥诮，点拨那些所谓有慧根的失意文人。一首《好了歌》，清晰、明了地指向了古典傻子、疯子们的精神世界及追求。他们以逃遁的方式来对抗朝不保夕的官场法则和权力世界。因此，古典笔记中的傻子之所以是傻子，并非他们的智力、学识不足，而是他们拥有超乎常人的智慧。他们察觉到世界的黑暗与荒谬，然后转身离去，选择守拙，遗世独立，正如老子带着《道德经》骑牛出函谷关。

现当代文学之中的傻子，更多的是褪下老子编织的外衣，穿上由卡夫卡、福克纳等文学大师新编的大衣。因此，一种先天性、病理性的傻子，忽而成群出现。阿来《尘埃落定》里的土司二少爷、莫言《丰乳肥臀》中痴迷女性乳房的金童、苏童《罂粟之家》中饥饿的演义、韩少功《爸爸爸》中身体残缺的丙崽……凡此，不一而足。进而，“傻”成为现当代中国文学里的一种流行病。

苏珊·桑塔格在《疾病的隐喻》中一针见血地指出：“正是那些被认为具有多重病因的（这就是说，神秘的）疾病，具有被当作隐喻使用的最广泛的可能性，它们被用来描绘那些从社会意义和道德意义上感到不正确的事物。”在某种意义上，“傻”亦是一种疾病，傻子无法承担起正常人的社会责任与义务，无法融入正常的社会秩序。在日常生活之中，“傻子”的含义极为复杂，一切与社会秩序扞格不入的人，都有可能被归类为傻子。因此，傻子成为一种隐喻，用来对抗不正确的秩序。

傻子最大的秘密，不在于他的身躯与心智，而是作者赋予他们叙述与道德豁免权，把他们放置秩序之外。因此，他们一言一语一举一动，都是对历史与现实的冒犯。可以说，傻子的符号属性远远大于人物属性。

顺理成章地，林为攀笔下的傻子自然会是一位冒犯者。与前辈作家们不同，林为攀并没有渲染傻子生理上的残缺，“我的身体没什么毛病，既不是六指儿，也没有缺什么重要的器官，只是经常陷入幻想从而对外界比较迟钝，这被父母当成‘反应比同龄人慢’，被别人当成脑子有问题”。在某个时刻，“我”会把自己想象成一只动物，认为“作为一只小鸡我的眼睛看得没人类远，但能看得比人类透”。在小说的第二章《孵石》中,“我”被父母及亲戚确诊为脑子“不灵光、反应慢、不好使”。由此可见，傻子只是沉溺于自己的世界，并非先天性的、不可逆转的傻子。

把自己当成一只小鸡，认为自己是自然万物的一分子。这是孩童对世界的认知与想象。对成年人来说，这些往往意味着天真与幼稚，是“傻”的表现。一场因“我”而起的纷争，迅速在村庄蔓延。“我”因为用孵石偷换了家里的鸡蛋，被奶奶失手用石头砸中脑袋，血流不止，晕厥过去。宝贝孙子受伤，无疑事关重大。但是为了回避责任，奶奶决定“把我的惨状嫁祸给那些小孩，然后再编造一番说辞令我那双经常偏听偏信的父母上当”。奶奶选择的策略很聪明，首先是谎报伤情，用模棱两可的“娃快不行了”来告知“我”的父母；其次，把事情搅浑，把村里其他小孩、家长都拉扯进来，本来是一桩清晰明了的事情，陷入了七嘴八舌的混乱局面，最终结果却是“儿子是自己跌伤的”。奶奶失手的责任，就此不了了之。奶奶的这种小聪明是哪里来的呢？原来是在残酷的历史与现实里习得的，“以前那些事或多或少都带有一丝不情愿，譬如把家里的地充公，让爷爷告发那个娶过三任妻子的公公。做这些事情的时候她只是遵循一种惯性，并未觉得有何不妥”。

作为隐喻而存在的傻子，像是一朵开在古老乡土社会土壤上面的恶之花。于是，当“傻子”蔚然成风，发展成为流感一般的流行病时，一些不容回避的问题摆在我们面前：傻子是否真的有必要？日常社会里的幽暗与荒谬，是否真的只有通过傻子才能呈现？

面对这些追问，每个作家都会有自己的答案。在文本里，塑造一名傻子，自然会有文学与写作上的考量。不过，作为一名读者，当我看到大量的“傻子”频频出现在视野里，会下意识觉得“傻子”的文学价值正在稀释。他们会被淹没在傻子大军里，完成冒犯、对抗乡土社会、日常生活的任务。泛滥是一种危险，当一位作家认可或屈从这种潮流，也许意味着以最便捷的方式在呈现自己的所见所思，意味着拒绝叙述、表达的可能性与挑战性。

林为攀努力地淡化傻子所带来的负面影响。在他笔下，“我”与其说是傻子，不如说是位少年。他把自己的童年记忆灌注在傻子的身上，并赋予其某种超然的能力。在小说的结尾，姐姐迎来初潮，迈向成人世界。将来姐姐怀孕后，“我”将会给自己的外甥取名为“春生”。一个富有春意、生机勃勃的词汇，这是

“我”所祈使的未来世界。在那里，“傻子”也将会被终结。

父亲的隐痛往事，在于他入赘倪家，改名改姓，成为别人家的儿子；祖父对老族长产生妒意，奶奶与发财的机会擦肩而过，姐姐苦求玩具而不得……这些琐碎的日常，这些生活的细节，像是珠子一般，散落在全书。林为攀用“傻子”的记忆与叙述把它们记录在册。他用傻子的视角，重新构建了记忆中的乡村。他在童年记忆与荒诞现实之中来回穿梭。

善与恶的距离
——读余静如小说集《安娜表哥》

自小学时起，我便痴迷于武侠小说，向往着各路身怀绝技的大侠。初中时，因自己身材较为瘦小，偶尔会遭到班上一些学习不好的“古惑仔”欺负。此时，我便屡屡把自己想象成身怀绝技的大侠，趁着夜色，把“古惑仔”们收拾一顿，然后“事了拂衣去，深藏功与名”。

自己为何向往大侠呢？盖世武功固然是其中原因之一，但更为重要的是有能力惩恶扬善。我想象着自己可以像大侠们一样，路见不平拔刀相助。就我个人而言，武侠小说所带来的教益，便是对一个天真的少年完成最为原始与朴素的道德教育。它教会了我什么是“善”与“恶”，什么是“有所为有所不为”。

“惩恶扬善”是文学中经久不衰的经典主题。在短篇小说集《安娜表哥》中，余静如如同一名手艺高超的实验者，怀有天真、好奇与巨大的热情，观察并剖析着“善”与“恶”。这倒不是说余静如像武侠小说家那样，武断地把善恶对立起来，进行道德指控，并引导或扩散读者情绪。余静如小说里呈现的“善”与“恶”，与道德无关，而是一种自然状态：人性的黑暗面，是如何形成的？“善”与“恶”的距离，究竟有多近？

那么，余静如又是如何观察“善”与“恶”的呢？一是，将故事放置在小镇之中。事实上，小镇是大多数“80后”“90后”承载童年、青春记忆的所在。尽管每个小镇的面貌各自不同，其内在气质却是如一的：既有城市的骨架，又有乡村的躯体；既能享受商品经济的遗泽，又要背负乡土社会的影子承重前行；开放与保守并行，急速生长又伴随着缓慢死亡。小镇是一个动态的社会，一个鱼龙混杂的江湖。

二是，以少年的视野来打量世界。与成年人相比，少年人固然知道善恶之分，固然有“是非对错”，内心固然存在着“战栗与恐惧”，但他们所做的一切，都未经过省察与检验。他们从父辈与老师们那里获得知识与观点，并未真正融入血液里，只朦胧地感知着世界与社会运转的规律。因而，“善”与“恶”变得摇摆不定。

三是，在文本里设置“疯子”式的角色。他们大多患有精神疾病，无法与正常人沟通。疯子是日常生活里的异类，拥有道德甚至是法律上的豁免权。在余静如的笔下，“疯子”成为一个镜面，映射着现实生活里的种种荒谬与怪诞，仿佛是“野蛮”与“文明”的对峙。余静如显得更加愿意相信“野蛮”，进而怀疑或抗拒“文明”。在同名中篇小说中，梅林对“疯子”安娜表哥怀抱着强烈的好奇与向往。在这些心绪的驱使之下，梅林不顾家人反对，与安娜表哥组成家庭，陷入到家族的历史宿命之中。

最能体现“野蛮”与“文明”对峙的小说，当属《游戏》：家境、智商有着天然之别的阿道与陆奇，偷偷在夜里进行一次身份互换的游戏，就像是湖南卫视的电视节目《变形计》。他们先从衣服换起，再慢慢渗透到对方的家庭。对于阿道来说，陆奇家是一个理想所在，亦是他嫉妒陆奇的根源。相比于贫穷的自己，傻瓜陆奇“拥有了一切”。他不愿意成为“屠宰场阿道”，希望通过努力学习来改变自己的前途与命运。可他又深知自己家庭环境的局限，因为徐屠夫认为“屠宰是很好的工作”；另一方面，陆师母夫妇为自己的“傻瓜”儿子的前途，煞费苦心。他们屡屡托关系、“走后门”，希望儿子能读初中。当一切手段都失效后，陆师母终于放弃了儿子。聪明的阿道，傻瓜陆奇，两个人的人生同时“失去了希望，感到真正的轻松和自由”。

这是一种绝望状态之下的放纵。学校的后山的草地，成为他们的秘密之地。直到有一天，中学校长六岁的女儿闯进了荒草地。小女孩的天真与傲慢冒犯着陆奇，而被激怒的阿道几乎掐死了她。在逃离“命案”现场时，阿道一把火烧毁了草地，并试图嫁祸于陆奇。阿道与陆奇最后的理想国坍塌了，两人的友情游戏终止了，各自开启了毫无希望的、灰暗的、残酷的人生。而陆师母正好怀上了二胎，于是有了令人冷彻入骨的结尾：

"陆师母依然那样好，充满希望。比他，比陆奇，都更有希望。"有文化、有良心、体面的陆师母之理性之冷酷，让人见而生畏。

余静如偏爱"荒草地"这个意象。草木茂盛，人隐没在其中，静静地等待时间过去，慢慢消化着成长的隐痛、青春的苦闷。在《荒草地》一文里，江薇与离异的母亲蒋玉嫦相依为命。为了女儿的前途，"一枝花"蒋玉嫦可以说是煞费苦心。尽管追求者众，她最后还是选择了相貌丑陋但财富不菲、心地善良的孙富才。正值青春期的江薇对母亲的恋情，并不认同。对蒋薇来说，孙富才是一个霸道的入侵者。为了给入侵者一个教训，她试图献出自己的身体，让暗恋自己的体育生学长在荒草地里教训孙富才——一群体育生下手没轻没重，失手打死了孙富才。江薇的嫉妒与恨意，失控了。此后，她身体迅速发胖，患上了妄想症，余生也许会被"恶"所带来的负罪感和恐惧所笼罩，也许会成为另外一名出没于街道、路边的"女疯子"。

对"疯子"群体的热衷，是余静如小说中极为鲜明的特点。让我担忧的是，"疯子"仿佛是一件称手的工具，被余静如一而再再而三地使用，进而形成了路径依赖。滥用的危险在于，"疯子"式人物的价值会迅速贬值。

在整部集子里，我最喜欢的小说是《今夜平安无事》：离异的中年母亲陆丽萍患有抑郁症。她所面临的人生境况，极为惨淡：丈夫因出轨离婚，读中学的儿子正值叛逆期，无心上学，整天与古惑仔们混在一起。一天夜晚，陆丽萍外出寻找晃荡在儿子时，遭遇了古惑仔的羞辱。她被迫在年纪如儿子一般大小的少男少女们面前，毫无尊严地除去衣衫。

显而易见，这是一场精神弑母行动。陆丽萍终究丧失了对儿子的管束能力。与其他短篇不同的是，在《今夜平安无事》之中，余静如终于不再视疯癫为理所当然的，而是生活暗流所致；亦不再刻意地放大疯癫的破坏力，只是小心翼翼地给我们呈现出生活中一道岌岌可危的隙缝。我们知道陆丽萍在生活重压下也许有一天会精神崩溃，知道也许有一天她的人生会破碎成齑，但在“今夜平安无事”的期许下，她内心仅存的希望，仅留的“善念”，会带着疑虑、犹豫，坚韧地逡巡在文字与现实之间。我们同情她，悲悯她，为她的命运感到哀伤，并非她是“抑郁症患者”，是疯癫者，而是她是平凡的母亲，是芸芸众生的一员。

日常缝隙里的战争
——读郑然《解开所有风帆绞索》

一

“如果德军没在一九四四年的突出部战役中失利，会怎么样？这是武之鹗留给秦衾的问题。”

刚打开《解开所有风帆绞索》时，看到开篇所写的是“二战”某个冬夜的瞬间，跟着作者进入了肃杀、残酷的战争场景，我心中不禁一阵讶异。原因倒也简单，因为开篇与我所了解的郑然有所不同，站在我面前的仿佛是位陌生的作者。与此同时，我又不禁隐隐地为他担忧，虚构一段存在过的战争，容易让人迷失在历史的漩涡与陷阱之中。好在郑然并没有在战争与历史上面纠缠太久，而是虚晃一枪便迅速回归到自己所熟悉、所习惯的叙述中来。

因此，郑然借武之鹗之口留给读者的问题，并非是要读者进入莽莽的历史中，而是要通过对“二战”的叙述，引入“战争”的概念。换言之，在《解开所有风帆绞索》一文中，郑然所要探索的正是日常生活里的战争状态。相对于日常生活而言，战争无疑是一种陌生化的经验，是一种意外，死亡如影随形，生别骤然而至，战争状态之下的个体，无时无刻不面临着生活崩溃的局面。将日常生活中的紧张、冲突形容为战争，自然是小说家惯用的修辞，如理查德·耶茨的长篇小说《革命之路》，弗兰克与爱波的婚姻之惨烈、之千疮百孔，不啻双方进行过一场惨烈的战争；在《恋情的终结》中，格雷厄姆·格林更是直接将恋情放置在战争中，让恋情接受战火的考验。在这里，战争反而成了日常，恋情成了意外。而《解开所有风帆绞索》的“战争”则更为隐秘，不管是秦衾、武之鹗，还是谢琪琪都困囿于过去，与某段记忆、某段历史进行一场旷日持久的战争。这是一场关于自我的搏斗。

一场注定失败的战争，会因为某个细节而改变结局吗？这样的追问，放置于历史自然是不会成立的，因为历史不可改变，但放置在虚构上却充满了魅力与诱惑。它诱惑着我们虚构、想象另外一段人生，以实现逃避现实的目的。这也是武之鹗痴迷于各段历史的细枝末节的原因。然而，他比任何人走得更远、更深，他内心深处里希望那些不起眼的细节改变时间的走向，进而改变现实。多年前，儿子的意外死亡，让他不得不借助细节的力量，来纾解绝望与悔恨所带来的痛苦。“而在他‘消失’的这些时间里，他都在推演战役，给那个照片中的男人，也给自己找一条出路。”他沉溺于历史的模样，让人想起了博尔赫斯的小说《小径分岔的花园》中的余准博士的“遗言”，“他不知道（谁也不可能知道）我的无限悔恨与厌倦”。因为在小径分岔的花园里，余准每踏进一次小径便是做出无法回头的选择。因为没有人能逆转时间与人生。

正如题目所揭示的，《解开所有风帆绞索》是一部“混乱”的小说。这里所说的“混乱”，并不是小说本身混乱，而是里面的人物之间的关系、经历、情感、记忆，让人感觉到“混乱”，仿佛有无数的绳索缠绕在一起，理不清剪还乱。武之鹗在秦衾的身上，看见了儿子的模样，进而两人建立了一种若即若离的关系。两人一起去爬山，一起研究某段历史，不正是父子亲情的投影吗？就连“秦衾”的这个名字，不免让人猜测是不是“亲情”的谐音。秦衾在武之鹗身上所获得，则是一种更为隐秘的情感。秦衾与谢琪琪的恋情之所以走向失败，看似谢琪琪“玩弄”的结果，事实上是两人并未建立稳固且令人信服的信任感。谢琪琪的警惕与躲闪，令秦衾的热情落了空，进而生起了“无名的愠怒”。秦衾在这段感情之中，充满了挫败感。而谢琪琪对秦衾的“玩弄”行为，则来源于童年的经历。她过于害怕失去，导致对一切情感都患得患失。两人在交往过程便成了一场充满刺探的“战争”。理所当然的，两人的关系势必导致了紧张、疲惫、相互折磨。

二

初次与郑然见面，应该是在七八年前的虹桥火车站。那年冬天，因朋友发起的“押沙龙短篇小说奖”要在南京举办颁奖典礼（其实就是一群青年作者在瞎玩）的缘故，我们正好同在上海，便相约一同前去。在候车厅见到郑然时，望着他的个头，心中生起一阵错愕。这是一个阳光、热情的男孩，与小说所呈现出来的忧伤、孤独、疏离颇有反差。在前往南京的列车上，我们谈论起文学。也正是从那时候开始，我陆陆续续地阅读着郑然的小说。终于，2020的夏天，郑然的首部短篇小说集《海鸥墓园》出版。在这部收录了《江南水怪》《猫科动物》《冰箱》《夏日图景》等短篇小说的集子里，郑然作为一名青年作家的面目逐渐清晰。这是一个年轻的灵魂，穿行于城市里隐秘的街道，构建出一个失落、变形的世界。他没有刻意去观察城市，但他文本所呈现的，却契合了城市的某些气质。原子化的个体，不受信任的情感，却又对浪漫保持着一份向往。他会在某个夜晚，沉溺于想象的快乐之中。郑然像堆积木一样，构建着自己的小说世界。

自卡夫卡《变形记》以降，变形或异化便成为一种现象。对于写作者而言，人异化成动物或异化成其他的物种，地毯是可以飞翔的，这些都是理所当然的。人忽而成了动物，忽而成了一颗会思考的石头，不再是经过耐心的叙述、细致观察的结果，而是直接想象的结果。这一切的基础，则是当今社会里没有“意外”。或许有人会说，我们每天不是在新闻上接触到各种新闻吗？婚变出轨有之，复仇谋杀有之，既有啼笑皆非的故事，又有令人唏嘘不已的事故，我们的生活不是被各种事故与信息充斥着吗？正是因为这些“意外”随处可见，才导致小说的“意外”变得脆弱不堪。我们见过太多悲剧，以至于对悲剧的力量失去了耐心，失去了敬畏。进而，我们容易将悲剧堆砌起来，并认为这是生活本来的面目。

在《解开所有风帆绞索》中，秦衾、武之鸮、谢琪琪三人过着悲剧性的生活。其中，尤以武之鸮为最。武之鸮不但自身患有精神疾病，而且还因自己的失误导致了儿子的意外去世。终于，他的生活变成了一团糟，仿佛陷进了泥淖之中。研究历史，或者更确切地说，虚构历史成为他生存的意义。在这个人物身上，让我觉得不安的并非武之鸮的“失误”，而是他的疾病。来自家族的遗传病，让他成为一个独特的存在，一个日常生活里的异类。仿佛只有这样，他人生的悲剧才显得足够巨大，才更能打动读者。然而，果真如此吗？

答案不言而喻。作者将悲剧（死亡、失恋、疾病）等叠加在人物身上，总是容易的。但这种悲剧的叠加，总会有失效的一天。就像是在许多偶像剧里，绝症屡屡出现。在编剧眼中，绝症并非绝望，并非不可跨越的困境，反而是一剂良药。因为编剧知道，绝症会让观众流下惆怅的泪水，会带来节节攀升的收视率。

因此，武之鹗的疾病是必需的吗？疾病的存在，无时无刻地在提醒着我们，他身上所发生的悲剧、意外都是可以归因的。换言之，他必然会出现各种令人难以接受的悲剧。这一切，都让他看起来像个虚构的人物，而非是拥有复杂内心的个体。他很符合小说的要求，但却离生活越来越远。而这，无疑会削弱儿子死亡的“意外”给人带来的冲击与震撼。同样的，谢琪琪的那乖张的行为，我们亦能找到原因，原来一切都与童年的经历有关。特殊人物身上的悲剧力量，总是不如常人来得深刻，来得让人感同身受。

小说并不是数学题，并非所有的悲剧都需要原因，都需要我们给出一个清晰明了的答案。日常生活中我们所遭遇的灾难，也并不是全部都能找到原因，所面临的困境，也并不是都能解决。正如契科夫经典的小说《带小狗的女人》结尾，因意外所诞生的困境，直到结尾还悬宕在半空中。他们无法解决，也无法跨越，正如日常生活下的我们。

在短篇小说的写作中，克制是美德。克制，并不只是单指文字上的增删、抒情上的隐蔽，而是将克制住我们对某些特定路径的依赖，对人物的情感作简单的归因。近些年来，常常听到作家们的一些写作小窍门，如果要让小说人物变得更加鲜活，不妨给人物设置些口头禅、醒目的外表或习惯的动作。初听起来很有道理，但仔细琢磨，却经不起推敲。因为按照这种写作套路创作出来的人物，自然会是单薄的、刻板的，难免会走向失败，效果往往适得其反。人物的口头禅、习惯动作只会像牛皮癣广告一样，时刻提醒着读者：这是一个虚构的角色。与口头禅、习惯动作相比，将疾病或悲剧视为小说唯一的动力，则是更为隐蔽的依赖。

三

小说是虚构的艺术。这句话固然不假，然而最近几年，我却对此论断感到隐隐的不安。虚构的魅力，并非只来自天马行空的想象，并非只来自让人眼花缭乱的叙述技巧，而是来自细致的观察与耐心的叙述。詹姆斯·伍德在《严肃的观察》中论及契科夫的《吻》："在契科夫的笔下，青年军官得到一枚弥足珍贵的吻。在他军官的内心里，向别人讲述这段经历，亦是一件无比重要的事，时间可以是从黑夜到白天。然而，当青年军官终于鼓足勇气向好友说起这段经历时，他却发现这段经历只有一两句话就结束了。"詹姆斯·伍德判断契诃夫在生活中是"严肃的观察者"，因为"我们在自己的脑海里讲述的故事才是最重要的故事，因为我们都是内心的扩张主义者，是滑稽的幻想家"，进而"每一个故事都无法诠释自身：故事核心处的这个谜团本身就是一个故事。故事生产出它的子，它自身的遗传碎片，是对它们无法讲述整个故事的原初无能的无助体现”。伍德继续得出结论，“故事是富余（surplus）与失望的动态结合物：失望在于它们必须要结束，失望还在于它们无法真正结束”。

所谓的“富余”，简单地说，是给细节更大的信任，是给人物更多的空间。在《解开所有风帆绞索》里，让我觉得遗憾的是，叙述者已经解决了一切以及回答了一切。在小说的结尾，尽管谢琪琪试图挽回自己的爱情，最终却晚了一步，因为风帆的绳索已被解开，热气球已经起航了。“她才拨通了秦衾的电话。但无人接听。”

郑然给了我们一个残酷而决绝的结尾。有经验的读者，或许会感到不满，因为这昭示着秦衾与谢琪琪的关系与恋情，就此画上句号，已无回转的余地。同时，“但无人接听”这句话亦堵住了小说所有的出口。它就像是那把快刀，干净、利落地将绳索斩断。北齐高洋的“乱者须斩”的豪语，向来使人称赞，仿佛一刀下去，乱麻便会被整理得井然有序。然而，乱麻真的这么容易解决吗？答案自然是未必。因为我们清楚地知道，一刀被斩断的乱麻极有可能变成两团乱麻。

关于母爱的英雄史诗
——读大头马短篇小说《所罗门王的指环》

我有个年纪相仿的朋友，生活在成都。他的孩子比我女儿小两周，我们经常会交流育儿心得：六个月大的孩子体重应该多少？哪种辅食比较适合孩子？孩子每天说话多不多？

大约是在孩子一岁半时，朋友突然发来微信，说孩子确诊了自闭症。我读了后，不由愣住了，几乎无法回话，只能简单地安慰了他，然后迅速地在网上搜索跟自闭症相关的知识与案例。有些案例很鼓舞人心，比如经历家长耐心的陪伴及科学的干预，自闭症孩子可以过上普通人的生活。

我迫不及待地跟朋友分享了这些成功的案例，希望能给他带去一些鼓励与希望。说实在的，这些鼓励实在是太轻飘飘了、太廉价了。作为一名父亲，当孩子确诊那一刻，朋友肯定对孩子的未来无比担忧。与自闭症相关的知识，他肯定查询过无数遍。我给他分享的案例，他可能早就接触过。事实上，他得知确诊消息后，内心经历了何种挣扎与苦痛，他生活中遇到的困难，都是我无法想象的。

在大头马的短篇小说《所罗门王的指环》中有这样的一段精彩描写，给我们呈现了一位自闭症孩子的母亲的内心：

“此后的路怎么办，她还没有想好。只是知道无论是工作还是婚姻，都不如这个孩子重要。这种转变回头去看，如果能重新选择，她也绝对会放弃上学的机会，从孩子一出世就留在他身边，不管母乳喂养和奶粉喂养究竟有没有差异。她会不放过任何一个能够让孩子走上另一条正常的、幸福的人生道路的机会。有时她想，会不会换一个丈夫就好了，孩子就不是这样了？可是换一个丈夫，孩子还是这个孩子吗？有时她想，万一是自己的问题呢，那是不是不生就好了，或者，自己都不应该出生？”

这是母爱的力量。在这位母亲的闪念里，有愧疚与自责，但更多的是坚韧的、积极的力量。过去已然无法改变，她所要做的是努力改变未来，能够让孩子走上“正常的、幸福的人生道路的机会”。

大头马的《所罗门王的指环》是一部关于自闭症的小说。准确地说，大头马通过叙述自闭症患者母亲的生活，向我们呈现了令人动容的母爱。这是一部关于母亲的英雄史诗。

这位伟大的母亲名叫舒晓英。从小说的第一段开始，大头马就赋予了舒晓英浓烈的神秘性。她是南京中医学院研究生楼

218女寝最晚入住的女生，直到一个月后，室友们见到她的庐山真面目。一个江南的女生，刚生完孩子，身上所散发的光芒是“刚做了母亲的人是这样的，见到谁都特别和善、明亮，没有防备，就像全世界都是她的家一样”。

姗姗来迟的舒晓英很快就令同学刮目相看。她年龄最小，跳级读研究生，聪明绝顶。她一出手就一鸣惊人，比如课堂上回答出无人能答的问题、指出大师兄方子的错误。最令人惊叹的是，在众多同学的眼中，舒晓英能和动物对话。这是近乎通灵的存在。这些案例，无一不说明舒晓英的“天才”。

大头马精心设置了一场追忆往昔岁月稠的同学聚会。几乎每个人都功成名就，有的在异国他乡立足，有的创业成功，实现财富自由，有的成为当地最有名气的中医。这批天之骄子掌控了自己的人生。可在这场聚会中，唯独天资最聪颖、才华最出色的舒晓英缺席——无人知晓她的现状。

直到大头马缓慢地亮出谜底，我们才恍然大悟。舒晓英今非昔比，早已不是同学眼中的天才，而是位遭遇了巨大困难的普通母亲。

困难的根源是她那患有自闭症的儿子。夫家归罪于舒晓英的自私。在他们的认知中，正是舒晓英执意前往念书，没有尽到哺乳的责任，才导致孩子落了病根，成为“智障”。“那是一九九三年，大部分中国的医院都还没有接触过自闭症这个概念。唐氏综合征、脑瘫、自闭症，所有表现出认知障碍的患者统统被一个词语概括。”当孩子确诊“智障”时，丈夫执意再要一个孩子，“不然以后我们老了，谁来照顾他？”在夫家的心里，儿子已然是个弃子。他不再有普通人应该有的待遇，也不应该拥有正常生活，比如恋爱、工作。他漫长的人生似乎只剩下等待生命的结束。这是何其可怕的人生啊。

夫家的选择，显然是理性考量后的结果。我们无法对他们进行过多的指责。因为这是类似的家庭都会做出的选择。父母总会有一天会离去，留下生活无法自理的“智障”孩子，总是需要一个人来保障他的生命。在他们看来，给孩子养老送终，已经尽到最大的责任。但舒晓英并没有屈服，而是选择迎难而上。她选择跟丈夫离婚，从医院离职，独自一人带着孩子四处求医。舒晓英如此执着的原因，是她不想儿子被视为“智障”，只机械般地活着，她还希望儿子拥有正常人的生活。更本质地说，舒晓莹希望孩子拥有自我，成为真正的“人”。

自闭症患者，是一座自我封闭的孤岛。他们没有办法理解社会，也无法与人沟通。即使面对最亲的人，也无法敞开心扉。理解他们，也许比理解动物要更艰难。舒晓英面临的境况便是如此。“有几次她忍不住失声痛哭，换来的却是他抱着脑袋在一旁高声尖叫，好像她是怪物一般。”母子之间，犹如天堑。

正是耐心，让舒晓英收获了成果。“事情的转折，是有一次一个附近小区里的孩子捧着一只受伤的小鸟来诊所。”这只受伤的小鸟，引发了儿子的关心。这是这位自闭症患者，首次主动关心的事。“他就像一个正常的孩子那样，对世界充满了应有的好奇。”有了好奇，便与世界有了连接。舒晓英终于得以走进儿子的内心，并稳稳抓住了这个“让孩子走上另一条正常的、幸福的人生道路的机会”。在舒晓英的耐心培养之下，儿子获得许多动物的知识。最终，儿子成为动物园的志愿者，可以完成向游客讲解动物知识的任务。儿子如她所愿，向正常人的生活，迈进了一大步。

小鸟受伤是极其偶然的事情。那么，如果没有这次偶然，是不是舒晓英就无法进入儿子的内心呢？并非如此，偶然不是幸运，而是舒晓英耐心的结果。也就是说，即使没有这次机会，在往后的日子里，耐心的舒晓英最终也会发现儿子喜欢动物。母爱的光辉，在这一刻照亮了我们。

神秘性往往与神性密切相关。最能体现舒晓英神性的，还是大头马将她与康拉德·洛伦茨的生平并置在一起。康拉德·洛伦茨是位伟大的动物学家、鸟类学家、科普作家。《所罗门王的指环》是他的代表作品，也是他常年观察、研究动物行为的成果。事实上，小说的另一半是康拉德·洛伦茨的传记。大头马极具耐心地向我们科普了康拉德·洛伦茨的生平：他出生的家庭，生活的时代，如何对动物产生兴趣，以及在纳粹横行的岁月里，他是如何误入歧途，又是如何走出困境，等等。

就小说而言，即使删掉康拉德·洛伦茨的传记，似乎并无不妥。大头马执意地将康拉德·洛伦茨植入文本中，本质是让小说拥有史诗的质地。只有英雄，才有资格进入史诗。舒晓英与康拉德·洛伦茨是两颗遥遥相望的明星，相互辉映。舒晓英为孩子的付出与贡献，丝毫不逊色于康拉德·洛伦茨对动物行为学的贡献（他获得过诺贝尔生物学奖）。尽管舒晓英只是位普通的、平常的母亲，但她的耐心与付出，她的伟大，同样值得我们铭记与歌颂。

文学青年的青春史诗
——读王若虚的《夏娃看言情时亚当在干什么》

王若虚新出版的短篇小说集《夏娃看言情时亚当在干什么》，共收集八篇发表在《萌芽》、“ONE · 一个”等刊物或平台上的短篇小说，写作主题集中在“将视角对准80和90年代出生的写作群体，他们所面对的时代变化，机遇与挑战，史诗与悲歌”。自然，谈起“80后”“90后”的写作者，大多数人第一时间想起的会是二十世纪末与二十一世纪初顿成潮流的新概念作文大赛。

在“新思维、新表达、真体验”的激励下，一群极富表达天赋的青年写作者，迅速聚拢在一起，激情洋溢地追寻着文学理想。有些人脱颖而出，成为文化市场的宠儿，霎时间光芒万丈；有些人兜兜转转，最终头破血流，黯然离场。有人沦为枪手，干着廉价写作的营生。一幅青年作者生存图景与人物的众生相，在王若虚略带调侃与感伤的笔触下徐徐展开。

在八篇小说里，我最为喜爱的是《床笫之美》。它具备一篇出色的短篇小说所应有的素质，叙述凝练、克制，富有力量感的细节、强烈的情感张力，以及意蕴丰富的指向。王若虚在此篇小说里，创造了一对文化审美截然对立的父子。王谢是一名高度商业化的作家，所写的小说属于言情类。父亲王国松则是一名出版社的资深编辑，所编辑的图书，是“他们那儿连厕所都是用《辞海》代替砖头垒起来的”。王谢自青春期时起，写作便在父亲苛刻的审核之下。一个极富象征意味的细节，是父亲撕掉王谢“床戏”处女作的场面：“他先撕下一整页，拿在手里，从窄的方向再一根根撕下刀削面粗细的小条，等手里积满一摞，拦腰一截为俩，放在茶几上，再去撕下一页。”于王谢而言，此是残忍的刑罚。

父亲自然是某种传统或文化的象征，一个文学理想主义的存在。然而在图书商业化浪潮之下，显得尤为尴尬，因为“经手过的书多种多样，唯一的共同点是销量不高”。王谢对父亲的执拗的反抗，彰显着二十世纪八十年代以来的文学理想主义的消逝。在王谢的小说里，作者的自我与表达已经不再重要，市场需要的是畅销的、标准化的商品。往故事情节里加一段“床戏”，正是根据图书市场需求而做的调整。

写作究竟是为何？这是每个作者都将面临且必须回答的问题，因为这将决定着写作的方向与成就。乔治·奥威尔在《我为何写作》一文中，曾论及写作之目的，其一为纯粹的个人主义，其二为美学热情，其三为历史冲动，其四为政治目的。乔治·奥威尔的总结尽管失之偏颇，但亦传达出写作本身的伟大与崇高。王谢的写作，无论如何都称不上崇高与伟大。因此，尽管王谢写过十数本书，销量不菲，在父亲面前仍会感到不安与胆怯。随着图书市场的变化，“纸质出版行业是一天不如一天，甚至殃及了稳赚不赔的言情界”。王谢举步维艰，资深编辑王国松审校的图书变成了所谓名家的新小说，成为“职业生涯中的莫大耻辱”。同为天涯沦落人，父亲终于承认了王谢的写作；王谢亦为父亲的坚守所触动，“脊柱却是笔直的”。“那山上的诸神，已经移驾别处”，一个时代落幕了。

具有寓言色彩的短篇《没有书的图书感》，亦是我所钟爱的。它残酷地揭示某些不言而喻的事实，即并非所有的文字，都会彰显其社会、文学价值。文学青年鹿原在贫困之余，进入一家特别的图书馆当管理员。图书馆拥有者是一名老者，他收集的稿件是“被退稿的、不能发表的、人家送的，反正都是些没人要的东西”，都是一文不值的作品。

因此，从这个角度来说，与其说是图书馆，不如说是一部书稿的坟墓。所埋葬的是全国各地文学爱好者的理想。鹿原之所以接受管理员的工作，是因为“包住宿，环境挺安静，你也可以写写东西”。太多文学青年对写作的理解，是基于酒、咖啡馆及安静的环境所营造的文艺氛围，似乎只要到了合适的环境里，就可“写写东西”。显然，文艺青年鹿原的写作计划并未成功，反而陷入挫败与焦虑的情绪之中。写作仿佛离自己越来越远，最终鹿原离开图书馆，投奔朋友的公司。

与写作相比，一个更为严峻的现实迫在鹿原眼前，那就是生活，“老板又特别抠门，工资很低，只能让鹿原勉强糊口”。老先生离世后，鹿原接收了这批“没有价值”的废稿。“这座没有书的图书馆没有被摧毁，也没有消失，它只是换了个地方，就和鹿原一样。鹿原换了那么多地方，他并没有被摧毁。”数风流人物，俱往矣。在文字帝国里，王谢、鹿原、商隐、糜晓、燃泽等人激扬文字的青春，俱往矣。

一代人的文学神话与青春浪漫史诗，走向了终结。新时代迫在眉睫。没有哪个时代，会像今天一样，拥有如此丰富与便捷的媒介。写作者的机遇，亦远超前人，“少年作家出书、青春文学兴起、电子杂志、MOOK 主题书、同人写作、图片小说、博客连载、火星文体、140字短小说、网络文学、粉丝电影、IP热、新媒体写作”，每一种写作都意味着千万财富。

尤其是自媒体写作，在过去五六年里，微信公众号的兴起，让一批拥有敏锐市场感与热点感的作者，收割百万乃至千万的粉丝，进而实现财富自由。与王谢们相比，他们的文字商业化更为彻底，个性消融在廉价的情绪中，以收割流量。王谢们的写作，反而是传统与古旧了。

可他们的文字能称得上文学吗？

追寻青春与历史的记忆

——读蔡骏的《无尽之夏》

记忆是蔡骏近年来颇为痴迷的主题。

自短篇小说集《最漫长的那一夜》起，至科幻小说《宛如昨日》，再至最新的悬疑小说《无尽之夏》，蔡骏所写的故事与人物虽各有不同，内核却是始终如一的记忆。大至国家民族大事，小至个人幽微心事，凡是时间长河流淌而过的地方，皆是记忆所在。因而，蔡骏在创作谈直言不讳地指出，“1997年，对香港人来说是一种复杂怀旧的记忆，对包括上海在内的中国大陆的孩子们，则是向前大踏步跨越的记忆”，大记忆与小记忆、国家历史与青春往事如两股奔腾不息的支流，最终交通融汇，冲向了“崇明岛东部海岸线”。

是的，只有在记忆里时间才会停滞，夏天才会没有尽头。在多数人的记忆里，青春的记忆都与夏天相关。班主任兼语文老师失踪后，所谓的“敲头案”又喧嚣尘上。一时之间，聂倩失踪案迷雾重重。少年蔡骏通过梦的指引以及“抽丝剥茧”的分析，坚信聂倩被罪犯劫持到崇明岛，生命危在旦夕。于是，蔡骏、俞超、白雪、田小麦、阿健等六位少年聚集在一起，骑自行车、搭渡船前往崇明岛，展开了一场惊心动魄的拯救行动。

失踪者名为聂倩，与徐克版《倩女幽魂》中的聂小倩只一字之差。“她的姿色，自然不能与王祖贤相提并论，但某些时候某种角度竟也神似。”二十世纪九十年代，正是香港电影最后的辉煌，影响力遍布整个东南亚。借助着《倩女幽魂》电影的热播，王祖贤成为无数少年的梦中情人。正如韩剧《请回答1988》开篇播放的电影是《英雄本色》，旁白提及的偶像是王祖贤、张国荣一样，作为流行文化的香港电影是那个时代最为鲜明的标识与符号。因而，聂倩不只是一个具体的人物，还是一个抽象的符号。她跟戴安娜王妃、《沉默的羔羊》、施瓦辛格的电影、张国荣的歌曲、日本电视剧一样，是蔡骏“追忆似水年华”的一把钥匙。

从繁华的市区到岛屿崇明，这是《无尽之夏》的空间逻辑。从苏州河到崇明岛，三四个小时即可到达，路程算不上遥远。然而，在历史意义与文化心理上，崇明岛却是一个独特的存在，“就是一个乡村的中国”。一边是繁华的上海市区，一边是古老的乡土中国，这种新与旧、城市与乡村的二元结构，正是蔡骏在长篇小说《谋杀似水年华》所采用的故事架构。在《谋杀似水年华》中的主要人物田跃进、田小麦，再次活跃在《无尽之夏》中，亦证明了两部小说在精神内核上的紧密的联系。

事实上，崇明岛远不止是“乡村的中国”那么简单，还有着更为深沉的历史意味。崇明农场曾是上海十万知青下乡所在地，整整一代人曾在那片土地上挥洒汗水与青春。对于许多上海人而言，崇明岛“既是处女地，也是流放地”。因此，六个少年的追凶之旅，蔡骏所要追寻的不只是自我的青春，还有父辈的历史。可以说，这是一趟发现崇明的历史，一段探寻父辈复杂、幽微甚至是疼痛青春的过程。

于是，在《无尽之夏》里，鲸鱼便成为一个重要的意象，成了现实与虚构、历史与现在的桥梁。“崇明岛在地图上的形状，像是一尾长条状的大白鲸。冲向大海的东岸像鲸头，深入长江的像鲸尾”，“因为长条的形状，既像一条吐丝的蚕宝宝”。另外一则与鲸鱼有关的故事，则是出自小说家的虚构，一头鲸鱼于1977年搁浅在崇明岛东海岸围垦滩。当时参与围垦填海的知青们，曾一起屠杀鲸鱼，并在鲸鱼肚子里发现了一台虽然生锈但功能完好的转筒洗衣机。显然，这是一个极具象征意味的细节——至少意味着父辈们告别沉重的历史枷锁，“幸好有1990年浦东的开天辟地”（《创作谈：无尽的夏天、青春与上海》），走向了新时代。

然而，尽管发展迅速的时代革新了一切，并带来便利与繁荣的现代性生活，还是有人成为历史与时代的牺牲者。这批人，可能不只是一两个，而是一个庞大的群体，是一群“沉默的受害者”。在《无尽之夏》里，两个嫌犯有着共同的经历与记忆，他们曾是围垦填海的一分子，也是众多屠鲸者中的一员。历史往往就如此吊诡，凝视深渊者，本身亦是深渊。

若从蔡骏的写作体系来说，《无尽之夏》隶属于他的“最漫长的那一夜”系列。小说中的俞超、白雪等人曾出现在《男孩与兵人》《黄浦江白雪公主那一夜》里；蔡骏将自我成长记忆、历史与父辈青春融合在一起，则在《老闺蜜的秘密一夜》《白茅岭之狼一夜》等篇目里做过尝试。蔡骏深情地回望自己的青春与成长岁月，款款地向我们展开一幅错综复杂的历史画卷。

两座山峰，一种现实
——读孙颙《缥缈的峰》

好的小说家，不单单要有高超的技艺，更要有一颗勇敢的心。有时候，后者比前者显得更加重要。技艺属于“身外之物”，可以经过后天习得。而后者，属于个人秉性，显得尤为稀缺。人生活于世，所要遭遇的事情何其多，所要面临的困境何其多。贝索斯言，聪明是一种天赋，善良是一种选择！“选择”一词极妙，赋予行动强大的力量。善良是种底线，王小波在《沉默的大多数》中论及，沉默是保持人性的一种方法。所以，面对茫茫历史，善良是在坚守底线，而勇气则是主动出击，是反思历史。历史有何用？前事不忘后事之师。孙颙在长篇小说《缥缈的峰》中，正试图弥合现代史里的巨大裂缝。

加拿大的圣伊莱亚斯山脉与中国的青藏高原，两者遥遥相望，中间隔着浩渺的太平洋。在小说叙事中，生活于加拿大的成方是一条线，生活在上海的崔丹妮是一条线。两人本是夫妻，两人之间相隔的是太平洋，更是沉重的历史。夫妻两人本是军人，成方出生于小知识分子之家，而崔丹妮家世显赫。两人的结合是男才女貌，婚后却摩擦不断。成方的出逃有崔丹妮给予他的压力，但崔海洋借他行枉法之举则是压垮他的最后一根稻草。成方在泰国当古董店小二时，认识了后来的生活伴侣沙丽。沙丽是加拿大华裔，身上背着沉重的历史，祖父作为清末的外交官，心怀故国。成方离开后，崔丹妮执意生下她与成方的孩子——吴语。这是一个沉默寡言的孩子，童年时承受了许多的伤害。随着生活的变迁，崔丹妮的性格也为之一变，从骄横的大小姐变成一心向佛的市民。圣伊莱亚斯和青藏高原，其指向当然不局限于自然界。它们是巨大的隐喻，在成方那里，青藏高原是不可断绝的乡愁，而在崔丹妮那边圣伊莱亚斯便是沉重的历史。两座山峰的指向，其实是一致的。在小说里，孙颙生怕读者误解这巨大的意象，多处把山峰与理想主义联系在一起。在小说开篇，映入人眼的是“千山鸟飞绝”的万里雪野，这是远离尘世纷争的世外桃源，也是孤冷之地。在这样的地方，遥想着故国风景，乡愁之深可想而知。若说我们在成方的身上看到的是历史的哀愁，那么在崔丹妮身上所显现的则是现实的残酷。她的改变肇始于成方的逃遁，执意生下无语之后，体会了一番世态炎凉——哥哥崔海洋勾结小流氓，使她受尽了侮辱。更为重要的是，我们可以通过崔丹妮的眼睛去看上海这座城市，或者说中国这块土地的沧桑巨变：市场从有到无，是一个野蛮生长的过程，崔海洋的咄咄逼人，赖一仁的坚守，余小庆的贪萎与脆弱，皆生长于此。人性的荣光和不堪，交汇在一起。事实上，不管是成方，还是崔丹妮，无论是追溯过去，还是面向未来，急需面对的，还是当下赤裸裸的现实。成方重新踏上故土，崔丹妮试图在佛祖那里寻找到答案，都是为了回答最迫切的现实问题。

在我看来，《缥缈的峰》是一部探讨历史的问题的小说。成方是加拿大的圣伊莱亚斯山脉，崔丹妮便是青藏高原，两条线辐射出来，各自开出厚重而繁杂多样的篇章，尔后又两川归流——洪荒历史，弥合在一起。这是孙颙技巧娴熟之处。在小说中，无论是沙丽、成方还是崔家兄妹、赖一为，都背负着沉重的历史。成方、崔家姐妹、赖一仁都经历过“文革”，他们的态度，亦可算是对待历史的几种典型态度：成方是“敬而远之”，逃离出去，崔丹妮深觉自己带有原罪，崔海洋则不同，作为加害者，却无反思的意识，赖一仁是作为受害者的形象出现的。而远在加拿大的沙丽则跟他们不一样，她身背的历史更久远，可以说是家族的原罪了，变成了一个心结。成方漂泊在外多年，终于敢于面对；崔丹妮愧疚多年，终于向当年的受害者赖一为道歉。而崔海洋——我们不能说他毫无愧疚之心，但就他的表现而言，充分展现出一个人是如何用恶行通向成功，然后又如何覆灭的。成长于新时代的吴语，是一个人物，也是一个象征。吴语，即是无语，是崔丹妮一怒之下所取的名字，是对娘家和成方的愤怒，也象征着她那一代人对历史的沉默。

人生于世，行走于大地，往后看是历史，往前走是未来。现代史厚重又敏感，书写它着实不是一件容易的事情，需要技巧，更需要勇气。近段时间读《城与人》一书，看到陈小鲁等当年的红卫兵为自己在“文革”时的所作所为向老师们道歉，不由感慨万千，几欲落泪。这是个体对历史的反思，也是对后人的一个交代。一个国家要往前走，必然要厘清历史的问题。

不过，小说终究是和历史截然不同的文体。小说的世界或许没有历史的深刻、纵深，但是它更为广阔、多样。所以，在《缥缈的峰》里，孙颙对于历史的关注和思考只是山峰的一个侧面。我们说起一部小说的好坏，有个基本的判断原则，便是这个小说所呈现的世界是否是复杂的，它的指向是否多元的，它的人物是否饱满的，孙颙的《缥缈的峰》满足这样的要求。他对历史的思考，对市场的关注，对现实的捕捉，都体现了相当的水准。若论小说还有什么不足之处，便是崔海洋和刘总经理的形象，其实可以处理得更为丰满、立体，两者的关系也可以更加精妙，而不是像小说中给人以夸大的印象、如同肥皂剧一般的人物关系。

一座充满喧嚣与骚动的动物园
——读慢三的《尴尬时代》

最近几年，“丧文化”俨然成为一门互联网显学。一张“葛优躺”的照片，一句马男波杰克的“毒鸡汤”金句，一个舶来词汇“佛系青年”，目之所及，皆呈现出刷屏、狂欢的态势。“第一批90后已经……”的万能句式，被自媒体们任意组装、拼接出无数令人惊骇与恐慌的情绪。进而，焦虑成为一门人人争抢的流量生意。于是，一个荒谬与讽刺的场面便出现了，通过售卖“丧”情绪与标签，自媒体们是赚得锅满瓢满、大发其财。

在微博简介里，慢三给自己的定位是“‘致郁系’领军人物”。翻开他的短篇小说集《尴尬时代》，我们似乎走进一个“忧郁大观园”，上班不开心的职员、落魄的文学中年、焦虑的全职妈妈、深陷被迫害妄想症的咖啡店老板……可以说，慢三敏锐、精准地捕捉到底层到中产的焦虑与不安。在他的笔下，日常是无聊的，生活是荒诞的，人生被巨大的戏剧冲突所支配。人们既无诗意，又缺远方。迷茫而忙乱，好似茫茫荒野上的旅客，既不知在哪里停靠，亦不知走向何方。人们延宕在时代的夹缝里，拼命地做着布朗运动。

自卡夫卡石破天惊的《变形记》起，写作者把笔下的人物异化成动物，已经成为短篇小说创作中最为强劲的传统之一。显然，慢三的短篇写作应该归类于此。在《尴尬时代》将近一半的篇目中，人物被慢三处理成动物或与动物相关的意象。“我是一只鸵鸟”(《鸵鸟人生》)，“我不以为然地又看了眼那猴……那张脸，毛茸茸的脸，分明是小鹏”(《猴变》)，“一个年轻女人擅自下车，结果被老虎咬住了后颈，往监视器外拖”(《苏门答腊与虎》)，“妈妈们还建了一个微信群，取名叫‘袋鼠妈妈’”(《袋鼠妈妈》)……尽管每个人异化的原因各有不同，但我们不难看出慢三的某些倾向与焦虑。人类异化成动物，不妨理解成文明的退化。人性的美好与高贵，业已沦丧。似乎，我们走进一个充满喧嚣与骚动的动物园。

慢三笔下的人物，大多都是失落而疲惫的中青年。他们或从小地方走到大城市，或从事着不那么体面的工作。家庭、孩子、事业，每一样都像是一座大山，压在身上，每个人都负重行走。在《猴变》的一文里，慢三以深沉而略带戏谑的笔触给我们讲了一个家庭悲剧。矛盾重重的母子关系、婆媳之间的暗战、异变成猴子的儿子、过分溺爱“猴子”而变得神经质的妻子，所有的悲剧元素都压在丈夫身上，生活变得支离破碎，不堪忍受。丈夫为了妻子回归“正常”，决定铤而走险，毒死“猴子”。没有想到，最后却弄巧成拙，毒死了自己深爱的妻子。“我弄丢了自己的儿子，我离开了自己的母亲，我毒死了自己的妻子。我犯下的罪三生三世也偿不完”，当丈夫要杀“猴”泄愤时，“猴子”却突然叫他“爸爸”。生活不可避免地走向崩溃。

是的，在慢三的小说里，生活很容易崩溃，或总是处于崩溃的边缘。《外遇》一文中，两个青年时期的好友，面临着外遇对象极有可能是同一个人的尴尬。在《苏州谍影》中，慢三则表现出对现代生活的极度不信任。青年毛飞年轻时曾以贩卖个人信息为生，故而产生了严重的被迫害妄想症与疑心病，最终妻离子散。小说的结尾极为讽刺，毛飞与身在韩国的房东见面，赫然发现他是一个中国人，并无从事间谍活动的可能。然而，毛飞并没有从疑心病里脱解出来，因为他遇到了一个日本人，“他开始怪叫着，没命似地跑了起来”。日常生活里的“谍影”仍然存在。毛飞所面临的困境，与其说是时代的通病，不如说是时代的恶意。互联网技术快速发展，固然方便了生活与提高了效率，但同时我们亦无法保护自己的隐私。每个人都将成为数据与信息，被互联网企业贪得无厌地索求与贩卖。我们日常生活的行为，成为“大数据”的一部分，进而成为生意。可我们能拒绝吗？答案是否定的。也许，这就是这个时代最大的尴尬。

反讽是理解慢三小说的关键。他用戏谑的笔触，向我们呈现现代日常生活中的种种困境。《巨蟹男》是我极为喜欢的一则短篇，曾是文艺青年的企业家，惨遭劫匪绑架。岂料，绑匪亦曾是一位文艺青年。于是，两位同好聊起文学、诗歌与星座。无疑，这是一出具有强烈讽刺意味的黑色喜剧。“我们那代人几乎全跟文学较过劲儿”，企业家也好，劫匪也罢，作为理想而存在的文学，早就消散在风中。在小说的结尾，劫匪同伙伴们“将我的尸体大卸八块”。这个极具象征意义的场面，似乎向我们宣告着文学中的崇高与诗意的消逝。

在自序里，慢三非常坦诚地透露自己参与过商业喜剧剧本的创作。尽管剧本最终没有投拍，但“这次写作无疑刺激了我”。他完成了自己小说观念的革新，剧本创作“讲究有规律的格式、有效率的方法以及某些不容含糊的准确性，它要求我变得职业一点，放弃了那些随意的、小聪明的、自以为洒脱的写作陋习”。进而，“故事虽然通俗，也有不可比拟的价值”。话虽如此，却让我感到隐隐的不安。我倒不是轻视或漠视故事的价值，而是小说一旦有了“某些不容含糊的准确性”，必然会丧失模糊性与可能性。因此，《尴尬时代》里的部分小说，情节过于规律、精巧和准确，让人稍觉遗憾。它们所呈现的世界，本可更为广阔，力量本可更为充沛。

不管怎么说，我喜欢慢三的小说。它们快速而精准，戏谑而荒诞，具有新媒体时代写作应有的特色。他所呈现的困惑，是每个人无法回避的困境；所提出的问题，每个人（尤其是写作者）都应当去深思，进而找到属于自己的答案。

辑三　文学的瞬间

作为生活方式的文学
——读木叶《那些无法赞美的》

翻开木叶的新书《那些无法赞美的》，我不禁愕然。因为越读下去，越觉得难以归类。它的体裁是如此丰富而多样，入选的文字有诗歌、书信、随想、批评、序、对谈等。算上附录(《阿乙×木叶：自由即爱与被爱、创造与被创造》)，创作时间竟然横跨三十余年。最早一篇书信，写作于1995年，附录则完成于2019年。除了附录之外，其他文章则创作于1995—2008年之间，时间的跨度亦长达十三年。这段时间，正是木叶风华正茂的青年时代。无怪乎，木叶在后记中感慨："这似乎更像是我第一本书"。

显然，木叶是有意对抗市场的逻辑。他不想被某个身份桎梏，如诗人、评论家、记者。因此，新书所呈现的面目，并非木叶的某个侧面，而是一个整体，而是他与文学相处的过程。在木叶的笔下，文学远不止是自己所从事的职业，俨然成了一种生活方式：在岁月的长河里，文字是如何渗透到木叶的血液中、生活中，又是如何构建他的精神世界。通过这些文字，我们可以读到多面而整体的木叶。他是真诚的诗人、敏锐的批评家、不畏艰险的记者、满怀理想的学子、远离家乡的游子，等等。概括地说，呈现给我们的并非某个标签化、抽象的木叶，而是一个完整的、健全的、具体的人。

这里所说的“完整的、健全的”人，并非生物意义上的，而是心智上的。生物学意义的“人”，自婴儿呱呱坠地那一刻起，便主动获得。成为心智上的“完整的、健全的”人，则需要通过艰辛的“吾将上下而求索”的历程。人们常说“三十而立”，其实“而立”不只是指成立事业，也暗含确认自我、确认品性与趣味，乃至确认自己的朋友之意。只有确认了后者，我们才能说“立”。大多数人在二十多岁时，都富有激情、干劲十足，可也是价值观最为混乱且摇摆不定的阶段。是向左还是向右，全都在一念之间。因此，木叶将自己青年时代的文字，编辑成书，除了擦拭记忆深处的灰尘，追忆似水流年之外，应该也有重新观照“吾将上下而求索”的历程之意吧？

在《斯通纳》中，农学院学子斯通纳爱上文学，是因为不经意间旁听了文学院教授的课。在那一刻，文学像一道光，照进了斯通纳的生命。木叶能走上文学之路，其兄长的影响至深。“他特别喜欢以港台歌曲的调子即兴填词唱出来……而在于那种懵懂的创作，懵懂的音律之美。”（《阿乙 × 木叶 ：自由即爱与被爱、创造与被创造》）可以说，其兄给予木叶最初的诗歌审美启蒙。

影响并不局限于启蒙。除了亲情之外，文学也是木叶与兄长沟通的桥梁。《致》是木叶写给兄长的家书，成文时间在1995年。彼时的木叶，远离故乡北京，在上海求学，遭遇到“在学校与家中，我判若两人”的境况，思乡之绪生焉。木叶倾诉之余，亦为其兄“增补”诗句。可见，诗文切磋是兄弟两人的日常生活中的常态。

似乎每个写作者都会有这么一个阶段，每写一篇文章，都急不可耐地发给亲朋好友。《一篇未定稿：关于柏桦，或夏天与汉风》便是最好的证明。此文能够重新“面世”，则有赖于朋友的存稿。这篇写于2006年4月的稿件，因木叶生活的变故，未完成即“遗失”。“2021年底，胡腾兄发来十几篇他所存我的文字，内有此稿。”可以想象，木叶与朋友当时的交流有多频繁与热烈。一段尘封的记忆，慢慢地被重新擦亮与唤醒。这是属于年轻人的友情，纯粹、古典、烂漫，真诚地交换着彼此的文字与见解。

年轻的木叶笃信着文字的力量，笃信文字能创造更加美好的未来。他奔走在文友之间，不知疲倦。他写文作诗，与朋友一起自办刊物。与正规的杂志相比，自办刊物能给木叶带来多少现实的利益？仅有的收获，或许只是能在小范围里发表自己的作品。而这，就足矣。由性情相近之人组成的文学共同体，在为文学挥洒着热情与才情。

《命运》《天平上多余的一克》便是它的产物。前者是校园刊物《命运》的序言，后者则是自办刊物《空间》的序言。两篇都是具有宣言色彩的文章，带着强烈的冲击力。尤其是《命运》，学生时代的木叶宣称 :“以艺术为主体力量，并特别注重艺术理论的建设，希望最为广阔地融合自然科学、社会科学和社会生活，成为一个艺术的论坛，生活的论坛。”要达成此目标，则要摆脱“臭架子、小趣味、门户之见和不彻底性”，则要真诚，“来真诚，去也真诚，自我批评也要真诚；沉默要真诚，笑骂也要真诚；说话真诚，行动也真诚”，则要“深入浅出”，则要“不拘一格，大胆创新，力求坚实”，则要“健康”。学生时代的理想与追求，大多数人在走入社会后，会渐渐淡忘，乃至彻底遗忘。原因无它，实则是为柴米油盐所迫也。

木叶没有忘却学生时代的追求。应该说，他始终在身体力行地践行着“命运”的宣言。因此，在汶川地震时，我们看见他不畏艰险前往现场。进行诗歌创作时，则极力从古典诗歌中汲取营养，力求做到“不拘一格，大胆创新”。写作评论时，对作家、作品则真诚以待——不作廉价的赞美，亦不作恶意的批评，更不吝于赞美。此点，在木叶对柏桦的评论中，体现得尤为明显。木叶赞赏柏桦为现代诗注入古典语言与意象的努力，亦反对过于拔高或神化诗人。

最后，要讨论一下“健康”。《命运》所指的“健康”，可以简单地理解成“健康的生活，健康的创作”。这些似乎不难，实则不然。必须承认一点的是，作为个体，面对历史与时代潮流时，往往无法保持清醒与自我。甚至，我们会努力加入其中，成为潮流中的一员。

具体到写作方面，便是作者为了利益最大化，努力迎合与附和潮流。比如，许多作者在创作时，热衷于呈现恶、描绘丑陋，似乎觉得越丑恶，便越能体现人性的幽暗。从丑恶的角度去批判人性与社会，会让人产生“深刻”“真诚”“勇敢”的错觉。然而，没有悲悯心的批判，只是尖酸的刻薄；没有善的底色，恶只会沦为病态的展示。“普通人生活在不满与渴望之中，这种不满与渴望是机械的，不断重复的，诗人也不过袒露自身，抨击社会，无力将美好挽留，更无力将美好实现。作为整体的民族和人类反抗并复制痛苦，没能真正认清‘幸福’，更无战胜‘幸福’。”这是木叶在《诗人与诗歌》中所说的话。

日常生活由许多细小、琐碎的事物构成。鸡毛蒜皮有之，狗血恶俗有之，重复无聊有之。困囿于日常生活的我们，常常会生长出不满与厌恶之心，生出逃离的欲望。进而，对日常生活怀有巨大的敌意。其实，日常虽有琐碎无聊的一面，但亦有壮阔伟大的一面。我们也不可能永远处于飞扬的状态，总会遭遇到沉默与糟糕的时刻。

问题的关键在于，我们如何去面对这些时刻。或者，我们干脆用红布遮住双眼，假装苦难与糟糕并不存在。“万物赤裸，一些繁琐的事物锻造着生活／锻造。将锋利刺入世界。锋利。

死／也是一种妥协，我点燃一支烟，重新思考”，这是序诗中的一句。原诗写于2009年，木叶于2023年5月做了修订。他增补了一些具有时代特性的词汇，如“核酸”“月供”等。生活与历史的重量，陡然压在身上。因此，健康的前提是承认与接纳这些时刻，并以强劲的心智超越之。文字的力量，亦不只止于记录。唯有如此，我们才能在生活中邂逅“那些无法赞美的东西赞美着的世界”。

文学、爱与日常的瞬间
——读李伟长《珀金斯的帽子》

一个年轻人。

一个眼神温和的年轻人，嘴角挂着自信的微笑。他的目光透过眼镜片，坚定地注视着镜头。细条纹衬衫很是熨帖，他坐在椅子上，右手似乎支撑在某件物件上面，或许是书桌，或许是餐桌；左手也许攥着手机，时刻注意着微信里跳跃的信息。

他总是很忙，忙于工作，忙于策划思南读书会活动，忙于接待来自各地的作家，忙于像珀金斯一样挖掘年轻人。有些年轻人，吸引他注意的，可能只是某个灵光乍现的句子，某段细节充沛的瞬间，某篇稚嫩却不乏闪光点的小说。这群年轻人喜欢文学，内心深处的火焰，却是微暗之火。他便像火工一样，添加草料，小心翼翼地呵护，火焰便渐渐旺盛。而这群年轻人，也因他的影响，走上文学这条“光荣的荆棘路”。

他的名字叫作李伟长。在新近出版的随笔集里《人世间多是辜负》的作者简介，他是这样介绍自己的：李伟长，1980年生，江西上饶人。思南读书会策划人之一，中国现代文学馆研究员。著有阅读随笔集《珀金斯的帽子》《年轻时遇见一些作家》。

原谅我拙劣地模仿李伟长随笔《珀金斯的帽子》的开篇。之所以如此，自然是《珀金斯的帽子》乃是一把钥匙，是理解李伟长的关键。

一

将李伟长视为评论家，自然是对的，但未免让人略感狭隘。正如他简介所揭示的，他至今所做的工作，基本上是与文学密切相关的。作为人类的精神食粮，文学当然是神圣的、庄严的，但文学不是无根之木，它需要新的源泉、新的力量，需要新作者的创作与书写。众所周知，挖掘与培养新作者，是一件无比艰巨的工作。它意味着一个人需要敏锐的洞察力，能在芸芸众多文学爱好者中，找到真正的璞玉；意味着需要恒久的耐心与坚韧的信心，能给写作者持之以恒的支持与信任；意味着拥有强劲的克制力，不独断地向作者推销自己的审美，能平和地处理自我和写作者之间的关系。不然，编辑与作者之间就会出现利什与卡佛的矛盾。诚然，利什大刀阔斧地删减，将卡佛推上“极简主义”大师的位置，但终究这些极简小说，并非卡佛的审美与风格；意味着拥有崇高的自我牺牲与奉献的精神，愿意隐身幕后，全心全意地为作者搭建舞台。

尽管李伟长并非一名职业编辑，但他在相当长的一段时间里，从事着类似珀金斯的工作。珀金斯在数以万计的来稿之中，敏锐地捕捉到菲茨杰拉德、海明威、托马斯·沃尔夫等青年作者的天才，并尽心尽力地为之付出与服务。珀金斯发现菲茨杰拉德、海明威、沃尔夫等人，这群天才已经完成了最初的文学锻炼，已经脱离了抽屉文学阶段，开始或已经形成独特的自我与风格。

许多人把作家的成长，完全归因于作家的天分与勤勉，而有意无意地忽视编辑的作用。编辑所做的工作，远不止是纠正作家的别字、校对文本，还“能透过一部书的缺点，看到它的不凡之处，哪怕缺点多么令人失望；任凭遇到多少挫折，也会不屈不挠地坚持工作，挖掘这本书和这个作家的潜力”。好编辑与坏编辑的区分，亦在于此：好编辑能穿越凌乱、稚嫩的文字，发现与挖掘作者的闪光点；而坏编辑则肆意滥用编辑那微不足道的权力，或以折磨与侮辱新人作者为乐，或以编辑之权谋私。

与珀金斯不同的是，李伟长所面临的写作对象更为年轻或“稚嫩”：他们是高中生，年纪大一点的亦最多是大学新生。他们喜爱文字，保持着良好的阅读习惯，但未必挚爱文学，对写作有着疯狂的执念与野心。换言之，李伟长所做的工作比珀金斯所做的工作更为基础：挖掘一群写作爱好者，并助力他们成为为拥有写作意识与自我风格的作者。

与海明威、菲茨杰拉德等相比，这些并未形成独特的自我与审美的年轻人，可能更为脆弱与敏感。你不知道那句话或哪个意见会冒犯到他们，会损害他们的自信心，会打击到他们的创作热情。有位青年作家曾动情地回忆起李伟长十年前指导他写小说的情形：当时他是位高中生，热爱科幻文学，因缘巧合之下创作了一篇万字左右的科幻小说，然后网上投稿给李伟长主导的“文学百校行”计划中。

这篇万字长文，自然不是完美的，它充满了年轻人所固有的毛病，稚嫩、任性与自负。然而，李伟长敏锐地捕捉到作者笔触之下与众不同的人文关怀，并坚信这位年轻的朋友将来在文学道路上大有可为。于是，他便在一个周五的傍晚，致电这位年轻的朋友，与之讨论修改、完善小说，通话一直持续到凌晨三点钟。这一幕，永远停驻在朋友心中，并像灯塔一样，指引着朋友的写作。新近文坛崭露头角的一批青年作家，如三三、王苏辛、徐小雅等，都或多或少得到了李伟长的帮助。这批年轻的小说家，将会携带文学理想与信念，朝着文学殿堂奋进。

珀金斯的伟大之处，不在于他发现了多少天才，而是在于他主动选择“默默无闻”，在于他不求回报的奉献与牺牲。热爱编辑行业，并视之为最高生活准则。因此，从这个角度来看，我们就不难理解李伟长为何如此推崇珀金斯，并视之为编辑的典范。李伟长有过珀金斯式的追求，“默默无闻的工作”，挖掘与培养文学新力量。但正如他在文章中所揭示的，珀金斯已经是过去式，我们唯一可以相信的，是总结与学习珀金斯识别文学天才的目光，是信任与鼓励写作者们的个人经验的表达。

二

一个无法回避的问题：作家真的可以培养吗？

至少大多数人乐于相信“作家是可以培养的”的答案。君不见，现如今创意写作班已成为各大高校中文系的标配，写作更是成为自媒体时代的“显学”（比如，“学会写作月薪飙升两万”类的课程风行各大知识付费平台）。从这方面来讲，作家确实可以培养。至少创意写作班的课程，能让一个文学爱好者，成为一个有能力在刊物发表，甚至出版小说的作者。不过，对此我持有审慎的怀疑态度。原因无他，遣词造句、叙述技巧、人物塑造，甚至是情节设计，都可以经过科班的训练来习得，唯有天才的自我，唯有作家那张独特的面孔，无法经由他人之手塑造。

多年前，我曾阅读过一套短经典系列的小说集，其中所收录的作家，大多有创意写作班的背景，如克莱尔·吉根。这套小说初读之下，惊喜异常，令人战栗，可读得多了，便渐渐察觉出问题来：这些小说的情节设定、结尾留白、情节逆转，甚至是“少用形容词多用动词”规训，几乎保持着惊人的一致。显而易见，这些小说们都烙上了创意写作班的钢印。进而，作家的面孔便变得模糊不清。所以，一个有野心的作者，不应满足发表与出版。他的文字，应该拥有“一张表情独特的面孔”，应该是不可复制的。

一个尴尬的事实却是：现在是个普遍焦虑的时代。不只是年轻的作者焦虑，文学刊物亦充满焦虑。正如李伟长在《抽屉时间与缓慢时间》中所指出的：“人们对年轻人的出现有着难以言状的焦虑，以至于担心没找出足够多的年轻人，文学事业就要垮台一样。一边是焦虑，一边是期待，人在两边摇晃。”

在李伟长看来，写作是一种天赋，是与生俱来的等待挖掘的能力。进而，“好小说家不是培养出来的……小说家是自己成全自己的”。一个小说家的自我成长，远比从课堂上习得叙述技巧、创作观念更为重要。他必须确认自己的才华与天赋所在，必须“耐心等待，耐心地识别自我的缺陷，耐心地自我提高，耐心地享受沉浸写作本身的美妙”，进而找到自己的叙事对象与方式。因为，“文学观的形成不是谈论中完成的，而是持续不断写作练习中获得的”。（《沈从文：把自己的生命押上去，赌一注》）

强调练习，强调耐心，强调抽屉文学时期，这种略显古典的写作方式，似乎已经不符合所谓的“时代精神”了。生活在今天的写作者根本就不缺乏发表的机会。即使刊物不能发表，亦能张贴于网络平台上，“这让抽屉时期于黯然中消失不见，无人问津的压力和紧迫，也就没有机缘和时间转化成对自我更严格的要求，耐心已经不再需要了”。

失去耐心，缺乏足够的练习，结果自然是不言而喻的。多年前，“80后”经由新概念作文大赛横空出世，而现在的文学刊物迫切希望“90后”们刮起一阵旋风。可我们回过头去重新审视“80后”们的写作时，却无奈地发现大多数“80后”作家只能书写青春，即使是面对着宏大的历史时，亦只能发出青春的、感伤的、轻盈的叹息。

三

李伟长是浪漫之人。

这从他对“爱的骑士”的定义便可看出：“如果爱一个人，不求回报，无私奉献，也不幻想有爱的回应，完整地把自己交付出去，历经漫长的等待和无尽的内心折磨，这样的爱就是一种信仰，这样去爱的人，可称之为爱的骑士。”这句浪漫至极、令人动容的句子，出自他的《理解一个爱的骑士》，文章则收集于他的随笔集《人世间多是辜负》。

事实上，只要我们细细将句子品读一番，便能发现“爱的骑士”其实是另外一个珀金斯。他对编辑事业的热爱，不正是像爱的骑士一样吗？唯一的不同，爱的骑士所热爱的不是事业，而是某段情感、某个人物，甚至是某个短暂而又永恒的瞬间。

谁是最典型的爱的骑士呢？杜拉斯笔下的中国情人，爱她的苍老胜过爱她的年轻；温特森笔下的引诱已婚妇女私奔的女主；胡塞尼笔下爱上自己仆人纳比的瓦赫达提先生，尽管瓦赫达提非常清楚知道纳比并非同性恋，自己的爱注定得不到回应，他亦完全接纳并完全这份不可能的爱；是东野圭吾《嫌疑人X的献身》中的数学天才石神，已经失去生趣、决定自裁的石神，因偶然一瞥，看见了靖子母女以及她们那对流动的明眸，忽然重新焕发新生，重新“唤醒对日常生活的热情”。尔后，石神便设计缜密无比的诡计，千方百计地为犯下杀人罪行的靖子脱罪，甚至为此打算献出自己的生命。换言之，于石神而言，靖子母女是人生的信仰，他必须为此献祭。

爱是爆发的能量，只需一个瞬间即可完成。否则，世界上就不可能有“一见钟情”的现象。所有的爱发生，都需要解决的问题，便是相遇。只有两个人相遇了，爱才能发生。爱不可能孤立存在，即使爱上的是虚拟的形象，其发生基础也是一个人遇上了令他心动的虚拟形象。当他内心拥有一个他者，便是相遇。单方面的相遇，亦是相遇。

无疑，爱的骑士的情感是浪漫的、崇高的、孤寂的，悲壮的。另一方面，爱的骑士从本质上来说，却是反日常、反现实的。我们日常生活里的爱，充满了算计与计算，算计着双方的情感，算计着爱人与他人的关系；计算着爱到底可以换算多少物质，计算着爱的回馈。好像只有如此，才能确认爱的存在。进而，计算与算计中又生长出各种龌龊的爱、仇恨的爱、相互伤害的爱、利益分明的爱，等等。也正是因为此，爱的骑士才焕发着耀眼的、令人内心激荡的光芒。

然而，爱最终要面临的问题，是如何维持与延续。当一份爱需要维持的时候，那么就意味着双方走进日常，需要共同面对的是柴米油盐。爱的骑士固然是浪漫的、光彩照人的英雄，但最终能维系我们生活的基础，却是那些算计与计算。在评论鲁敏小说《奔月》的时候，李伟长指出："英雄与日常，正如爱与日常一样，是近乎天敌的关系。英雄的高光，与日常的平凡；英雄的光鲜，与日常的黯然；英雄的激烈，与日常的平淡；英雄的说一不二，与日常的犹豫不决。英雄一旦与日常发生触碰，就会陷入其中。英雄根本上不属于日常生活的现实世界。"爱的骑士，可暂时让我们从算计与计算的日常中逃离出来。

四

最后，让我们来谈谈作为评论家的李伟长吧。

在所有的文学体裁里，文学评论所处的位置，颇为尴尬。究其原因，自然是很少有作者和读者意识到评论也是写作，是体现评论家意见与审美的独立文本，而不是附庸于某本小说或某个作家的存在。尤其是有些商业上取得过成功的畅销书作家，往往会傲慢地视评论家为鼓手，为其新书上市造势、宣传，等等。李伟长评论黄德海时指出："和创作一样，评论也是一种写作。文学评论和文学创作面对同样的世界和生活发言，批评家

甚至要比作家想得更多，考虑得更多。”（《一道浑厚的光》）

大概是五六年前，我刚刚开始学习创作文学评论时，但凡拿到新书，不拘好坏，先找出作者的缺陷，大肆批判一番，然后沉溺于批评的微小权力与乐趣之中。然而，借用托尔斯泰的句子，坏作品的缺陷都是相似的，好作品各有各的美。李伟长曾告诫我，批评的目的是发现与挖掘作品的价值。

这句话容易引起误解，似乎文学批评所写的皆是好话与吹捧话。事实并非如此，一个好的评论家在动笔之前，就已经经过筛选，就像W. H. 奥登所言：“对于批评家，唯一明智的做法，对他认定的低劣作品保持沉默，与此同时，热情地宣扬他所坚信的优秀作品，尤其当这些作品被公众忽视或低估的时候。”换言之，评论家之所以写某位作家、某部作品，必然是发现了作品中某些激动人心的品质，某个闪耀出灼眼光芒的瞬间。

筛选是一个很自我的过程，这就意味着评论家需具备卓越而又敏锐的洞察力，具备清晰而又令人服膺的判断力。他既不追随从大众，亦不盲从权威，而是从自我的角度，去发现、去挖掘、去解读作品。

在《契诃夫：平常人陷入不平常的境遇》一文中，李伟长通过对契诃夫的名篇《牵小狗的女人》解读，强劲而清晰地阐释了自己的文学观：“忠于某些事实，忠于某些情感，也忠于幽暗的自己，不满足于流行（因为流行就会有过时），去体验更为普遍的不会过时的人类情感，也许这就是我们需要的文学观，好像也可以算是人生观……”

看似非常感性的文学观，对作家所提的要求可一点也不低。首先，作家的写作需要诚恳，敢于面对自己的薄弱与不堪；其次，作家需要拥有强劲的自我，不会被流行所魅惑；一个明显的例子，在IP大热的时代，一部小说被改编成电影，拿到高额的版权费，往往会被视为成功。而一些小说作者，则“编织一个跌宕起伏的故事（情节编码）成为他们孜孜以求的事情，也是被训导许久的事情，甚至梦想着赶紧被那些没什么眼力见儿却又手握钞票的影视人相中，买走，变现，拉倒，才会被视为成功的小说家。无论是从艺术价值来说，还是从有效传播而言，被改编为影视剧，根本算不上衡量小说好坏的标准，甚至还可能是差小说的判决词”（《被误读的故事》）。最后，小说家必须有观察生活与世界的能力，必须有理解普遍人类情感与困境的能力。因此，“世上没有‘大’事情，只有大手笔。所有的主题都是严肃的，或者愚蠢的。没什么规则。我们无所羁绊。在普通人的日常生活中，潜伏着俯拾皆是的素材和经验，但要变成小说需要足够的耐心，足够的等待”。（《理解一个短篇小说》）

一个优秀的小说家，能抓住匆匆一瞥的瞬间，能在某个细节里，赋予人物生命，赋予日常与情感耀眼而伟大的价值。优秀的批评家何尝不是如此呢？他以最苛刻的标准考察每一位作家、每一部作品，经过漫长的筛选，在某个词汇中、某个细节里、某个瞬间里，书写与表达着最为真挚、犀利与敏锐的意见。

关于“虚构的非虚构”
——读鲁敏《金色河流》

一

《金色河流》是作家鲁敏的最新小说，出版于2022年3月。在这部厚达六百余页的小说里，鲁敏成功地塑造了民营企业家、前特稿记者、富二代、遗孤等人物形象，向我们呈现了中国改革开放以来的社会巨变，民营企业家充满罪与恶的财富秘史，父子之间、夫妻之间的紧张关系，财富故事后的人性流变。以及，鲁敏在小说之中熔铸了自己对写作本身的深入思索。

在《金色河流》第四章《一物静，万物生》第六部分，有个细节，颇耐人寻味。小说中的主要人物谢老师，曾是位充满激情与理想的记者，一支墨笔安天下。然而，这炽热的理想，终究被现实打败了。离开报社的谢老师，成为土老板穆有衡——人称有总——“军师”，做着企业危机公关、家庭事务等琐屑之事，与提笔安天下的记者不可同日而语了。

二十多年来，谢老师不忘初心，时刻搜集着有总的相关资料，想要创作有总的传记，披露土老板发家致富的黑暗史，以期报当年的“一箭之仇”。谢老师之所以离开记者的岗位，与有总当年用金钱的“封杀”有关。可面对着日益丰富的素材库，谢老师却发现自己无从下笔。他在与后辈伟正的讨论时，遭受了时代弄潮儿的指点：

“你不要搞非虚构了，去掉‘非’，你直接虚构，直接编故事。”

“回头我发几个比较成功的戏剧结构模板给你，都有大数据的，精确到播放流量的峰值峰谷，像导师您这水平，一瞅就明白了。”

在伟正的眼中，谢老师为写作所做的准备，几乎成了无用功。有总这位土老板的经历与隐秘，更不具备书写的价值。写作应该模板化、媚俗化，真诚非但不必要，而且还妨碍赚大钱。这是来自“伟正”的建议，自然会是“准确无疑”的，自然会是“经得起考验”的。谢老师的反应，“还真叫他有点动心”，并将“虚构的非虚构”作为“写作思路之四”。

令人莞尔的场景，还在后头：在为有总守灵的夜晚，王桑夫妻、保姆肖姨、河山等人纷纷在这部准备中的作品里追寻与安排自己的命运。尤其是肖姨，她关心“会写到我以前是最年轻的车间主任吗？估计你啊，只会写我下岗女工做钟点工对不对”。让人读到平凡人的尊严与骄傲，感动之余，又不免有点心酸。史书所记录的，皆是帝王将相的功绩，普通人往往会沦为沉默的大多数，湮没于辉煌或失败之中。

将人视为人，而非工具，想要认知这个常识，并不是一件容易的事。大多数的时候，我们无法对他人的遭遇感同身受，也没有足够的勇气去剖析自己。我们乐意分享自己的高光与荣耀，却怯于承认自己的脆弱与阴暗。尽管有“吾日三省吾身”的古训，但如果不借助工具或他者，我们根本无法省察自身，更不能实现认识自己以及确立自我。

将写作视为省察自我、确立自我的途径，是作家的写作动机之一。从《金色河流》中所表露的态度来看，鲁敏对此有所怀疑。谢老师数次转变写作思路，表面上是为了解决叙述技术问题，实质是呈现了当下文学现场泥沙俱下的现象。一篇虚构的故事，即可卖出百万，甚至是千万的版权。平台（小说平台、视频平台）借助大数据的优势，向编剧、小说家定制符合流行趋势的故事，以便牟取最大的利润。因此，真诚的关怀不再是写作的必需品，戏剧化的故事与激烈的冲突，才是财富密码。商业化的写作大行其道。而这，并不是一个作家所能阻挡的趋势，最有野心与追求的作家，亦不免“有点动心”。尽管我们不能将鲁敏完全等同于谢老师，但我相信谢老师在写作上遭遇的困惑，在一定程度上是作家心境的真实写照——众所周知，商业机构的“伟正”写作指导，只是所有指导中的冰山一角。

谢老师选择的写作体裁，乃是贵在真实的传记，初心亦是揭露有总黑暗史，反映时代的横切面。谢老师穷尽二十年，搜集了一切与有总相关的资料。然而，当资料越来越丰富，谢老师却越难下笔。谢老师是迷失在如山一般的资料中吗？我想并不是的，而是这些资料揭示了有总并不是单一的、扁平的土老板，而是复杂的、丰富的个人。伟正的建议，固然是正确的，虚构既可解决叙事的技术，亦可定义有总的形象。读者其实并不在意有总的形象是否真实，而是在意“土老板”的形象是否符合认知。所谓的“虚构中的非虚构”，看似言之凿凿，无非是借助“非虚构”的招牌来牟取利益。

既然有“虚构中的非虚构”，那么必然也有“非虚构的虚构”。罗伯特·弗尔福德在《叙事的胜利》一书中谈及索尔·贝娄的经典小说《赫索格》背后的原型故事——贝娄的第二任妻子萨沙与他的好友杰克·路德维格偷情，贝娄察觉后，当下怒不可遏地写信给好友——说：“萨沙的故事之所以让我感兴趣，部分原因是因为我对影射小说非常着迷，其中‘真实的’人物会以虚构的形式出现。”阎连科喜欢将现实中的人物，置入虚构的小说中。如在小说《速求共眠》中，知名作家阎连科成为小说中的人物，连带着顾长卫、蒋方舟等人亦“粉墨登场”，成为“非虚构中的虚构”元素。虚构的形象与真实形象的差异，是阅读此类小说的乐趣之一。

虚构与非虚构之间的界线，并不如我们想象中的那么明显。

更多的时候，它是一道灰线，若隐若现地漂浮着。谢老师并不想让有总成为某种特定的符号，不希望有总以虚拟的形式出现。他想有总以真实的人、非虚构的形式出现。然而，完全客观、公正的非虚构并不存在，因为当作家写下第一行字时，选择叙述基调、选择某个细节时，某种程度的虚构便已出现了。从这个角度来看，非虚构是限制性的书写权力，是写作者需要恪守的道德伦理。它时刻警醒着谢老师，虚构的边界在何处。

二

作为一位民营企业家，有总的商海浮沉的经历与改革开放的时代潮流高度契合。应该说，正是改革开放，有总才拥有发家致富的机会。鲁敏在《我与“有总”这些年——写在〈金色河流〉后面》一文中，谈及有总的原型：“有总最早就出现在95年前后的那些剪报，当时关于创业者与暴发户的故事，太多了，都市晚报上一发半个版。”定然有某则新闻，某个细节，触动了敏锐的小说家。她将素材搜集起来，经过时间的发酵，有总的面目逐渐清晰，形象逐渐立体。有总经商的经历，带有原罪的第一桶金，带有江湖草莽气的生意手段，他那令人瞠目结舌的发家致富过程……像一面镜子，映照着改革开放以来中国社会的沧桑巨变、时代的跌宕起伏。那正是轰轰烈烈的城市化的过程，财富如金色河流，滚滚而来。

在《俄罗斯文学讲稿》中，谈论起果戈理，纳博科夫有句妙语："果戈理作品中的主人公只不过碰巧是些俄国乡绅和官僚，这些人物的虚构境况与社会背景完全无足轻重——就好比郝麦先生也可以是芝加哥的一名商人，或者布鲁姆太太可以是维斯尼-沃洛乔克某位校长的太太一样。"这当然不是说虚构境况与社会背景真的无关紧要，而是指果戈理中的小说人物超越了具体地域、职业、文化的局限。因此，将有总视为民营企业家的代表，或某类人、某代人的代表，未免有些狭隘。

职业或身份，只是个人谋生的手段，是人物的表象，而不是本质。表象之下，还有更普遍的人性。换言之，尽管有总是位成功企业家，但他所遭遇的困境，与普通人并无差异。鲁敏在书写有总时，有意无意地剔除企业家身份的特殊性。因为在有总跌宕的传奇人生中，我们得不到商业运作的法则，也无法捕捉到未来的商业趋势。有总不像比尔·盖茨、巴菲特等闻名世界的企业家那样有着清晰的商业洞见，引领时代潮流。

在表象之下，有总是位脆弱的中风偏瘫老人。有总因中风偏瘫而弥留之际，是《金色河流》的起点。这位借着改革开放的东风趁势奋斗的商人，积攒了令人艳羡的财富。有总妻子早逝，留下两个儿子，大儿子穆沧患有阿斯伯格症；小儿子王桑则素来对有总抱有敌意，处处与他作对。有总希望穆家有后，穆沧却不知春秋，不分男女。王桑与丁宁结婚多年，却奉行丁克之道。随着死亡日益迫近，有总立下一份特殊的遗嘱，若去世时家中没有孙辈出生，巨额的财富便会捐献给公益组织。无疑，这是一份昂贵的催生令。有总的助手谢老师是遗嘱的公证人，亦是穆家诸多家事、杂事的经办人。王桑便想着将穆沧与有总的干女儿河山撮成一对，完成传宗接代的任务。

看起来，《金色河流》像是俗套的豪门家产争夺大戏。正如谢老师拒绝"伟正"的商业写作指导，鲁敏亦拒绝了流俗的情节。应该说，鲁敏所关注的焦点并不是继承遗产，而是生命的展示。她用绵密、细腻的笔触，绘制出有总、王桑、丁宁、谢老师、河山等人的生命之诗。小说中有个耐人寻味的设定，患有阿斯伯格症的穆沧，有一特殊技能，便是能准确无误地背诵出"历史上的今天"所发生的史事，俨然如日历。事实上，在塑造穆沧时，鲁敏有意识地强化穆沧"日历"的功能。借助王桑、河山等人之口，鲁敏一再强调穆沧是"无心"的。无心，并不是说无悲无喜，不知春秋，而是没有经受社会的洗礼，没有成年人的复杂心思，是纯净之人。只有在穆沧面前，有总、谢老师、王桑、丁宁、河山等才会卸下防御与伪装，直面内心的幽暗。穆沧像一根绳索，将所有人的生命与隐秘串联起来。

有总与河山的关系，是小说中最为怪异的。河山是名孤儿，成长于福利院，是有总定点帮扶的对象。有总以宠溺般的心态帮扶着河山。他几乎满足河山所有物质上的需求，比如巨额的创业基金。即使河山的公司出现巨大亏空，有总亦丝毫不在意，以至于关于两人的流言甚嚣尘上。诡异的是，有总对河山如此上心，多年来两人却一直未曾见面。在给穆沧录制的语音中，有总才揭露了其中的秘密。原来，河山是有总战友何吉祥的遗孤。有总发家致富的第一桶金来源于此。何吉祥在临终之前，交代有总，将自己所赚的钱，转交给河山的母亲。有总并未践行战友的嘱咐，而是贪念发作，将金钱挪为己用。换言之，有总所拥有的巨额财富，其实是鸠占鹊巢的结果。有总慷慨赞助河山（上学、创业等费用），却不敢和河山见面，实际上是无法面对自己的罪愆。

可以说，《金色河流》是一部关于省察写作、人生与自我的小说。鲁敏最为关注的问题，并不是改革开放以来的社会变化以及民营企业家的财富与原罪，而是我们应当如何认识自我，如何将自己视为具有尊严的个体，是独特的“人”，以及个人如何去获取幸福。鲁敏用文学去对抗某些“伟正”的潮流，展现个体的不安与尊严。保姆肖姨对自己“最年轻的车间主任”的身份念念不忘，不是出自怀旧的心理，而是因为这是她人生中最为华丽的篇章。

在《金色河流》中，不管是大人物有总、谢老师，还是普通的、所谓“卑微”的肖姨，都有着自己的尊严与骄傲。因此，小说中丁宁怀孕后的顿悟，就熠熠生辉起来：“丁宁的想法不是死心眼的轴，也不是女人或孕妇的想法，就是‘人’的想法。是她把自己作为人、把宝宝作为人的一个自理，以及未来更长久的某种自洽。”

三

在小说第八章《全家福》，在有总留给穆沧的录音中，有总将幽暗的心事与历史全部托出。我们在这里看到有总的脆弱、慌乱、挣扎，看到他人性中最为不堪的一面。战友何吉祥车祸重伤，送往医院急救。面对着何吉祥留下的巨额财产，有总的内心不断地滑向深渊。

“我那时就在想，索性抢救不过来，我直接欠他一命拉倒。我闭上眼睛祷祝，没有人知道我祷祝的方向与内容。”（第423页）

“夜深无人，灯光惨白。我感到脑子里一下子冒出九十九个其他的我。这九十九个其他的我，都对床前呆坐的我又推又搡、大声嚷嚷，我哈着腰半抱着头，毫无还嘴之力。”（第424页）

“求求你老天爷，大恩如仇我报不了，私房钱巨大我吃不消，交付给婊子太胡闹。求求你老天爷，何吉祥还不如死了的好。”（第426页）

何吉祥终于抢救失败，死了。何吉祥之死，自然属于意外，“最多只是阴差阳错”。然而，在有总的心中，何吉祥之死，跟自己离开病床，跟自己的诅咒，是有着密切的因果关系的。这份负罪感，亦将伴随着有总的余生。

“这能算个大的核心吗，如果用伟正的思路来分析呢，他准备不屑地大摇其头，嫌弃这不够黑暗、不够毒辣的，还不如有总在生意场上的常见行径呢，熟练地做个深坑，让对家跌落。”

这是谢老师听完有总的录音后，内心所升腾起的声音。所谓的“不够黑暗、不够毒辣的”，自然是指有总没有动手谋杀何吉祥。电视剧不是经常上演这样的剧情吗？富豪久卧病床，其子趁四下无人，用枕头闷杀之。鲁敏自然是可以命令有总将脑中的恶念付之行动，但这样做，是故事的媚俗，而非普遍人性的抉择。同时，也将彻底摧毁小说家悉心塑造的人物。恶的闪念，并不会消失，会一直存在人的内心。此乃人性。生活中绝大部分人都没有勇气去实践脑中的恶的闪念，不会彻底释放人性的阴暗面。同样地，大部人也没有能力去实施天使般的善举。真正的恶人是不会忏悔的，也无意救赎。恶人只会在行恶中寻求快感。因此，有总的恶念，乃是凡人的真实心理反映，是普通人的心灵写照。由此观之，有总这个人物形象之所以动人，不是他的忏悔与救赎，而是他足够平凡与普通。

有总的死亡，使《金色河流》缓缓地滑向终点。漫漫的守灵夜后，公证人出现在穆家。根据有总的遗嘱，虽然王桑与丁宁成功造人，但由于没有新生儿的出生证明，无法继承财产。有总所剩不多的财产，最终全部捐献出去，成立以“吉祥”命名的慈善基金会。这是有总为自己赎罪，亦是为了让世人记住好兄弟何吉祥。

看起来，王桑、丁宁、河山、谢老师等人，忙碌一场，却扑了空。其实不然，遗产继承乃是鲁敏的引线，意并不在财富，而在于个人如何认识自我，而在于如何获得幸福。王桑、丁宁夫妻没有得到遗产，但两人的婚姻却找回了恋爱时期的冲动。河山亦原谅了有总，找到了亲情。谢老师则得到有总的授权，“使用我的一应生平”。就连保姆肖阿姨，都得到了有总馈赠的礼物。

所有的人物都得到了理解与救赎。这是小说家的善意，也是鲁敏的温柔。她温婉地告诉我们，在人生这条金色河流之中，活着的价值与意义在于何处，应该如何去处置自己的生活。

鲁敏自然也知道大团圆式的结局，虽然“最后要能这样的结尾，也不错”，但必然会有读者不满意。大团圆的结局，容易被读者认为是媚俗，或者是妥协。相当大一部分读者会认为，小说必须要展现恶的决心，摧毁某种价值或秩序，必须要具备强烈的冒犯精神。其实，冒犯并不是伟大作品的必要条件，真诚才是。

文学是善的一种形式。这是哈罗德·布鲁姆对文学的理解。在谈论契诃夫的作品时，布鲁姆引用高尔基的发现：“我觉得，在契诃夫面前，大家都感到一种下意识的愿望，希望变得更单纯，更真实，更属于自己。”（《如何读，为什么读》，译林出版社，2011年）更单纯、更真实、更属于自己，不正是“无心”穆沧的状态吗？伟大的文学作品，即使展现了恶，亦是通往善的途径。伟大的作品与心灵不会被恶的激情所缠绕、所裹挟，如奥康纳看似无情地展现恶行，揶揄世界上“好人难寻”，根本目的仍是扬善。

鲁敏之所以赋予《金色河流》中的一众人物幸福，是因为现实中太匮乏了。为争夺家产闹得一地鸡毛的事，还少吗？豪门有处处杀机的夜宴，小老百姓亦有锱铢必较的官司。可以说，《金色河流》所呈现“如涓如滔”的善（小说尾声题目为《如涓如滔》），是鲁敏对幸福的描摹与期许。

鲁迅的面孔

——读阎晶明的鲁迅研究系列著作

在相当长的一段时间里，鲁迅在我心目中的形象，乃是一副横眉怒目的模样。他紧握着毛笔，眉头紧锁，目光似穿透黑暗，直射而来，俨然是无所畏惧的斗士。其中缘由，大抵源自求学时期“痛苦”的记忆。

读书时，课本所选的鲁迅文章，几乎都属于重点课文，需要学生背诵。与朗朗上口的古诗词不同，鲁迅行文中拗口之处，总会让人事倍功半。尽管内心清楚明白文章的经典，但因少不更事，并未理解文章背后的深意，亦读不出鲁迅的苦心。久而久之，便心生厌烦，慢慢地也就对鲁迅敬而远之。

直至最近几年，随着自己阅历的增长，才赫然发现鲁迅的面孔，远比自己想象的要丰富与复杂。究其原因，一是自己所能接触的鲁迅作品，更为全面与广阔，不再局限于教科书；二是阅读到更多的研究鲁迅的专著，从而掌握到更多相关的史料。评论家阎晶明在他的鲁迅研究系列专著中（《鲁迅还在》《鲁迅与陈西滢》《须仰视才见：从五四到鲁迅》)，带领着我们走进鲁迅的日常与历史际遇。因此，鲁迅在我心中的形象，便渐渐丰满起来，他不再是时刻拿着“匕首”横眉怒目的斗士，亦是有着菩萨低眉般温柔与悲悯且充满烟火气的“常人”。

一

鲁迅一生论战无数。

论战对手皆是当时文坛、文学界极有分量的人物，如林语堂、梁实秋、胡适、叶公超、高长虹等。与这些人相比，陈西滢颇让人觉得陌生，不是专门研究现当代文学史的学者或资深读者，对他多半只是有所耳闻，并没有深入的了解。究其原因，一是陈西滢不像林语堂、梁实秋等人著作等身，持续影响了几代读者。陈西滢主要的身份还是英文教授，“一生除后来结集的《西滢闲话》和少数散文与译作之外，著述很少”；二是在鲁迅的杂文里，陈西滢所扮演的角色，并不光彩。一批鲁迅的“铁杆粉丝”会恨屋及乌，就在所难免。因此，历史就变得益发扑朔迷离。然而，有一点却值得我们注意，陈西滢是鲁迅首个“认真对待”的论战对手。两人的关系，又极为特殊，“鲁迅与陈西滢，并无个人间的实际交往。他们是一对纯粹的笔战对手，他们两人发生的一切，都是以笔战的形式出现的。”终其一生，两人亦未相见。阎晶明在专著《鲁迅与陈西滢》一书中，为我们梳理里鲁迅与陈西滢论战的始末。两人的论战，牵涉到诸多文化名人，如李四光、徐志摩、周作人、林语堂等，因此论战的意义绝不只是个人恩怨，而是有着更为广阔与深远的意义。

鲁迅与陈西滢论战的直接原因，乃是1925年“女师大风潮”。因北京女子师范大学新任校长杨荫榆的所作所为，引起学生的不满，进而引发学生的“驱羊”行动。杨荫榆与学生的强烈对峙，导致“女师大成为当时北京及全国各界的关注焦点”。在这场浪潮之中，鲁迅与陈西滢的立场截然相反，鲁迅始终站在学生的立场上，而陈西滢则站在杨荫榆或学校的立场上，两人因此交锋。如其他论战对手不一样，鲁迅对陈西滢的态度却是“穷追猛打”，原因并非两人立场不同，而是陈西滢在文章中含沙射影地编排着“流言”“公理”。

不幸的是，“女师大风潮”刚结束不久的1926年3月18日，又发生了震惊中外的“三・一八”惨案。因抗议日本帝国主义侵犯主权的行为，五千余名群众聚集于天安门广场，并前往国务院请愿，要求拒绝八国通牒。然而，群众们的爱国热情并未得到回馈，等来的却是骤然响起的枪声以及大刀铁棍，“当场及事后因伤而死者达四十七人之多”。女师大学生刘和珍与杨德群不幸罹难。此事对鲁迅刺激极大，其沉痛悲愤之情，都在《记念刘和珍君》一文中。而陈西滢则“认为学生死于冲动，死于受人利用”。正如阎晶明所指出的：“他与鲁迅等人的立场对立达到极致，且完全不能以个人恩怨来解释这种立场的分歧。”

那么，鲁迅与陈西滢的分歧根本原因是什么？很重要的一个原因，乃是两人在教育背景方面的差异。鲁迅年少时留学于日本，而陈西滢则是英国爱丁堡大学与伦敦大学的高材生，深受欧美文化的影响。因此，陈西滢与同有欧美教育背景的徐志摩成为至交好友。阎晶明在评论《西滢闲话》时，一针见血地指出："陈西滢的立场有问题，发端于他总想以英国博士、北大教授的姿态评论世事。"一言以蔽之，陈西滢始终站在精英的立场上，进而"陈西滢把中国社会问题当成'闲话'来谈，好像站在了一个理智的公理的态度"(《"闲话"的得失与短长》)，然而有时候这种"理智"与"公理"，难免过于精致，无法与时代形成共振。鲁迅与陈西滢的笔墨官司，最终以陈西滢放弃而结束。表面上来看，鲁迅获得全面的胜利，但这场持久而艰苦的笔墨战，牵扯了鲁迅大量的精力，以至于"他收束了小说，而开始专事杂文的创作"，不得不说是文学史的遗憾。

在相当长一段时间里，鲁迅的论敌们屡屡遭到妖魔化，仿佛这样就证明了鲁迅的全面胜利，就证明了论敌们不堪一击。事实上，势均力敌的对手，才会彰显"拳手"成色。在《鲁迅与陈西滢》一书里，阎晶明亦给陈西滢作了正名。在他笔下，陈西滢是一位活生生的历史人物，有自己的局限，亦有自己的长处，"他办事认真负责，为武大文学院付出了许多精力"等等。尽管与鲁迅交恶，但陈西滢为数不多地评论鲁迅作品时，却相对克制与冷静；陈西滢虽是"最不能原谅的一个"，但鲁迅也不搞“连坐”，对凌叔华（陈西滢的妻子）的作品却做了客观、肯定的评述。这或许是五四时期知识分子的自觉。

鲁迅与陈西滢之间的论战，前前后后，长达两年，所牵涉人物又极广，谁是谁非，自然是任由评说。重新审视这段“公案”，厘清其中错谬，有助于我们理解鲁迅以及其所在的时代。

二

鲁迅是谁?

面对着如此“简单”问题，相信大多数人脱口而出的标准答案会是：文学家、思想家、革命家、青年导师、大先生。这些答案当然不会错，但难免让人觉得过于简单，以至于我们将鲁迅放置于尴尬的境地，以至于我们对鲁迅产生刻板印象，以至于我们将鲁迅视作一种可任意打扮的符号。

事实上，作为五四以来最伟大的文学家、思想家、革命家的鲁迅，常常被时代赋予不同的使命，进而成为不可置疑的权威。王小波在杂文中回忆他苦涩的青春时透露，上山下乡的知青背包里，鲁迅的著作是为数不多可携带的书籍之一。而阎晶明在《须仰视才见：从五四到鲁迅》则一书中指出：“‘文革’期间，鲁迅语录是另一种‘红宝书’，全国各地的大学与工厂的‘鲁迅学习小组’，差不多都曾编过鲁迅语录，我在旧书市场里已经买到十多种不同的选本。以及“全中国的‘鲁迅学习小组’、

‘鲁迅研究小组’，可谓数不胜数。从工厂到大学，从城市到农村，不但这样的‘学习小组’四处可见。”（《“文革”中的鲁迅》）可见，当年的鲁迅现象狂热程度。而这些语录，往往会出现断章取义、任意曲解、夸张利用的情况。

无独有偶，近年来与鲁迅相关的名言名句，忽然火遍互联网。网友们将似是而非的名言，署上鲁迅之名，制作成表情包，大肆传播。与此同时，鲁迅的小说、人物形象亦成为网络文化的母本。比如说，咸亨酒店中的众酒客揶揄孔乙己的情节，“酒店里充满了快活的空气”，被网友们改头换面，适配于不同的场景，俨然成为经久不衰的经典网络段子。鲁迅的影响力，由此可见一斑。

鲁迅从被不容置疑的权威，再到屡被解构、被消费的对象，地位仿佛“每况愈下”。其实不然，鲁迅仍然是国民性的作家。四十年前的“鲁迅热”断然不能说是一种正常的文化现象。“鲁迅形象的变异，鲁迅思想绝对化理解，鲁迅言论的断章取义及被各色人等拿来政治利用，鲁迅小说主题的政治化理解，当然也包括鲁迅佚文的发现、鲁迅书信选本的容量变化，造成这些后果的政治、文化、艺术、语言原因，等等”（《“文革”中的鲁迅》），而其所造成的后果与影响，皆要深入地研究与探讨。而今日网络空间所形成解构鲁迅的潮流，并非主流，充其量是一种迅捷而兴迅捷而灭的亚文化，拥有从众、跟风、戏仿的特点。事实上，时至今日，所谓的“鲁迅名言”与“表情包”现象，已然偃旗息鼓。而鲁迅形象之所以有此变化，其根本原因还是中国社会发生惊天动地的深刻变化。一言以蔽之，时代映射出的鲁迅形象越是剧烈多变，鲁迅反过来也会映射出时代的荒谬与伟大。

正是因为如此，鲁迅的一篇文章移出课本，必然会激起社会各界的激烈争论，担忧“去鲁迅化”。但凡有人在文章中抨击一下社会的弊端或说几句戏谑话，国人便迫不及待地冠之为“当代鲁迅”。显而易见，这是一种“鲁迅焦虑症”，所指向的问题则是：当今社会我们应当如何阅读鲁迅，进而如何认识到鲁迅的价值？阎晶明在《今天，我们为什么读鲁迅》一文中指出：“鲁迅那一代人建设正是中国现代文化的积极建设者，鲁迅思想是我们今天文化建设必须传承的重要组成部分”，以及“鲁迅研究界具有义不容辞的文化责任和学术担当，将鲁迅的思想、精神、创作、人生，以活的形态表达出来，让鲁迅形成一个民族的文化骄傲”。

三

国人对待鲁迅的态度，往往会出现极端的情况，要么是神话之，视鲁迅为不容置疑的权威；要么是妖魔化，或故作惊人之语，或醉心于捕风捉影作八卦之论。鲁迅的面孔，变得难以辨认。且鲁迅秉着“痛打落水狗”“一个也不原谅”的信念，往往会给人留下好斗，甚至是刻薄的印象。这种刻板印象无益于我们理解鲁迅。因此，当我们想要穿越历史的迷雾，想要还原鲁迅真实的一面时，总会充满诸多困难。所谓“真实的一面”，并非指作为各种“家”或精神导师的鲁迅，而是作为具体而独特的个体。而想要达到这点目的，研究者则需要极具耐心地从浩瀚如海的资料中，爬梳出闪耀着光亮的细节或材料。在《鲁迅还在》一书中，阎晶明从鲁迅的生活习惯、精神内核、人际交往及富有趣味的细节入手，为我们呈现了鲁迅日常的一面。换言之，阎晶明给我们呈现一个更贴近历史真实的鲁迅。而从吸烟、喝酒、生病、交际等日常细节中，我们也更能清晰地感知与触碰孤独、绝望而又悲悯的鲁迅。

先从生活小习惯说起。在我印象中，所看到的鲁迅图片，除了握笔皱眉思考外，大部分都与烟有关。其中最为“著名”的一张画，则是鲁迅站在书桌前，右手夹着烟，烟雾袅袅，左手按着书，目光坚定，睥睨地望着虚空。在很长一段时间里，我并未意识到这张图片乃是后世画家“艺术加工”的结果，而是本能地将它视为一张具有史料意义的相片。事实上，画家的“艺术加工”并非毫无根据，在《起然烟卷觉新凉》一文中，阎晶明考察了鲁迅的吸烟史，指出“吸烟是鲁迅最大的嗜好”,“每天吸烟大约三十到四十支”，甚至多达五十支，可见鲁迅烟瘾之大。因此，“烟不离手是友人们对鲁迅最突出的印象，见过鲁迅的人，用文字怀念鲁迅的人，大都会对他吸烟的情景作一点描述”。进而，阎晶明指出吸烟对鲁迅创作的影响。在鲁迅的小说中，处处可见到吸烟者的形象，如魏连殳、吕纬甫等。同时，吸烟也损害了鲁迅的健康。晚年的鲁迅，曾因病痛一度想戒烟，却抵抗不了香烟的诱惑，最终不了了之。正如阎晶明所指出的：“鲁迅是个真真实实的人，从他对香烟这一件事情来看，他自有常人共有的脆弱甚至‘自制力’的薄弱。惟其如此，我们更会理解鲁迅是一个生活于人间的战士而并非超然于‘人间烟火’之外的神明。”因此，我们也就不难理解，写完鲁迅的吸烟史后，阎晶明又意犹未尽，接连将关注的目光聚焦于鲁迅的日常生活，如鲁迅与酒的关系（《把酒当论世，先生小酒人》），鲁迅与疾病的关系（《疾病还不肯离开我》），鲁迅与动物的关系（《或可以“斥人”或“值得师法”》），鲁迅与城市的关系（《何处可以安然居住》），鲁迅与故人、青年人之间的关系。

四

在鲁迅的人生之中，藤野先生绝对是一位绕不过去的老师。在经典散文《藤野先生》中，鲁迅塑造了一位极为严谨认真且对中国留学生抱有同情的藤野先生。

相信很多人跟我一样，对藤野先生抱有天然的好感，且少有怀疑——并不是说怀疑真实与否，而是默认了藤野先生就是鲁迅所塑造的模样。然而，历史远比我们想象得要复杂、要全面。鲁迅所推崇的藤野先生，又是如何看待自己这位来自中国的弟子的呢？在《一段情谊引发的歧义纷呈——鲁迅与藤野严九郎》一文中，阎晶明简明扼要地为我们爬梳、剖析鲁迅与藤野严九郎的“交往史”，进而让我们窥见这段更为真实、全面却又动人的师生情谊，进而“由此展开的，却是一个非常广阔、复杂的世界”。

藤野先生原名藤野严九郎，是一名极为普通的医学教师。如果不是鲁迅的文章，他的名字会被绝大多数人一样，会被历史的洪流所淹没。在《藤野先生》一文中，鲁迅列举了藤野先生种种事迹：认真、细致地为鲁迅订正课堂讲义的谬误、临别时赠予“惜别”的照片等等。对于鲁迅，他抱有极大的同情与细致的耐心。在日本仙台学习医学的鲁迅，身处异国他乡，又遭到歧视与不公，深感孤独。正是藤野先生，让鲁迅感受到生命中的暖意。这些事迹，镌刻于鲁迅的内心，并深刻且持之以恒地影响着鲁迅。记忆中的藤野先生是力量的来源之一，给予鲁迅勇气与信心。“藤野先生的严谨认真和滴水之恩，在鲁迅那里被视作一团火。”

尽管鲁迅对藤野先生备加推崇，但让人意外的是，藤野严九郎带着“谦让的、不敢当的态度”，承认他对鲁迅文章所提及的种种事迹记忆并不深刻。不过，藤野严九郎的《谨忆周树人君》显示，在众多学生中，或许因为是唯一的留学生的缘故，鲁迅还是给他留下了较为深刻的印象。即使时隔二十余年，藤野严九郎仍然记得少年鲁迅的模样，“周君身材并不高，脸圆圆的，看上去人很聪明。记得那时周君的身体就不太好，脸色不是健康的血色”。至于订正讲义的一事，在藤野严九郎眼中，亦只是正常的教学举动而已。因此，师生之间的关系，并没有鲁迅所叙述的那么深入。正如阎晶明所指出的，“两个人其实没有过心与心的交流，没有过关于中国与日本、个人与国家，科学学问与家国情怀之间的探讨”，两人的情谊限于师生之间。因此，尽管藤野严九郎观察到鲁迅是寂寞的，但并不理解鲁迅在仙台所受到的冲击有多么巨大，所面临着的抉择将会多么重要。

藤野先生对待学生的“教学风格”，几乎被鲁迅移植到青年作家身上。尤其是萧红、萧军，“从一九三四年底，鲁迅对两位来自东北的青年作家来信不但给予热情答复，不但在创作上关心，生活上鼓励，尽力给予帮助”。(《改变命运的序言——鲁迅为萧红萧军小说作序》) 这一点，萧红在《回忆鲁迅先生》一文中，已为我们提供了许多佐证。萧红不单是鲁迅挚爱的学生，甚至可以说是半个家人了。

五

在《何处可以安然居住》一文中，阎晶明通过对北京、厦门、广州、上海四座鲁迅生活过的城市的考察，为我们呈现了鲁迅不同时期的精神面貌。对于北京，鲁迅“虽称不上向往”，却早就有关注。但北京的灰尘，令鲁迅所不喜。尽管如此，促使鲁迅离开北京的根本原因，却并非自然环境，而是“因为他对北京文坛、学界的不满和疑虑所致”。因此，对于鲁迅而言，北京是“黄色和灰色”的，一如他的心情。至于到了厦门，则有“虎落平阳”之感，厦门尽管自然风光良好，但人文氛围却极为淡薄，而饮食与语言的差异，又让鲁迅显得格格不入。而到了更南方的广州，尽管语言仍有隔阂，但在心绪方面，鲁迅显然已明亮许多。广州人注重仪式的认真态度，颇得鲁迅好感。然而，当时社会究竟是时局动荡不安，社会上风云突变。在中山大学时，鲁迅目睹共产党人与革命党人被杀害，内心的悲愤与悲凉可想而知，“鲁迅不但体验到营救学生无果的悲愤，也目睹了同样是青年，却划分出勇于革命和‘投书告密’‘助官捕人’的悲哀”。以至于鲁迅梦想幻灭而去，奔波至上海。对于鲁迅而言，上海的优势在于语言、饮食方面与家乡相近，不用像在其他城市里那样花更长的时间来适应。语言是城市的灵魂，许多上海话成为鲁迅写作的素材。“他对上海及上海人的观察，从一开始就可以深入到细节中挖掘，描写不但精准到位，且常让人觉得入木三分。”归根结底，鲁迅有“言说上海的自信”。

尽管如此，上海并没有给鲁迅“家”的感觉。在内心深处，他更倾向于接受“北方的环境与生活上的感觉”，并一度想要回到北京生活。因此，暂居者或旅居者的心态，一直存在于鲁迅的内心。但作为一位具有巨大影响力的作家，事实上鲁迅无论去到哪座城市，都必然将成为当地文化界的中心。而以他疾恶如仇的态度，“成了中国文化界纷纭争说的人物，成了众人仰慕的精神向导，成了恐吓与诬陷的对象”，亦是在所难免了。四座城市对鲁迅的影响至深，阎晶明深中肯綮地指出：“鲁迅终其一生，却终于没有找到一个让他的心灵放松、精神安稳的居住之所，唯其如此，这种身体与精神的双重漂泊，才成就了他这样一位永远的‘求索者’，一个永远停不下脚步的‘过客’式的战士形象。”而这种漂泊又何止鲁迅呢？“五四”时期的知识分子何尝不是如此？在波谲云诡的局势下，他们探索着新文化的道路与方向，他们甘受漂泊与流浪之苦，无非是要“肩着黑暗的闸门，把他们送到光明的地方去”。

孙诒让的三张面孔
——读胡小远、陈小萍《蝉蜕》

胡小远、陈小萍在其合著的历史长篇小说《蝉蜕：寂寞大师孙诒让和近代变局中的经学家》中，以朴学大师孙诒让的一生为切入点，带我们走进近代中国复杂、苦涩的、动荡的历史现场。面对着来势汹汹的西方工业文明，文化精英们的茫然、恐惧、无所适从，跃然于纸上。在小说第六章《锵鸣蒙难》中，一个令人战栗的情节出现在我们眼前：

"躺在病榻上的林氏，依然挂心那两扇大门。每当黑夜降临，她那富有共鸣的女中音，便与孙老夫人的沙哑干瘪的女低音，组成神经质的二重唱：'渠田媳妇，门怎么开着，啊？快把门关紧，快把门关紧！''门关紧了，婆婆，门没有开，门没有开。'"

在金钱会变、孙诒谷战死与孙锵鸣被削职回籍之后，孙家老夫人变得敏感而多疑，她总是疑心大门没有关紧，危险随时会突入孙家。所以，为了杜绝危险，孙衣言之妻林氏，亦变得疑神疑鬼，每日"不断爬出被窝"，频频查看大门。无疑，孙家的女人们希望以自己的勤力，给家族带来安全感。

对于孙家来说，金钱会、太平军、朝廷内部的政治斗争，都是影响家族安全的关键因素。频频查看大门的动作，其心理作用远远大于实际作用。当真正的危险来临时，门所起的作用究竟几何？或者，我们更彻底一点，门到底能保护孙家多久？

显然，这个情节是一个巨大的隐喻，其指向不言而喻。我们不妨把清朝看作是一个庞大的、蹒跚的、自足的孙家。往昔的文明带来的荣光，滋长了他们的傲慢之心。可现实却是如此残酷，面对着西方国家的坚船利炮，“频频起床查看大门”，便成为作用甚微的悲壮之举。

在新兴的西方工业文明面前，几千年来农业社会所积攒的经验、知识与记忆变得不再适用。进而，官僚阶层与文化精英陷入了激烈的文化震荡（culture shock）之中。因此，有人固守传统文化、抱残守缺，有人心存疑虑，试图融合中西，有人主张全面学习之。如何认识西方文明，如何拯救贫弱的国家，这些晚清知识阶层的主要焦虑，贯穿了孙诒让六十年的人生。

一

自鸦片战争以降，近代中国的所遭所遇，史上罕见。西方国家以坚船利炮打开清朝大门，进而试图瓜分、殖民古老的中国，不平等条约纷至沓来，所谓“三千年一大变局”是也。

一个新的世界，开始随着鸦片、传教士、火枪、租界等闯入士人们的脑海，“天朝上国”之梦被无情地戳破。原来世界上还有英、美、法、俄等国家，其器物、制度、文化与中国截然不同。士人们所理解的世界，仿若宇宙大爆炸，正在急速膨胀。个人与中国在世界上的生存空间，并没有随着地理知识的增长而扩大，反而在急剧地压缩。中国不再是威风凛凛、四方来朝的世界中心，反而是孱弱可欺、风雨飘摇的古老帝国。

孙诒让生于1848年，到他九岁时，离第一次鸦片战争结束已经过去十五年。失败给清廷所带来的创痛，早就被时间所淡化。在官僚与文化精英们看来，古老的治国经验与思想，仍是最值得信赖的知识。

因此，自小跟随在父亲孙衣言身边的孙诒让，接受着最纯粹、传统的古典教育。父亲带着他去孔庙朝圣，澄怀明志，希望他在日后用儒家思想与经典照亮人生、报效国家。这种高度仪式化的行为，无疑会强化孙诒让对古典智慧的向往与信心。

事实上，更大的刺激紧接而来，他跟随着父亲进宫面见兰贵妃。九岁的孙诒让与这位日后清朝实际掌权者一场童言无忌的对话，我们不妨看作是天真烂漫版的“隆中对”。谈话的主题围绕着叶水心“臣闻以庸君行善政，天下未乱也；以圣君行弊政，天下不可治矣”，孙衣言凭借着对官场与权力的谙熟，对此做了小心翼翼的解读，指出：“聪明的君主推行弊政，昏庸的君主却推行善政，这不是自相矛盾吗？”

九岁的孙诒让并不同意父亲的观点。在他看来，叶水心的焦点不在于庸君与圣君，而“在于国家的制度政策”。其实，试图把君主与国家意志严格区分开来，几乎是不可能的事情。美国历史学家林·亨特在《法国大革命时期的家庭罗曼史》一书中指出，“君主是整个社会秩序的标志”，且会出现“私人情愫与公共政治之间的交织”的现象。因此，君主的个人的道德、品性，会深刻地影响到整个国家的行政，亦是所有父权家长制王朝的通病。

善政、弊政不在于施政动机，而在于施政后的结果。因此，庸君与圣君既是对为政者的道德评判，也是对其业绩的评分。在这种追认式的评判体系里，无疑会强化人民对圣君的渴求。

至于“国家的制度政策”是什么，在九岁的孙诒让看来，一切都存在于《周礼》之中。百官各就其位、器物各有所用、律法各得其所。《周礼》是“一部既体现了高尚的文明，又可以学以致用的儒学经典著作”。

孙诒让对《周礼》的理解，超乎父亲孙衣言的想象。孙诒让超越年龄的成熟与深刻，也让孙衣言由衷地感到高兴与自豪。但是，九岁的孩童真的能理解政治与历史的复杂、幽暗与残酷吗？他的“国家的制度政策”，有多少能落到实处，解决现实层面的焦虑？答案显然是不能。所以，九岁的孙诒让向兰贵妃所描绘的《周礼》的世界，与其说是一个政治理念，不如说是文化理想。他肯定没有想到，“在于国家制度政策”的对话，并不是问题的终结，而只是起始。他的余生，将会对这个问题“上下而求索”，苦苦寻找那正确的答案。

大多数九岁的孩子，都处于无忧无虑、天真烂漫的阶段。他们没有沉重的家庭负担，可能也没有清晰的、高远的人生目标。因此，少年孙诒让的成熟与深刻，其实是违背儿童天性的。那么，孙诒让的言论是否不可信呢？非也，胡小远、陈小萍并不是要塑造一个普通的、正常的儿童，而是一个背负着历史使命的少年。站在他背后的是父亲孙衣言，是一个更为深远的、古典的文化传统。也只有站在这个角度，我们才能更加深刻地理解日后孙诒让种种维护《周礼》与传统文化的行为与激烈的言论。

很快，孙诒让就随着父亲回到家乡。他慢慢成长，学问日益精进。俞曲园、戴望、曾国藩、盛宣怀、容闳、张之洞、康有为等清代风云人物，渐次出现在他的生命之中，在他的人生里留下难以磨灭的印迹。

二

这是一个不断遇见与思想碰撞的过程。

孙诒让与俞曲园、戴望的相见，是古典文化内部的碰撞与传承。在小说的第十四章《扬州寻梅》之中，弥留之际的戴望“用微弱的声音告诉诒让，他去世后，要将所有的藏书捐赠给他”。书是每个学者的精神寄托所在。戴望的“学识渊源来自常州学派”，而常州学派则是乾嘉学派的分支。戴望将藏书托付给孙诒让的动作，无疑是把乾嘉学派的历史使命托付给他。

按理来说，如此重要的、具有象征意义的场面，作家都会倾注笔墨，浓墨重彩地写上一笔。可胡小远、陈小萍并未在此停留太久，只平常地交代了一笔。紧接着，他们突然笔锋一转，把孙诒让、容闳、盛宣怀三人汇集在扬州梅园。没有任何缓冲，一次激烈的思想碰撞与交锋凶猛来袭。

容闳何许人也？中国历史上留洋第一人，对洋务运动贡献颇大；盛宣怀何许人也？历史上赫赫有名的洋务派代表人物。长久浸淫在书斋与古典世界的孙诒让，自然会对洋务运动颇有些意见，他“从骨子里看不起这些靠洋务起家的宠臣”。因此，针锋相对的两派人物相聚在一起，其争论之激烈，其场面之“火爆”，可想而知。以“伦常名教为本”的孙诒让，质疑容闳、盛宣怀的洋务，“技艺与贸易虽有可用之处，总是支流末叶，礼是国本，万万不可倒置的”，坚信儒家文化能解决当前的困局，孔子“以《诗》教人要温柔敦厚，以《书》教人要疏通知远，以《乐》教人要广博易良，以《易》教人要洁净精微，以《礼》教人要恭俭庄敬，以《春秋》教人要属辞比事”。

同样的事情，还在继续发生着。更为激烈的质疑，出现在《八试礼闱》一章。像所有的传统文人一样，取得功名是人生之中的第一目标。孙诒让一生共参加了八次科举，可惜皆以失败告终。没有官场的纷扰与争权夺利，反而让他更加专注于学问。

这是孙诒让第八次入京考试。考试前夕，张謇、杨锐、黄绍箕、文廷式、皮锡瑞等人聚在一起，讨论时局。其时，康有为已经通过尖锐、激昂的《新学伪经考》引起文林的震动。在这次聚会之中，孙诒让姗姗来迟，仿佛是一个不合时宜的人。他一出现，就对康有为的《新学伪经考》大加抨击。在孙诒让看来，《新学伪经考》是“一把蘸满毒液的利剑”，是一部“牵强附会，曲解走样，经道沦失。为破旧求新，而不求甚解。哪怕杜撰出更多的微言大义，其结果还不是一样的误国误民”之书。似乎，孙诒让正在成为一个守旧的、固执的、不知变通的人。

那么，孙诒让是否真的是因循守旧之人呢？非也。他与康有为最大的不同。其实在于两人对自我定位的不同。康有为的兴趣自始至终都在政治上，而非学术。他之所以撰写《新学伪经考》，最终的目的是托古改制，而非勘校学术上的谬误。孙诒让则是一位学人，一生都在兢兢业业地治学。他并不反对维新，“力求西学，力图维新，本无可责，但凭牵强附会之说，把数千年文明一扫而空，这又与浩劫有何不同？”，始终坚持“西学的根源在于中学，其制度常常源自《周礼》，其技艺每每出自《墨子》”。

自然，以今天的眼光来看，孙诒让的“西学东源”之论断，颇有牵强之处。可我们不能因此指责他们，因为每个人都会被自己的时代所局限。在晚清时期的中国，科学知识没有大规模的传播，再加上内忧外患的局面，孙诒让试图融合中西方文化之举动，本身就需要极大的勇气与高涨的学习热情。

是的，始终高涨的学习热情。小说里有个细节，就是老年的孙诒让想自学英语。对于孙诒让来说，诸子百家的经典早就烂熟于心。他亦是当时的文化权威，可当他发现自己毕生所学的知识与文化不足以匡国扶家之时，便以极大热情去学习西方的政治制度与科学知识。在《周礼政要》之中，他提出废跪拜、废太监，设大、小议院，总督、巡抚、道台等官员半数由选举产生。在温州办学的课程设置，则有算术、历史、地理、音乐、宗教、化学、物理等。不止如此，孙诒让还在《墨子间诂》里发现“光学、力学、几何学、物理学、逻辑学”等知识。在当时的社会环境之中，此种做法我们不妨理解成一种科普行动。

三

在电影《无问西东》之中，沈光耀的故事我最为喜欢。生于南方富庶之家的他，来到西南联大求学。不参加政治、不投身军队、不追名逐利，这是煊赫家族父辈们总结出来的保存之道。可在日军日益猖獗、战事愈发惨烈之时，沈光耀毅然决定违背父母的告诫，跟随自己的内心，投笔从戎，成为一名空军。最后，他驾驶飞机撞向日军的军舰，壮烈牺牲。

人的一生，需要面对大大小小的各种困境。小的方面，是个人的学业、事业、爱情、婚姻等；大的方面，则是时代所赋予的使命。当文化式微、国家沉疴、山河破碎时，你该当如何选择自己的人生？是像沈光耀的父母一样，不问世事，保存自己为上？还是毅然决然地肩负起自己的历史使命？

毫无疑问，孙诒让会选择后者。只有这样，我们才能理解他“前后矛盾”的人生选择与举动。如果他早生一两百年，那么他的人生道路，那人生将会顺畅得许多。他会像戴震、俞曲园等学术大师一样，醉心于学术，一辈子待在书斋里，在字里行间与先贤们对话，进而构筑自己的学术世界，肩负起传承乾嘉学派学说的使命。可他偏偏生活于一个不断坠落的世界里。清朝这艘庞大的轮船，千疮百孔，四处漏水，正以他想象不到的速度往下沉。

先是，孙诒让肩负在身上的是文化的使命。因此，他总是不厌其烦地、看似“极其顽固”地维护传统文化。因此，他对容闳、盛宣怀等人的“新”，抱有疑虑；对康有为的“新”，持有强烈的敌意。其实，“新”与“旧”并没有我们想象中的那么黑白分明。“旧”不一定都是落后的、陈腐的，“新”也不一定都是正确的、进步的。孙诒让对容闳的质疑，便是看到了“以耶稣教圣经为主课”中的荒谬；对康有为的质疑，则是看到他的治学风格对传统学术的破坏。

每每我读到此处，对孙诒让的遭遇，充满了敬佩与同情。敬佩其事，同情其遭遇。他是一位真正的学者，始终对中华文明保持着信心，相信可以托起大船不停下沉的局势。可不管孙诒让怎么逆流而呼，他的书斋，他的玉海楼，他引以为傲的《周礼》，忽而变得对“这世界没有用了”。何其悲哀也。

在《乾嘉绝学》一章之中，胡小远、陈小萍以动人而伤感的笔触书写了孙诒让的失落。其实，“随着朴学大师俞曲园的辞世，乾嘉之学的时代将要彻底结束了，无情的历史之笔，将把辉煌一时的朴学一笔勾销”。他最为看重的学术成果《周礼正义》《墨子间诂》，极有可能面临着无人阅读的局面。究其原因，“人们的目光是那样的短浅，只看到支流而不见正源。究其原因，是因为中国实在太弱了，以至于人们难以想象远古时代完美无缺的盛周”。所以，被一笔勾销的辉煌，何止是乾嘉学派，何止是朴学？就连支撑中国几千年的文化，亦面临着空前的危机。

因此，年近半百之时，孙诒让开始走出书斋，进入更加广阔与严峻的现实。他开始兴实业、办学校。仿佛是为了弥补自己错过的时间，在人生最后十二年里，他一口气开了蚕学馆、设商会、集资成立大新轮船股份公司、人力车公司，以及三百多所师范学校。这是他对乾嘉学派“经世致用”思想的一次回响，其声如若洪钟，绵荡千里、穿越时空。

四

在《蝉蜕》一书之中，孙诒让的人生状态颇为“奇怪”。可以说，他拥有三张不同的面孔。少年时期，他对古老的经验与知识充满向往，试图在《周礼》当中找到完美治国方案。这个阶段，孙诒让有着一张老气横秋、毫无活力的面孔；到了青壮年时期，他看着同僚、友人们一步步地亲近西方文明，感到痛心疾首。一张愤懑、固执、保守的面孔跃然于纸上；到了人生之中最为保守的晚年时期，他反而变得开阔与开明，主动学习西方文明与制度，其态度之激进、之积极、之锐意进取，就连他的老朋友也深感震诧。此时，孙诒让反而有一张年轻、飞扬与活力的面孔。

这是一个倒置的人生，喻示了孙诒让漫长的、挣扎的、痛苦的蜕变，喻示中国文化向死而生的蝉蜕。自然，这样的设计，应是作者胡小远、陈小萍有意为之。因此，我们也就不难理解，孙诒让晚年对创办学校怀有如此巨大的热情。他是在培育更多新生力量，要为自己所热爱的文化与国家注入新活力。

孙诒让离世的那年春天，他的孩子们给玉海楼贴了一副对联。“诒让擦去眼镜片上的雪花看去，这副对联写着：殷周国粹，法美民权。他心里觉得暖和，于是，雪中的大宅也是暖和的，在寒气中充溢着春意。”

不再是神经质般地惦记着关门与否，不再是绝望、凋落的寒冬，天气开始“充溢着温暖的春意”。他完成了自己的历史使命，他相信自己看到了希望。

在《蝉蜕》之中，胡小远、陈小萍的文字所照亮的地方，不只是孙诒让的人生与学术，还有更深邃的历史。他们所探讨的问题，也不只是孙诒让的一生，还有更为迫切的现实。小说中的孙诒让超越了具体个人，与国家命运、文化传承纠缠、叠加在一起。

小说过于丰富的指向，模糊了孙诒让的面目。如果读者想要窥探孙诒让的历史真貌，也许要沉潜于《周礼正义》《周礼政要》《墨子间诂》之中了。不过，还原历史并非小说家的工作。小说家所要呈现的是，对细节的捕捉、对现实的观察以及对历史的思考。

我在孙诒让的身上，看到了晚清时期中国的困顿与焦虑，听到了传统文化发出了不甘的哀叹声。所以，孙诒让蝉蜕的过程，其实也是晚清时期的中国及传统文化求变求新求生存的艰难过程。他既是自我与传统文人命运的写照，也是国家与民族命运的象征。

未选择的路
——读止庵小说《受命》

一

博尔赫斯的经典名篇《小径分岔的花园》，我很喜欢。它向我们展示了时间与命运的复杂和残酷。在小说中，德国间谍余准走进汉学家斯蒂芬·艾伯特的家，遭遇了来自祖父彭冣的谜题。紧接着，艾伯特满怀激情地为他揭露了谜底，原来祖父那座小径分岔的花园的谜底是时间。一个人选择走往哪一个路口，将会开启一段截然不同的人生。在时间的迷宫里，人的一生拥有着无限的可能。然而，当余准拔枪射杀艾伯特那一瞬间，他的命运便尘埃落定了。余准成功地向柏林传达了轰炸的目标，最终以德国间谍的身份被捕。在犯罪口供上，余准充满了“无限的悔恨与疲倦”。

命运的复杂与残酷在于，看似拥有着无限的可能，实际上我们只能选择一条道路。正如弗罗斯特所咏唱的“黄色的树林里分出两条路，可惜我不能同时去涉足”。正是因为此，我们穷尽手段(生辰八字、星座、梦兆、自然现象等)推测命运的面貌，试图在人生的道路上做出最优的选择，进而改变命运。这自然是人类的傲慢，但同时也体现出人类的渺小与胆怯。在面对着莽莽的命运之时，我们穷尽所有的手段，不过只是为了寻求一丝安定感罢了。而当我们人生将尽，往事浮上心头时，又会充满“无限悔恨与疲倦”，因为在某个人生瞬间，自己或许可以作出更好的选择、更好的道路。而这，不仅仅会改变自己的人生，亦将改变他人的命运。

在止庵的首部长篇小说《受命》中，主人公冰锋于一个日常的瞬间，遭遇了命运的抉择。原本是一名普通的牙科医生的他，从患上阿尔茨海默的母亲口中，得知父亲生前的遭遇和得到复仇的遗命。本有着不错的前途的父亲，命运因同事的检举而急转直下。他被划成“极右”，下放到东北农村劳改，摘掉帽子后又因档案丢失，成为身份未明的“黑人”。父亲被迫提前退休，身体更是每况愈下，只得前往北京求医。在近乎绝望的境况之下，父亲不得已写信向仇人求助。然而，他等到的却不是帮忙，却是“限期离京”，却是“被发现已服毒自杀”。与父亲的凄惨相比，祝国英却一路扶摇直上，进而飞黄腾达。原本起步相似的战友，因在人生路途上作出不同的选择，命运却大相径庭。含恨离世的父亲，将遗书夹在《史记》之中。

这是一封充满无限悔恨的遗书。在遗书上，父亲自陈“反省一生罪过，悔愧不已，咎由自取，无怪他人。希望列为反面教材，以供来者鉴戒”。换言之，父亲并没有直接命令冰锋为自己复仇。那么，信息又是藏在何处呢？复仇的信息被父亲加密，隐藏于《史记》所载的伍子胥的故事中，隐藏于他用指甲划下的具体字句之中。所以，从这一点来理解，父亲其实留下了两封意志互为抵牾的遗书。

必须要讨论这两封遗书，究竟哪一封才是父亲的真实意志。就我个人的理解，两封遗书，或者更准确地说，两种意志并不是“非此即彼”的关系。即，它们无关真假，亦无关以谁为准，而是父亲临终前无数念头、情绪的具体呈现。人是复杂、精微的生物，是理性与感性并存的存在，人性更是光明与黑暗的结合体。因此，父亲必然对自己的灵魂进行过苛刻的考问，必然会对自己多舛的人生进行过无数次的复盘：自己是否可以像祝国英那样行事？自己是否真的有罪，才导致人生惨淡？祝国英是否真的是罪魁祸首？父亲有所怀疑的思想，亦有所坚持的信念；有所悔恨之处，亦有所怨怼的对象。于是，这复杂难明的思绪、都化为最决绝的反抗。

受命，简单来说，就是承受命运。受命有被动与主动之分：被动者，典型者如余华小说《活着》中的福贵，坚韧地承接着、忍受着苦难重重的命运。他不去反抗，亦不逃避，只坚持着活下去的信念。毕竟，活着才会有希望。然而，希望具体是什么，却是模糊的、无法确认的；主动者，则是肩负起沉重的使命，明知不可为而为之。冰锋是后者。因为讯息尽管是父亲留下的，但解读出复仇意志的却是冰锋。同样的线索与信息，不同的人完全可解读出截然不同的答案。比如说，冰锋的弟弟铁锋，如果他得到父亲遗留的讯息，想必会践行遗书上的教诲，想必会放下仇恨，踏步向前看。在小说中，铁锋正所做的选择，正是如此。当他遇到祝家公子后，便敏锐地意识到摆脱黯淡无光的命运的机会，就在眼前。铁锋毅然决然离开北京，前往深圳，帮助祝家公子创业。

因此，复仇是冰锋的自我意志，只不过借助父亲遗留的信息得以确认。他在光中发现父亲留在《史记》中的划痕——仿佛是神启，为父亲复仇便成为一种神圣的使命。他必须执行，否则无法对父亲乃至整个家族所承受的苦难交代，否则无法厘清暧昧不明的历史。

二

确认复仇的意志后，冰锋按部就班地准备着，比如寻找仇人。事实上，找到祝国英并没有想象中那么困难。冰锋的困境来自别处。在一次诗歌小组活动中，他认识了大学生叶生。在相当长的一段时间里，两人是“朋友之上，恋人未满”，处于甜蜜的暧昧期。直到春节，叶生领着冰锋回家，参加家宴。冰锋这才赫然发现，叶生的父亲竟然是祝国英。原来，他复仇的最大阻碍，并不是现实中的困境，而是遭遇到罗密欧与朱丽叶式的悲剧。为了完成复仇大业，冰锋只得选择远离叶生。为了舍弃对叶生的爱，冰锋甚至与同院的护士芸芸相恋。

复仇是冰锋的执念。他不只舍弃了对叶生的爱，甚至利用了叶生对他的深情。在复仇的前夕，冰锋做最后的准备，与自己身外之物告别，如文学杂志、“笔记本，一些写了诗句的散页，贺叔叔的信，还有父亲留下的那册《史记》”。他“粗略翻了一下，荒废已久，看着都有些陌生了。忽然看见一行不知什么时候写的句子：记忆是一部未烧的书”。记忆既然是书，那么就意味着可被烧毁、可被遗忘。

有一点让我很在意，这句话究竟是谁写的呢，究竟是写在何处，写于何时？从文字的风格来说，将它默认为冰锋所写，自然是个稳妥的选择。可阅读的经验告诉我们，面对着狡猾的叙事者，必须多留一份怀疑。叙事者并未明确地告知我们，这就意味着至少拥有其他的可能性。它可以是冰锋写的，可以是父亲写的，可以是贺叔叔写的，也可以是母亲写的。不同的书写者，意味对待历史的不同态度。

关于父亲的记忆、关于复仇的记忆，一直遭受着来自各方的侵袭。母亲的阿尔茨海默是一个象征，是“疾病的隐喻”。在生命的最后关头，母亲的记忆已被病魔摧毁，脑海中已无仇人祝国英的记忆；冰锋的弟弟与妹妹，则无法触及这段记忆。至于两名相关人士，贺叔叔承认是承认，但也自有一套逻辑去阐释与开脱。祝国英呢，我们无法得知他确切的、真实的态度。冰锋寄出那封“警告信”，对于他来说，类似的信件过于常见，完全失去了警示的作用。冰锋试图在他的言语之中获取忏悔的意图，注定会是缘木求鱼。

无论是亲人，还是相关者，关于父亲的记忆，关于父辈的苦痛，正在加速地流失、遗忘。而这，正是冰锋所担忧的。当记忆被淹没在经济大潮之中，淹没在“向前看”的乐观情绪之中，父亲所谓的“以供后来者鉴戒”，也就无所谈起。因此，复仇只是冰锋的目标之一。他还有更深沉的目的，就是对抗遗忘。他试图以流血事件唤醒那即将被遗忘与尘封的记忆。

在小说中，伍子胥的故事被反复地提起。面对着父亲伍奢的困境，伍尚伍员所做出的选择，自然代表着两条截然不同的道路。冰锋所面临的境况，比伍子胥更为复杂。因为父亲所扮演的角色，既是伍奢又是伍尚，“而自己除了生在父亲倒霉的那一年，算是一点因缘外，彼此相处的十年光阴里，究竟有什么表现使得父亲寄予厚望呢？显而易见，冰锋只有真正成为一个像伍子胥那样的人，才能完成复仇大业。而最令冰锋佩服的是，当这一突如其来的境遇强加给伍子胥时——实际上是伍尚的话影响了他，而伍奢对他也有同样期待，他的人生方向就改变了，他沿着这个方向，一生只做这一件事，从来不曾有过任何动摇”。

似乎，摆在冰锋面前的选择，只能是成为伍子胥。似乎，他的命运注定要当一名复仇者。其实，止庵在不动声色地叙述之中，给冰锋提供了另外一条道路。那就是写作。在对抗遗忘上，写作是最有成效的方式之一。因此，当冰锋在诗歌小组说出自己要写一部与伍子胥相关的诗剧时，不禁让人松了口气。复仇固然是使命，但他至少可以用写作去完成。我有一个不负责任的猜想，如果冰锋完成了他构想中的诗剧，他与叶生之间的爱情，会不会有个美好的结局？

三

好了，最后让我们回到小说的开头，也就是楔子部分。

准时起床、吃早点、等公交、到达医院，上午限挂六十个号，下午仍限挂六十个号。其间，护士叫号声、牙钻声此起彼伏。下班后离开医院，挤公交，穿越大半个城市后，回到家。晚饭“凑合了事”，睡前阅读诗集或小说。明天若是星期天，则会多睡一会。

止庵的叙述，事无巨细，仿佛是电影中的长镜头，向我们展现了牙医冰锋的日常生活。“不出意外，日复一日可能要在同一岗位干到退休”，这样的叙述充满了危险的况味，容易让人误以为冰锋的人生陷入平庸、陷入某种困境，急需一场“意外”，帮助他逃离日常生活的无聊与平庸。

尽管这样的解读，未尝不可，然而将日常生活视为困境的观点，却使我心有戚戚焉。日常生活固然有其平凡、无聊，甚至是令人沮丧的一面，但并没有我们想象那么糟糕。在看似机械的日常生活中，亦有令人神采飞扬的瞬间。大多数人的一生，情感会有一瞬间的绝望，亦会有一瞬间的喜悦，人生中的困难，有些会成功地跨过去，有些又会无法逾越，然后继续着各自的人生。度过这些起伏后，大多数人都会回归为安静的自我，正如冰锋睡前在书柜里精心挑选小说或诗集的瞬间。

这就是日常生活，这就是人生。所谓的困境，只是日常生活中的一部分。在小说创作之中，一些写作者往往会对日常生活怀有巨大的敌意，对“逃离”“边缘”“例外”“游离”怀有巨大的热情，夸大它们的价值，进而过分依赖传奇。对于写作者而言，发现日常生活的价值，并赋予其耀眼的光芒，并非一件容易的事儿。这样的写作，除了需要时间与经验的积累，更需要坚韧的耐心与苛刻的审美。

因此，在楔子里，止庵所呈现的也许不是陆冰锋的人生困境，而是日常生活的魅力。看似日复一日的生活之中，充满了令人怀想的温馨与美好，如此起彼伏的牙钻声，睡前的一小段阅读。其实，怀揣着复仇使命的冰锋，并不适合当一名复仇者。在小说的第二章，冰锋在胡同里打探祝国英的消息，忽然发现一处铁门紧闭的深宅大院，“祝部长进出得坐汽车，没准就在这里”。紧接着，止庵笔锋一转：

“冰锋站在那几棵丁香树旁边。有白丁香，也有紫丁香，一天里不同时间香味似乎不同，现在比下午香得多，仿佛天黑下来开始发力了。香味是弥散性的，但不是散发，而是喷射，不像是天然的，倒像是人工的，有股洗衣粉的味道。”由于铁锋没有见到祝国英，几天后他又去了一趟。此刻，铁锋所关注的，仍是“丁香不如上次香了，仿佛已经精疲力竭。但在某个风向突然出现浓烈的香味，离开这个风向就闻不到了，尽管风很小。甚至看不出枝条摆动。或许因为冰锋走来走去，或许有的花比别的香，但从外表看那些树、树上的花都差不多，只有白色与紫色的区别，他也分辨不出哪种更香”，仿佛冰锋并非复仇者，而是一名耐心的赏花人。

类似的细节与描写，在小说中随处可见，可以说整部书的肌理。它们构筑了止庵的记忆王国。相比于冰锋的复仇，我更喜欢这些卓越的闲笔。在媒体报道中，我们得知小说最初的构思，其实发生在八十年代，遗憾的是止庵当时并未完成创作。其中缘由，大概是当时人事、风物、景致在作者看来皆是“只道是寻常”。

以故宫博物院为中心，四处分布着景山公园、中南海、天安门广场、长安街、王府井书店、仁爱医院、北京游乐园、首都博物馆等地标建筑，这张随书赠送的地图，既清晰无比，又模糊不清。清晰之处在于各处建筑、景点、街道井然有序，而模糊之处则在于我们无法捕捉到更多的细节。没有精准的距离，没有确切的路口，只有景物从从容容地相处着。这是记忆的特点，经过岁月涤洗，最终留下的是生命中那些无比重要的场所与时刻。在这张记忆的地图中，有冰锋、铁锋、叶生、芸芸、诗歌小组以及二十世纪八十年代北京的点点滴滴。经过四十年的时间洗涤之后，止庵记忆中的寻常之人、之事、之物终于散发出温润而美的光芒。

月色满庭院
——读牛僧孺《韦氏》

在我七八岁的时候，家里来了位算命先生。他向母亲要了我和弟弟的生辰八字，然后开始为我们推断人生。结果被他用毛笔写进一沓白纸中，再订成一本薄薄的线装书。白纸黑字，郑重异常。母亲很是小心地用袋子把书包好，收藏至衣橱深处。

在我没有走进社会之前，一度非常惦记这本书。于是，我翻箱倒柜，把它找出来。书早就泛黄、页面稀松、纸张脆弱，一些文字亦被虫孔所破坏。我翻阅着这本命运之书，发现算命先生所断的命运，细致到每个年龄段。长大后会成为什么样的人？十四五岁会有个小灾难，需要防水；二十五六岁，可能会遇到爱情；三十岁以后，事业会上升期；四十岁之后，事业可能遇到挫折……

算命先生断的命运准吗？不那么准确，但也不是错得离谱。现在回过头想想，算命先生只不过把普通人的一生简单地归纳了一遍。十四五岁的少年，不知天高地厚，整日成群结队，喜欢到大河里凫水，稍稍不注意，可能就会被水流所吞噬；二十五六岁，正是成家立业的最佳时期；三十岁以后，工作多年，精力与经验都足够，事业自然会处于上升时期。而到了四十岁，不就面临着中年危机么？

我读大学那几年，父母几乎每年都会叫人帮我算一次命。而当我工作后，真正开启自己的人生后，赫然发现他们慢慢地就放弃了算命。如今想起，读大学那几年确实他们对我未来最为焦虑、最不确定的时期。算命先生推测出那些模糊而又言之凿凿的命运，确实会给人一种岌岌可危的安定感。不管未来人生走向到底如何，不管算命先生是否真的“神机妙算”，父母对孩子未来巨大的焦虑，得到了纾解。在那本泛黄的命格书里，他们孩子拥有一个清晰的、确定的未来。

二

假如真的有算命先生能窥破天机，能从生辰八字里推断出某个人的一生命运。推算的结果何止不好，简直糟糕。那么，这个人将如何面对自己的残酷多蹇的命运呢？

显然，多数人或奋力反抗，或极力躲避，没有人会乖乖接受，就此认命。只有极少数人，才会坦然接受自己的多蹇的命运。唐人牛僧孺所撰的《玄怪录》卷二有《韦氏》一文，讲的便是韦氏勇敢面对自己惨淡人生的故事。

韦氏是豪门之后，家住京兆。在待嫁的年龄，面对着裴家、王家的求聘，她跟母亲说："非吾夫也。"好在韦母是个开明之人。在韦氏二十岁时，母亲跟她说，进士张楚金前来求亲。韦氏听了，笑着说："我的丈夫就是他了。"既然女儿已点头，母亲怎会不同意呢？于是，两家就择日成婚。

当一切都搞定后，母亲对韦氏问出自己埋藏在心底已久的困惑，你怎么就这么笃定张楚金是你的丈夫呢？于是，韦氏就向母亲道明真相。原来在她及笄之年的某个深夜，她做了一个凄美而悲伤的梦，昭示了她一生的命运。

在梦境之中，韦氏二十岁时嫁给了清河的进士张楚金。刚开始，家庭、生活颇为顺利，张楚金亦"以尚书节制广陵"，家族一副欣欣向荣的局面。岂料，旦夕祸福，风云突变，张楚金伏法，满门皆死。整个家只剩下韦氏与刚过门的儿媳妇。两人被拘进皇宫，罚作奴婢，"蔬食而役者十八年"，才得以赦免，"蒙诏放出"。

事情并非一帆风顺。大赦的诏令在中午已经传达到韦氏与儿媳妇之处，可等到她们出宫时天色已暮。两人只得匆忙赶路，走到一条河时，夜色已浓，罩住了四周。韦氏与儿媳妇四顾昏然，不知何往，只得在河滩上相拥而泣，相互勉励，说："这里不宜久留，我们趁早过河吧。"渡河之后，韦氏与媳妇往南行，走进了一条破败的里巷。两人自西门入，沿着墙垣而往北走，犹如丧家之狗。自西而东，于东大门处遇见一所大屋。疲惫不堪的两人，前去造访，想得到休憩之地。大屋冷冷清清，大门洞开，无人把守。两人一路深入，走到戟门，又是门户大开，“亦入”。紧接着，韦氏与媳妇“逾屏回廊四合，有堂既扃，阶前有四大樱桃树林，花发正茂，及月色满庭，似无人居，不知所告”。

于是，韦氏与儿媳妇“对卧阶下”。岂料，刚刚躺下来，就出现一个老人，边骂边驱赶她们。韦氏与儿媳妇实在太过疲惫，便向老人说起自己的遭遇，以博取同情。两人的求情起到作用，老人的心顿时软了下来。他转身离开，算是默许。两人刚坐定，西廊处忽而传来脚步声。一少年“来诟，且呼老人令逐之”。

韦氏的遭遇实在是令人心酸至极，好在老人同情她们，苦苦为之求情。到了此刻，事情终于出现转机，少年低着头离开。过了一会儿，他穿着“白衫素履”出现，哭着跪在阶下。原来他是尚书张楚金的侄子。少恸哭不已：

“无处问耗，不知阿母与阿嫂至，乃自天降也。此即旧宅，堂中所锁，无非旧物。”

原来，这是张家旧宅。少年恸哭着打开堂门，里面布局与陈设，“宛如故居之地”。韦氏在这里生活了九年后，离开了人世。

韦母听了韦氏的话，心中颇为奇怪，“且人之荣悴，无非前定，素闻之矣，岂梦中之信，又如此乎？”韦母对女儿的梦兆有所疑虑，并未完全相信，“乃心记之”。果不其然，韦氏此后的命运，梦中之事，一一应验，“其褰裳涉水而哭，及宅所在，无差梦焉”。

以梦来昭示人生，乃是古典笔记常见的主题，唐人尤为喜欢。如著名的黄粱一梦、南柯一梦等，卢氏与淳于棼历经繁华，最终却发现所有的一切都是梦幻，转眼即空。当他们察觉世事无常后，便幡然醒悟，自此归隐山林。

梦兆所指向的命运，仿若深渊。梦中所昭示的人生，对于卢氏与淳于棼来说，是醒世警言，从根本上否定了他们人生的目标与意义。于是，面对着来势汹汹的命运，他们低下头去，绕道而行，选择了一个最安全与稳妥的人生。

韦氏最令人钦佩的地方，就在于她没有逃避自己的命运，而是果敢地选择迎难而上。她不是没有机会改变自己的命运。至少有两次绝佳的机会，摆在她面前。面对着裴、王两家的求婚，但凡答应了其中一人，她的命运就会截然不同。与张楚金相比，裴、王两人乃望族出身，韦氏嫁给他们，人生应该不会变得更糟糕。

趋利避害是人的天性。韦氏为何会反其道而行之，坚定地走向命运的深渊？

二

必然会有超越苦难的存在，让韦氏愿意接受自己的命运。

人生若是只有苦难，只被动地“活着”，那么人生的意义将会消解，滑向彻底的虚无。充满绝望的人生，有什么价值呢？重复着苦痛的生活，有什么奔头呢？人们容易被苦难所魅惑，进而歌颂之、赞美之，并从中获得些微的成就感，以抚慰自己贫乏的人生。苦难的价值并没有我们想象中的大，正如灾难过后的废墟，仅有的价值也许是回忆。

韦氏的人生，并非全是不幸与苦痛，至少在四十岁之前是幸福的。对于自己的婚姻，韦氏拥有知情权与自主权。韦氏父母并未因政治与家族的因素强迫女儿接受一段她不认可的婚姻。可见，韦氏是京兆尹夫妇的掌上明珠。在他们的保护与宠爱之下，她度过了一个无忧无虑的快乐童年。而嫁给张楚金之后，丈夫事业步步高升，官至尚书；儿子健康成长，顺利成家。一切迹象显示，张楚金家欣欣向荣。

就在张楚金如日中天之际，一场猝不及防的政治灾难袭击了他。“在镇七年，楚金伏法，阖门皆死”，张楚金因何而伏法，伏法是何年何月？这些至关重要的细节，韦氏并未如实向母亲禀告，而是轻轻地带过，留下迷蒙的空白。

谜底在后文才解开。原来张楚金伏法，乃是“神龙中以徐敬业有兴复之谋，连坐伏法”。又，《旧唐书》中有关于张楚金的记录，则透露了更多信息与细节。在武则天临朝时期，张楚金可谓荣耀极矣，“历位礼部侍郎、秋官尚书、赐爵南阳侯”，直到后来，才为“酷吏周兴所陷，配流岭表，竟死于徒所”。

那么，这是否说明张楚金伏法过程不重要呢？恰恰相反，是过于重要，才导致韦氏选择性地沉默。这短短几行字，便是一个家族的兴衰史。“眼见他起高楼，眼见他宴宾客，眼见他楼塌了”，忽起忽落，其落差之大，犹如云端坠入泥地。韦氏的复述，冷静、节制，私人的、具体的痛楚被巨大的历史传统所遮掩。这出《红楼梦》式的悲剧，韦氏选择轻轻带过，是对母亲、也是对自己最深的悲悯。

文学所要照亮的，不只是宏大的、跌宕的时代，还有幽微的、独特的时刻。果然，在家族的灾难结束后，韦氏从冷酷的历史中走出来，进入独属于个人的空间。韦氏所遭遇的困境，所遭遇的苦痛，变得细腻、具体、真实。婆媳两人天暮出宫，涉水过河，东奔西走，一段艰苦的“行路难”，宛在眼前。她们相顾茫然，一路上的诸多挫折，疲惫在慢慢累积。两人来到堂屋，身心的疲惫已经达到极点。一幕摄人的美景，映入眼帘：

“阶前有四大樱桃树林，花发正茂，及月色满庭。”

在韦氏人生的暗夜里，终于出现了一抹温柔的亮色。似乎，韦氏此前所经历的困难与波折，都是为了这一刻而准备的。韦氏内心所郁结的疲惫、困顿、委屈、怨气，逐渐散去。于是，她内心的阴霾，被一扫而空，开始澄净、明亮。所有的苦难，都内化为柔韧的力量。那皎洁的月光，那盛开的樱桃花，对于韦氏来说，是超越狭隘仇恨的爱，是超越善恶的力量，是人生废墟盛开的美，是人生的永恒时刻。而这，将会照亮韦氏的人生。

与别人不同，韦氏因知晓了自己的命运，事实上是经历了两遍相同的人生。在纷繁而漫长的梦中，韦氏怀着对未知的恐惧，走向了未来。她不知道命运的转机在哪里，也不知道灾难会持续多久。她怀着战栗与恐惧，探索自己的一生，进而发现人生的意义。当她从梦中醒来，回到现实后，将会再次战栗地踏上人生的旅途。只不过，这一次她不是为了发现自我，而是为了验证自我。有时候，验证并不比发现困难。在新的人生里，她将会在怀疑与夷犹中度过。“花发正茂，及月色满庭”，也许将会是她在信念动摇之时的支柱。

三

詹姆斯·伍德在《最接近生活的事物》一书之中，对死亡做出了典型英式幽默的阐释：“他的去世是他短暂一生之中显著又英勇的事实，余下的不过是平日里普普通通的欢乐点滴”，当朋友谈论起死者，“发言者们拼命地想要扩充并抓住逝者一生中那些美好又平淡瞬间，填满从1968年到2012年之间的每一个日子，这样我们离开教堂时想起的就不再是他的生命的起点与终点，而是其间永恒的时刻”。

死亡让流动的人生静静地凝结在某个时间点上。进而，人生顺理成章地成为一个抽象的事件，而不是延续的、流动的生活状态。从漫长的噩梦中惊醒过来的韦氏，从此成为一个阅读者和探索者。她必须像阅读一部小说一样，阅读自己的人生，并重新挖掘生活的意义。

“阶前有四大樱桃树林，花发正茂，及月色满庭”，自然是极其瑰丽唯美，摄人心魂。可人生路途，漫长而遥远，即使如韦氏提前知晓路况，亦需要更加坚实的力量来支撑。若是人生只依靠“永恒的时刻”，那么她将面临着彻底悲剧。因此，韦氏所要挖掘的生活意义，是“平日里普普通通的欢乐点滴”。这些细小的欢乐，才是生活的魅力所在。如果说“月色满庭院”让她超越苦难，而日常的、点滴的欢乐则是生活本身所具备的光亮。

韦氏在掖庭宫服役十八年后，“蒙诏放出，自午承命，日暮方出宫闱”。她明明是中午就可离开，为什么在日暮时分才出宫闱呢？行文即将结束时，牛僧孺揭开了谜底，原来是宫中有人留食，“午后受诏，及行，总监绯阉走留食，候之。食毕，实将暮矣。”一顿饭吃了整个下午，这才错过了最佳出宫的时间。换言之，韦氏与儿媳妇在路上所遭遇的困难，其中缘由就在于这顿饯别饭。

这是一顿重要的饭，“及行”“走留食，候之”等字眼，足以说明这顿饭准备得很是匆忙。似乎，掖庭宫的同事们刚刚得知韦氏特赦的消息，于是才开始慌里慌张地准备饭菜。这种散发着喜悦的慌乱，不禁令人想起老杜的《赠卫八处士》。所以，也正是这些字眼，证明了这顿饭不只是例行公事，不只是一个出宫的仪式，而是日常生活里的欢欣与喜悦。

韦氏在宫中服役十七年里与同事们建立起了深厚而又强劲的情感。我们不妨想象一下，在某个夜晚，她们会聚集在一起，说说知心话，交换彼此的生命里的欢乐与苦楚。她们成为一个生命的共同体，在掖庭宫里相互依存，温暖彼此的生命。也只有这样，韦氏才能在掖庭宫里安然度过了漫长的十七年，不至于被难以计量的苦难窒息。所以，这一顿吃了一下午的饭，是喜悦与伤感并存。喜悦的是，韦氏就此脱离苦海；伤感的是，这是一场艰难的别离。韦氏与宫中好友，几乎都是迟暮之年，余生或难再见面。

一蔬一饭，是人生赖以生存的根基。人情冷暖，是社会得以运转的纽带。而在日常生活里，因其琐碎与普通，往往容易被人忽视。只有在特定的环境之中，琐碎与普通的日常生活，才会显得弥足珍贵。当饥饿成为常态时，人情冷漠成为惯性后，普普通通的一顿饭，简简单单的一段情谊，就会超越日常，成为生存下去的依靠。

韦氏以戴罪之身进入掖庭宫后，肯定会有很长一段时间，生活在惊惶与恐惧之中。一双无所不能的大手，扼住了她命运的喉咙。危险就潜藏在身边。不过，随着时间的推移，她与掖庭宫里的太监、宫女们建立起联系。从陌生到熟悉，从心怀警惕到相互依存，韦氏一步步改善了自己在掖庭宫的生存环境。家破人亡给她带来的身心创伤，可能渐渐被日常生活所遮掩、所治愈。可以预见，韦氏十七年的掖庭宫服役生涯，并非全是悲哀的底色，应该还有一些坚实、朴素的温暖。

有一个问题，急需我们的回答：既然这顿饭如此重要，为何韦氏并没有向母亲讲述呢？答案当然可以是牛僧孺的叙述策略，但这样未免太过“正确”。以我个人的理解，即使韦氏在梦中度过了一生，但二十岁的她，并没有意识这顿饭的重要。年轻的韦氏，衣食不愁，生活顺利，悬挂在人生半途中的灾难，她得走好长一段路程才能触摸到。一蔬一饭的情谊，日常生活里所蕴含的爱与力量，她是“只道当时是寻常”。人不都是这样么，年轻时爱起来轰轰烈烈，恨起来斩钉截铁，喜欢跌宕如飞的生活，只有老之将至，才会去珍惜身边的庸常与日常，才会承认生活的底色是“寻常”，而非跌宕的“传奇”。

四

就在韦氏十五岁那一年，她像所有唐朝少女一样，对未来充满期待，暗地里想象过自己未来的夫君。可是，在某个夜晚，一个古怪的梦袭击了她。在梦境之中，她度过了自己漫长而又坎坷的人生。

也许是清晨的鸟鸣，也许是母亲的叫唤声，惊醒了少女韦氏，让她摆脱了古怪的梦境。当她睁开眼那一刻，看到的是熟悉的房间，听到的熟悉的声音，心底里也许会庆幸，自己所遭遇的并非是真实的，而是梦境。此后，秀才裴爽、前参京兆军事王悟陆续前来求婚，让她感到战栗与恐惧：梦中所发生的一切，都会降临于现实；梦中所昭示的，不只是她个人的命运，还是整个家族的苦难。此后，韦氏告别了无忧无虑的少女时代。面对着来势汹汹的人生，她决定勇敢地迎难而上。

韦氏是勇者。生活中有两种勇者值得我们致以最崇高的敬意：一是与命运搏斗者，一是命运肩负者。在凶险、动荡的命运面前，大多数人会选择消极逃避，常常陷入自怨自艾的情绪之中，进而导致人生不断下坠；命运搏斗者，可能会有短暂的迷惘与绝望，但他们很快就会重新振作起来，在看似不可能中撞出全新的未来，从而改变自我的命运；至于命运肩负者们，并非没有搏斗的力量，亦不是没有撞出新路的魄力，而是他们已然认清命运的面目，仍坚定地接受自己的人生，肩负起命运赋予自己的使命，并为之牺牲，为之奉献。这，才是最值得钦佩的，也是最艰难的选择。

一个人只有拥有责任感与使命感，自我才会拥有强劲的力量，内心才会焕发出不灭的光芒。反之，一个人若是丧失责任感与使命感，则很容易成为彻底的失败者与灾难。对于人生，我们常常会给它下一个简单明了的定义：人生平安，吃得好住得好穿得好，是为命好；而人生不顺，生活遭遇诸多挫折与风波，是为命坏。韦氏的伟大，就在于超越了命运的好坏，超越了世俗的善恶，做出最不符合人性却又崇高的选择，肩负起命运赋予的责任与使命。

梦境降临于少女韦氏身上，让她提前知晓了自我与家族的命运。就在她醒来那一刻，她就成为一名先知。而先知的力量，并非是预知一切，而是内心坚定的信念，是“虽千万人吾往矣”的信念，是勇敢接受西西弗斯式的苦难。

当然，韦氏不是西方式的先知。在知晓一切后，她没有去启蒙大众，而是选择一个人独自承重。她在母亲面前，守口如瓶。只有当命运成为现实后，她才选择遮掩最惨烈的苦痛，透露一二，解答母亲内心的困惑。在韦氏的身上，我们可以看到中国传统女性的缩影，隐忍、坚韧、强大。在苦难面前，往往会牺牲自我，独自承担家庭的重任。可以说，韦氏是为了张、韦两家，而牺牲了自己。她也始终相信，自己所做的选择，最终目的是为了帮助家族。

韦氏的选择，很容易被人误解成是宿命论。在《韦氏》一文结尾，牛僧孺写道：“梦信征也，则前所叙扶风公之见，又何以偕焉。”可见，韦氏的经历仅是被当作宿命论的一个例证（宿命论的故事，在古典笔记中，多如牛毛）。当然，这并不是牛僧孺的错。因为宿命论一直笼罩在古人心中，阴霾不散。社会动荡、生老病死……宿命论用简单、粗陋与武断的答案，回答了繁杂的人生难题。而正是简单、粗陋与武断，让宿命论收割了过去、现在乃至未来难以计数的信众。

五

现在，让我们盘点一下韦选择接受命运的理由：月下盛开的樱桃花、一顿匆忙准备的饭菜，以及沉重的家族责任与使命？目前看来，她所做的努力，所做的牺牲，似乎都是为了他者。因此，当我们追溯韦氏的力量来源时，也许要正视她那颗更加自我的私心。不为义务与责任，不为日常生活，而是真正属于韦氏的“自私”。

韦氏两次“笑曰”与“终不谐”，引起我的遐想。在《韦氏》开篇，“既笄二年，母告之曰：‘有秀才裴爽者，欲聘汝。’女笑曰：‘非吾夫也’。虽媒媪日来，盛陈裴之才，其家甚慕之，然终不谐。”此后，王悟求聘的情况，亦“终不谐”。直到张楚金的出现，韦氏才“笑曰：‘吾之夫乃此人也’”。

古文的简练，让两次“笑曰”，模糊一片。拒绝裴爽时，韦氏脸上挂着的笑容，是无奈的笑，还是从容的笑？我们已经无从得知。裴爽令韦家“甚慕之”，韦氏却倔强、坚定地“终不谐”。至王悟求亲，韦母已经动用了亲戚的力量，直接开口劝韦氏，与逼婚无异了。而韦氏的内心与意志，仍坚定如一，“亦终不谐”。可以想象，少女韦氏面临着巨大的家庭与世俗压力。

有了裴、王两家的前车之鉴，家世不及他们的青年才俊们，自然会知难而退。韦氏的婚姻问题，就此被悬挂着，状态很是尴尬。在韦氏二十岁那一年，张楚金出现了。一个普通的年轻人，穿着他最好的衣服，带着他最好的礼物出现了。他的“最好”，在豪门韦家面前，还是显得寒酸。他最值得一提的，便是他的进士身份。种种迹象表明，张楚金想要求亲成功，着实是“难于上青天”。然而，他并没有畏惧失败，仍毅然前往韦家，给自己一个机会。

“进士张楚金求之，母以告之”，无媒人帮衬，韦母像是走过场一样通知女儿。韦氏数次拒绝，可能让她感到挫败乃至绝望。在她看来，张楚金就像是以往的求婚者一样，结局注定会是苦涩的失败。出乎人意料的是，韦氏却笑曰：“吾之夫乃此人也。”张楚金的勇敢，得到了回报。

那么，韦氏为何会下嫁张楚金呢？其中原因，也许只能解释为爱情。古人婚嫁，讲究父母之命、媒妁之言，讲究门当户对。成亲之前，男女双方并无多少机会相见。韦氏本没有机会在婚前爱上张楚金。可她十五岁时的那场梦，让爱情有了可能。

高傲的韦氏为何会选择“寒酸”的张楚金呢？一个不负责任的猜想，韦氏可能厌倦了豪门之间的联姻，她想要掌控自己的爱情。她拒绝裴爽、王悟的行为，无疑给后来者传达一个信号：只有超过裴、王两人的家世与条件，才有资格提亲。殊不知，这只是韦氏设置的障碍，最终只有张楚金跨越了，只有他是捧着崇高的爱意前来。

张楚金并未见过韦氏，他的爱情何以可能？秘密是在故事中。韦氏拒绝裴、王后，她的行为与事迹，必然会以八卦的形式流入市井。随着故事不断地传播，韦氏的形象逐渐失真与扭曲，最后呈现在听众面前的是一个被定义、被塑造的韦氏。赞美有之，诋毁有之，真真假假，难以辨认。在众多青年才俊中，只有张楚金穿越故事的泥淖，抵达了韦氏的内心。

在韦氏与张楚金接触那一刻，爱情便发生了。两人成为夫妻，养儿育女，一起度过了甜蜜与幸福的前半生。家族遭遇厄运，并未摧毁彼此之间的爱情。韦氏对张楚金的怀念，将会支撑她走过最艰难的日子。真正灾难在于韦氏梦醒那一刻。因为在韦氏睁开眼睛那一瞬间，就预示着爱情是虚幻的、破碎的。所有的幸福与甜蜜，都是不存在的。

现实正在复刻梦境。当韦氏发现这一点后，肯定会激动。因此，回过头来看，韦氏第一次"笑曰"（若是梦境跟现实一样，那么韦氏的"笑曰"，其实发生了四次），可能是她意识到现实正在按照梦境的轨迹推进。这就意味着，本来不可能发生的爱情，正在成为现实。接下来，韦氏所要做的事情，就是等待张楚金到来，等待爱情降临。她的人生，因此充盈、丰满。她没有浑浑噩噩地度过一生，爱情让她坚定地选择了自我命运。此后，她所遭遇的苦难，其实是她那伟大选择最强有力的佐证。

六

韦氏最大的困境，不是苦难，而是命运已知。关于人生的一切，关于未来的期许，都被剧透了。上天给了她一副明牌，甚至出牌顺序都已经安排好，何其绝望与被动也。令人钦佩的是，她并没有自暴自弃、自怨自艾，把牌随手一甩，而是以刚健的姿态，去迎接人生，去发现生活的意义。

命运是什么？这是每个人都要面临的问题，答案亦因人而异。与韦氏相比，无须面对剧透的命运，是我们最大的幸运。

后记：普通的，自私的

十一年前的春天，我从广东老家，乘坐T字头的火车，前往上海。我躺在卧铺上，听着车轮轧过铁轨，听着律动般的咣当声，心中虽极为惘然，却也有一股冒险的喜悦。每当到达一个站点，车厢都会空了又满，满了又空。到达终点的乘客们，拎着大包小包地挤下火车。紧接着，另一批乘客同样拎着大包小包挤进车厢。除了深夜与凌晨，火车里永远是热闹的。天南地北的人，用带着方言口音的普通话交谈着，以度过漫长的旅程。

我不是擅长交谈的人，大多数的时候都会坐在过道上座椅上，望着窗外。火车近乎匀速地前进，窗外的景色渐渐变得层次分明起来。连绵的山峦过后，是广袤的田野，是热闹的城镇，是高楼林立的城市。冬天里严寒的空气，尚未消退，有些乡村与城镇白雪飘落。雪花落在树梢上，落在裸露的田野上。层叠的大地，随着火车的前进，次第展开。火车次日中午抵达上海。一踏下火车，即被眼前的涌动的人流震动。如拥挤的流水，发出喧嚣的声音。我低头汇入人海中。

对于我来说，来上海谋求发展，是顺理成章的。读大学的时候，因为写作，机缘巧合地认识了李伟长老师。那时，他还在上海作协工作，负责“文学百校行”——充满浪漫色彩的年轻人写作扶持项目——正全国各地搜罗青年作者。沉迷于写小说的我，有幸成为其中的一员。我与上海作协的结缘，也是缘于此。而这，改变了我的人生。我常常暗自心惊，如果没有上海作协，没有与上海师友们的相遇，我可能不会走上写作与文学批评之路。

必须诚恳地承认，文学批评并非是我的初心，而是第二选择。在2013年至2015年间，我写了许多小说，但苦于无处发表。因此，翻看作品之余，我不免陷入巨大的沮丧与茫然之中。也是这段时间，李伟长老师告诉我，可以尝试写评论。至于理由，若是我没记错，是认为我对文学作品感知“敏锐”。对于处于沮丧的年轻人而言，这种鼓励是巨大的。因此，我便渐渐走上文学批评之路。然而，磕磕碰碰地写了十年后，我越发清晰地感知到，自己大约是名普通的写作者。既无勇气剖析自我，亦无锐气去批评他人，更无学养来建构深刻的理论。更为致命的是，面对文本时，我常常惶然，无法准确地感知作者的内心与思考，最终只能整理出一些自私的想法与情感。

刚开始学习写评论时，李伟长老师跟我说，要挖掘文本的价值。长久以来，我一直将这句话理解为，要发现作品中美学上、文学上的价值。细节的意义是什么？叙述的创新在哪里？作者的声音在哪里？等等。在整理《现实的重力》文稿时——将自己的文章重新梳理一遍后，我猛然发现，多年来我所关注的、所要追问的问题，几乎没有变过：一个人如何面对故乡，一个人如何安放自己的命运？我作为一个普通的读者，在接触到众多文学作品后，试图寻觅答案，来解决自己内心深处的困惑。其固然是浅薄的，然则对于我来说，却也是弥足珍贵的生命印记。

文
景

Horizon

社科新知　文艺新潮

现实的重力

王辉城 著

出 品 人：姚映然
责任编辑：朱艺星
营销编辑：杨　朗
装帧设计：安克晨

出　　品：北京世纪文景文化传播有限责任公司
(北京朝阳区东土城路8号林达大厦A座4A　100013)
出版发行：上海世纪出版股份有限公司
印　　刷：山东临沂新华印刷物流集团有限责任公司
制　　版：南京展望文化发展有限公司

开 本：890mm × 1240mm　1/32
印 张：9.5　　字 数：177,000
2025年1月第1版　　2025年1月第1次印刷
定 价：75.00元
ISBN：978-7-208-19191-4 / I · 2179

图书在版编目（CIP）数据
现实的重力 / 王辉城著. -- 上海：上海人民出版社, 2024. -- ISBN 978-7-208-19191-4
Ⅰ. I206.7-53
中国国家版本馆CIP数据核字第2024KQ6332号